凉夜微弄

戴志刚◎著

群言出版社
QUNYAN PRESS
·北京·

图书在版编目（ＣＩＰ）数据

凉月微弄 / 戴志刚著 .－－ 北京 ：群言出版社，2017.7 （2023.7重印）
ISBN 978-7-80256-940-9

Ⅰ . ①凉… Ⅱ . ①戴… Ⅲ . ①散文集－中国－当代
Ⅳ . ① I267

中国版本图书馆 CIP 数据核字（2017）第 239498 号

责任编辑：王聪
封面设计：东篱

出版发行：群言出版社
地　　址：北京市东城区东厂胡同北巷1号（100006）
网　　址：www.qypublish.com（官网书城）
电子信箱：qunyancbs@126.com
联系电话：010-65267783　65263836
经　　销：全国新华书店

印　　刷：北京佳信达欣艺术印刷有限公司
版　　次：2017年11月第1版　2023年7第3次印刷
开　　本：710mm×1000mm　1/16
印　　张：17
字　　数：216千字
书　　号：ISBN 978-7-80256-940-9
定　　价：59.50元

月弄梧桐心自知

——代自序

春节都过去一个多月了，按理说该是春暖花开的时日了。而连日的晴好，确也把人们哄得七荤八素，朋友圈里早就有人谋划着踏春看花的各种行程和计划。很多事情总是来得突然，本来昨日还是艳阳暖昧，春光烂漫，今晨一觉醒来，却已是冷风暴雨，恍若隔世。打开手机网络，关于雨雪大风的新闻一夜之间便漫卷了大半个中国，全无了春日应有的娇媚。去岁的冬日，老天爷制造了一个天大的假象，不仅未见一片雪花，连气温也没有让人感受到一种冬天的坚硬。中国传统文化博大精深，阴阳平衡便是其精髓之一，躲得过初一，躲不过十五，去冬的过分缠绵，必有今春的獠牙利爪。于是，一场从北到南突如其来的倒春寒，彻头彻尾颠覆了"春天"这个名词温柔浪漫的形象，算是给才过去的冬天还了一份情债。

这样一个角色反串的春夜，泡一杯红茶于桌，开着暖气，敲着键盘，为自己即将诞生的第三个孩子（在我的第一部散文集《风雨起心澜》后记中，我将我的作品定义为自己的孩子）起名作序，窗外冷风冷雨，心里热意蒸腾，有一种混搭的感觉。当过父母的人都知道，为孩子起一个好名字是件比较费神的事情，因为名字将伴随孩子一生，马虎不得。推翻以前拟定的好几个书名后，彷徨迷茫之中，突然想到一首以前很喜欢的词作《石州慢》："雨急云飞，惊散暮鸦，微弄凉月。谁家疏柳低迷，几点流萤明灭。夜帆风驶，满湖烟水苍茫，菰蒲零乱秋声咽。梦断酒醒时，倚危樯清绝。心折。长庚光怒，群盗纵横，逆胡猖獗。欲挽天河，一洗中原膏血。两宫何处，塞垣祗隔长江，唾壶空击悲歌缺。万里想龙沙，泣孤臣吴越。"其第一句"雨急云飞，惊散暮鸦，微弄凉月"有种特别苍凉而又意味深广的意境，尤其是"微弄凉月"四字，若即若离，欲走还留，意会难传，堪称神笔，于是脑洞大开，决定以《凉月微弄》为此集之名。

必须说说我为什么特喜欢这首词。《石州慢》的词作者是南宋时代的张元干，一个我认为具有陆游、辛弃疾气质的词人，虽然在文学史上他没有上述二人出名，但也是豪放派诗词一个承前启后的重要人物。张元干具有强烈的忧国情怀，本出身书香门第，后投笔从戎，因力主抗金，遭到当朝宰相秦桧陷害下狱，出狱之后浪迹天涯，最后客死他乡。二十多岁血气方刚时，我特别喜欢豪放派的诗词，对苏轼、陆游、辛弃疾等豪放派诗词大家自然就推崇倍至，而这些诗词作者无一例外都是品性高洁、志向高远、命运多舛，似不如此便不足以豪放，包括我后来高中未毕业即弃笔从军，除了当时一个比较特殊的原因外，不能不说也有一点仿效这些古人的意念在里面。部队回来后的近二十年，生活也确实给了我很多曲折的风景，事业走了很多弯路，但我的内心，一直还是坚持着一些当年最本真的东西。一些梦想，一些孤傲，一些喜好，都没有在那些冷风冷雨中凋散，也没有在那些蚀心浸骨的现实中放弃。我很庆幸，也很感谢自己。可是谁知道，那些漂泊异乡、为生计而奔波的日子，在许多月色苍凉的夜晚，外表冷峻而内心敏感的我，多少次想到颓废，多少次想到屈服。

月乃思念之物，思人，思家，思国，这也是古往今来中国人独有的一份情结，时尚点说，也叫情怀。我不认为每个人都具有情怀这种东西，现在的社会，很多人只有贪欲和索取。情怀听上去是一个柔软、虚无，甚至有些肉麻的名词，可实际上，情怀就像一蓬带着温度的月光，包容，悲悯，感恩，回报。比如我，就一直有着一份教书育人的情怀。当年读书的时候，我最大的梦想就是能考一个师范类的大学，毕业后做一个能受孩子喜欢的语文教师。虽然后来因故没能完成高中学业，但那个当语文老师的梦想却一直像一根被压缩的弹簧，憋在内心的某个角落。2010年，一个当时仅仅只能说认识的朋友，看了我发在QQ空间的一篇文章后留了一个言：你为什么不搞一个写作培训班，现在的孩子作文普遍不好。就是这句短短的网友留言，实然就激活了我心里的那根弹簧，让我涉足了教育培训这个行业。大家都知道，当年的培训市场以英语和数学为主，对语文教学不甚重视，学生中文的听说读写能力普遍堪忧。我当时身无分文，借钱去河北石家庄、湖北武汉考察作文培训项目，回来开班时已是公立学校开学一个多月后的十月份了。第一次招生只有十来个学生，也觉得挺高兴。那时我的想法很简单，就是觉得自己有义务去帮助孩子，赚不赚钱倒无关紧要。所以我认为，这些年我是一直带着一种情怀做教育的，哪怕一路上遇到许多困难、尴尬和误会，也没有动摇那份初心。

一行行文字，在许多月影疏离的夜半流淌。一层层思绪，在许多月弄梧桐的星空宁静。进入中年，生活规律似越来越紊乱，对夜晚的享受，甚至有了情人般的迷恋。如果天黑之前睡一个"关门瞌睡"，一整夜我都可以在一些他人或自己的文字里打发，这其实也是一种生活规律。我很享受夜晚的包容和博大，它可以让我彻底地回归真实，不必做作，不必勉强，不必在乎形象，不必迎合他人。伴星月，听风雨，闪电和惊雷是暗夜最好的玩伴。也许，是我的骨子里有一种自卑感，需借以长夜的宽宏大量来掩饰自己的外强中干。很多时候，我都感觉自己是孤独的，孤独得就像窗外那轮自娱自乐的月，一会儿膨胀饱满，一会儿残影云遮。好在，我还有一些思考的能力，也还有一些被感动的能力，还能用文字——这种把人与其他动物区分开来的记录工具来表达自己的喜好和厌恶，来和另外一个自己对话，来把自己从太多一模一样的人群里辨识出来，不至于在滚滚的物欲和迷茫中随波逐流。

七拼八凑，牵强附会，代为此序。

戴志刚

2017 年 3 月中旬

目录

心语之恋

热土之歌

每个人的心里

都有一块安放灵魂的热土

汲取养分　温度　爱

太多的时候

我们都不知道要走向哪里

但是一定知道会回到哪里

秋水长天谒宋玉
——凭吊赋祖宋玉陵

一

记不清这是第多少次来到这里了，仿若是一股来自远古的力量，总会在不经意间就把我驱赶到此。是的，这种空灵而神秘的意愿，似前世就扎根在了我身体的某个器官里，或者融化在了每一滴流动的血液之中。

秋水长天，楚风习习。一堆孤冢，万千传说。这个季节，很适合怀古。那些逝去的人和事，比较容易在这种寥廓而深沉的环境里，如一股股暗流涌动的泉水，汩汩地就冒了出来。

孤冢里这个家伙，他叫宋玉，一个在浮沉不定的历史里毁誉参半的人，一个在漫长久远的时光中扑朔迷离的人。

如果把中国五千余年文学发展历程比作一场历史长幕剧的话，那么宋玉还算很幸运的。毕竟在这场戏里数以亿计的演员当中，他还是留下了自己确凿无疑的名号。他虽不是票房保证的头牌和绝对主演，但也绝不是一个籍籍无名跑龙套的角色，至少算重要演员之一。

在这场戏中，宋玉又是不幸的，至少是憋屈的。因为在某些正史或者戏说里，好像对他的人格品行颇有微词，背上贴的是软弱、谄媚甚至风流成性等御用文人的标签，呈批判"吊打"之势。以至于在近代中国文学历史的诸多教材中，对他一度只字不提，好像生恐这尊"软骨瘟神"登堂入室，而污辱了文学这座貌似高雅的神殿似的。

大浪淘沙，铅华尽洗。近些年历史唯物主义思潮重新回归学术研究主流，学术环境越来越自由宽松，一大批知名学者开始实事求是、大张旗鼓地系统研究并且宣传宋玉及其作品的思想内容与艺术成就了。宋玉——这块淹没在历史深处有貌有才的"小鲜肉"，终于抖掉了贴在他后脊骨上的政治标签，连同他那些传世之作，被还原，被正视，被承认，上演了一场惊天大逆袭的历史穿越剧。

二

诗赋并举，屈宋齐名。把中国的朝代用文字在纸上从上往下记下来，看上去就像一根内容丰富、五味杂陈的羊肉串，如果说那些文功武治的政治人物是主食材的话，那么繁星闪烁的文人墨客就是咸辣苦甜的香精佐料。主食材决定了这根肉串的基本性质，而香精佐料则赋予了食物不同的味道。有意思的是，人们对事物的选择，大都是奔着可口的味道而去，而会更多忽略事物的本身。就是在这根肉串里，我们要寻找到宋玉飘过的缕缕清香一点都不难，历朝历代的文献诗作对他阳春白雪般的味道均有记载。汉代史学家司马迁《史记》中载"屈原既死之后，楚有宋玉、唐勒、景差之徒者……"之辞；班固《汉书》里有"宋玉赋十六篇"之记；南朝梁人刘勰《文心雕龙》中说"而屈宋逸步，莫之能追"；唐代李白诗有"宋玉事楚王，立身本高洁"之句；宋代欧阳修亦云"宋玉比屈原，时有出蓝之色"；元朝郭翼《雪履斋笔记》载有"古来绘风手，莫如宋玉雌雄之论"；明人谢榛《四溟诗语》书中有"屈宋为词赋之祖"之说；清人陈第还有研究屈原、宋玉的专著《屈宋古音义》，对宋玉作品有"宋玉之作，纤丽而新，悲痛而婉，体制颇沿于其师……"的评价。仅从典籍深处这点雪爪鸿泥来看，便可判断宋玉及其作品在中国文学史上的重要影响。

而对于宋玉生命的痕迹，考证起来其实也并不难。近些年刮起一股争夺名人资源的歪风，比如孟姜女是哪的人全国有十多个地方吵得不可开交，李自成终归何处也有几处争得面红耳赤，甚至连潘金莲都有好几个地方争得头破血流，牵强附会，哗众取宠。相较于一些语焉不详的历史名人，宋玉的生命和生活轨迹似要简单得多。宋玉出生地在现今的湖北宜城，史学界基本一致认定。至于宋玉最终归宿何处，虽在学术上也存疑争执，但经专家多年考证，最后归隐现在湖南省临澧县望城乡的楚城、宋玉村一带业已形成共识。放眼华夏，从史志、地标、墓葬、传说、歌谣等实虚之物与其作品内容的吻合度来分析，宋玉之赐田云梦之地，除了临澧，别无他地。

几千年来，宋玉的故事就像一棵树的成长，一直在我脚下的这片土地上生根发芽，开枝散叶，从未衰败。他的看花山，他的放舟湖，他的峪溪河，他的九辩书院，他的册封城池，他纵横千古的作品，在祖先淳朴的口口相传里，莫不闪烁着动人的光芒。我们再次发现这块美玉的真正价值，意欲再次以清亮的声音骄傲炫耀时，才发现我们的表达是如此苍白。所以，对于这位没有花一分钱出场费就白捡至此的文学始祖大师，我们除却感激之外，还应怀有一份愧疚之心。

很多东西，失去了才觉得珍贵。好在，对于宋玉，我们丢失得还不久。只是，重新寻找回来的这个过程太过漫长，付出的代价也太过沉重。

三

貌如潘安，才比宋玉。宋玉之才情，历史早已给了公正的评断。我们谈论一个文化名人，自然离不开他的作品。血肉之躯不过百十年，而经典的文艺作品却可以获得永恒的生命。和政治人物以文韬武略而扬名立万不同的是，文化名人须借以才情品格所附化的文艺作品方可千古不朽。宋玉能千秋传颂万代敬仰，当然也和他那些字字珠玑的文学作品密不可分。

宋玉当时是楚襄王的文学侍从，也就是现在所说的职业作家。他虽然是屈原文学的直接继承者之一，但与屈原的文学创作主旨和意图完全不一样。屈原心在政治，是典型的"愤怒出诗人"。而宋玉是御用文人，因而就更有心思和精力去打磨文学本身的东西，所以他的作品，就像他俊逸清秀的面容一样，是非常美的。我想，在性格上，宋玉也一定是个完美主义者。

众所周知，中国文学的源头是《诗经》和《楚辞》。《诗经》在公元前六世纪左右流传于黄河流域，而《楚辞》在公元前三世纪前后广泛流传于长江流域，一个代表中原文化，一个代表荆楚文化，两大文化主体双足鼎立，南北辉映，构成了中国博大精深的民族文化。以《楚辞》收录的作品数量计，屈原居首，宋玉第二，因此说宋玉是中国文学始祖之一，毫不为过。现据考证，还发现宋玉不仅是《楚辞》中作品的主要创作者之一，更是这部中国文学奠基式巨著的第一位主编，西汉刘向后来是在宋玉编撰基础上继续收集整理，完成了这部不朽鸿篇。宋玉的作品，在继承和发扬屈原华丽细腻骚体文学形式的同时，又开创了在表现形式上更加爽朗通畅的赋体文学，"赋祖"之尊理所当然。宋玉在中国文学史上的地位，从唐朝诗仙李白发出"屈宋长逝，无堪与言"之叹，到宋代散文大家欧阳修的"宋玉比屈原，时有出蓝之色"之感，足见其举足轻重的分量。可要知道，这二位尊神，一个代表了中国古典诗歌文学的最高成就，一个是开创了一代文风的古典散文家领袖，他们不约而同联袂并举，宋玉之尊，无须多言。而我们现在常常脱口而出的"阳春白雪""下里巴人""曲高和寡""巫山云雨"等成语，也皆典出宋玉作品，可见其作品在中国几千年文学史上的杀伤力有多大。

作为一个拿生命玩文字的人，宋玉一辈子都在创作。但限于农耕时代传播手段和条件之制，加上历史上多次毁书灭典的文字狱，导致宋玉传世之作并不多。经历代后人整理，现认定为宋玉的作品只有十六篇，其中我们耳熟能详的有《登徒子好色赋》《风赋》《神女赋》等，都是力鼎千古之作。而代表其最高文学成就的《九辩》和《招魂》，文中对生命、爱情、故土、家国梦想等方面哲学家般的思索，放在两千多年后的今天，无论是艺术表现形式，还是作品的思想性，仍然具备相当高的水准。

宋玉活了七十六岁，这在当时已是超级高寿，这与他后半生远离名利、寄情山水、修文养性的生活方式有关。他少年成名，十三四岁就入宫侍奉君王，因诗赋出色，年纪轻轻就获楚襄王赏赐云梦之田。襄王死后，继位的考烈王冷遇了宋玉，但刚过而立之年的宋玉还是在楚都郢城郁郁寡欢住了十余年，期待新君王重新起用，但终没有如愿，政治梦想彻底破灭。年逾不惑的宋玉只得无奈离开都城，于是一路抚玉当歌，击水向南，来到当年楚襄王给他的赐田之地，也就是现在的临澧县望城乡宋玉村一带，远离了都市繁华，修庐屋两处，游历山水涤洗心绪，一支秃笔著书立说。日复一日，宋玉也便从一开始的郁闷低落而渐渐迷恋上了这种与世无争、安逸恬静的生活。

拨开历史的烟云，目光回溯两千余年，我们似乎仍然可以看见：春花浪漫的看花山上，玉面素衣的诗人把酒抚花，吟咏弄春；莲叶接天的放舟湖上，青蓑斗笠的诗人怡然垂钓，渔歌唱晚；逶迤柔软的峪溪河畔，夕阳西偏，满河碎金，豪情冲天的诗人居然兴奋得如一个涉世未深的孩子般手舞足蹈，捡一颗石子掷过对岸，惊起鸥鹭数只。正是在这种闲情逸致里，宋玉的才情终如朝日喷薄大河奔涌，于是，见叶落悲秋而作《九辩》，怀屈原师恩而思《招魂》，怡然垂钓而有《钓赋》，晚风弄笛而蕴《笛赋》，徜徉浮山而得《神女赋》，风过原野而感《风赋》，见邻家少女而成《登徒子好色赋》。星月山水催化着他的灵感，风雨露霜滋养着他的激情，一篇篇美文名作如流水线一样源源不断。宋玉，也终于摆脱了一个看人脸色文学侍从的思想禁锢，在自由的呼吸里，蜕变成了一名经天纬地的文学巨子。如若他大部分的作品不流失于时光，那也定是等身之著啊！最难能可贵的是，宋玉在激情创作之余，又开始收集整理他的老师屈原以及同时代楚辞名家唐勒、景差等人的作品，着力潜心编撰《楚辞》，从而达到他个人文学成就的巅峰。

原谅时光的势利吧，因为即便是最博大的光阴，它也可能不会记住一个卑微的君王侍从，但那些取天地之灵气的才子佳人，它却可以如数家珍。宋玉是幸运的，本是一次不幸的谪贬，却成就了一个完美的转身。一只灰头土脸的草鸡，一跃就成了飞天凤凰。机遇就是这样，闪念之间，天地不同。

四

以宋玉自身条件，在中国文学历史的大舞台上当一个绝对主演完全是没有问题的，你看，他有才——身贴赋祖标签，有貌——古代四大美男子，有权——曾是领导身边红人，有钱——有赐田封城，活脱脱一个古代版的"高富帅"，具备成为巨星的所有潜质，应该说想不走红都难。

大智若愚，教化于心。古往今来，但凡拥有大智慧的人，其所作为均有"润物细无声"之处。

我们必须敬仰屈原这种敢于在君王面前据理"直谏"之人，而司马迁自己也是一个名垂青史"直谏"者。但事实的结果，一个投江汨罗，壮志未酬；一个身遭腐刑，千古之痛。在这点上，宋玉无疑表现得更有智慧，既然直谏风险太大，那我就采取"讽谏"这种曲径通幽的方法。你楚襄王不是好色荒淫不理朝政吗？那我给你来段"高唐""神女"，先描绘一个倾国倾城的绝色美女让你欲罢不能，但又得"必先戒斋，差时择日，简舆玄服，思万方，忧国害，开贤圣，辅不逮"，方可得到美人芳心。你看，先扬后抑，殊途同归，楚襄王不是也陷入了深深的自省之中吗？这类讽谏之词，在宋玉传世的《大言赋》《小言赋》《讽赋》等著作中屡见不鲜。

"摇落深知宋玉悲，风流儒雅亦吾师。"风流儒雅的宋玉是个真正的文人，骨子里流淌着文艺的血，虽然生命的前期也当过官，但他对政治的理解也是从一个文人的视角去审视的。内心坚守的结果，必然是曲高和寡。在当年那个烽烟四起、随时都有可能亡国的时代，他的内心是耻于与朝堂一些心猿意马、钻营度势、随时准备脚底抹油的同事们为伍的。所以，宋玉从最初被同僚孤立，后来被新君王冷落，到最后终于被谪贬流放就是必然的。他本想叶落归根终老一生的，但庆幸的是，他的家乡宜城当时因战已被敌国占领，造物弄人，于是，我的家乡，现在这个叫临澧的地方，荣幸地成为了宋玉生命的最后一站。

一代赋祖，流落此处，如一缕天外陨火，从此点燃了我脚下这片土地，也给这块土地埋下了崇文向善、忧思天下的种子。在这里，宋玉度过了他生命的最后三十三年，用这里的山水草木春华秋实，演绎了流芳百世的伤春悲秋、诗酒田园。而诗人本身的人格特征，和他作品中的文学气质，也便如水与空气般，自然就浸染了后世此地的人们。自玉身后，就在方圆数十里的这块热土上，又诞生过诸如唐代著名诗人李群玉、晚清著名诗人黄道让、红色文学巨匠丁玲、著名学者辛树帜、中国光纤之父黄宏嘉、当代著名诗人于沙等一大批灿若星辰的先哲时贤，而且未有穷期，可以说是真正意义上的人杰地灵。寸土之地，名人辈出，皆因宋玉遗风所致，今我尚能提笔思古，亦沐先祖之气。

黄沙吹尽始见金。岁月就是一部扬稻的木风车，吹走的是肉身毛发、浮名功利，而沉淀在骨子里的那种高雅，才是文化的根、民族的魂。如宋玉，虽身已化泥，但仍有无数的人在他人文品格的教化之下，或走向刀枪兵戎的战场，或走向内心宁静的远方。

五

秋深草黄，无语彷徨。在许多朝圣者的脚步之后，我的脚步仍然噤若寒蝉。每一次到来，都是一次全新的心灵之旅。每一次朝拜这长碑高冢，都似有两千多年的楚风惊鸿掠过，内心不敢丝毫懈怠。

上一次来，是初夏时节一个心绪烦乱的午后，四面青草如发，风过草动，如你千年不厌的叮嘱。面对你孤冢之上的幽幽蓝天，只是片刻的思索，心便归复宁静安然。今天，我独人独骑，复至此处，心中又给你带来了一堆人生的困惑。深秋的傍晚，云幽风轻，空中阵雁悲鸣，池中残荷虽已历冷霜，却傲骨犹存。河水已瘦，舟横不再，我如一个问道者，踯躅在峪溪河衰草绊脚的此岸，才经数步，答案已了然于胸。莫非，两千多年前的你初来此地之时，面对巨大的人生落差，也是在这条鸦鸣叶落的河岸之上，目抚秋水，心寄长空，突然就得到了大彻大悟？

　　是的，很多东西，本身就没有答案，或者不需要答案，如天地淡然，方可豁达恒久。正应你之《对楚王问》所言：故非独鸟有凤而鱼有鲲，士亦有之，夫圣人瑰意琦行，超然独处，世俗之民，又安知吾之所为哉？

　　　　　　　　　　　　　　　　　　　（此文发表于《湖南散文》）

道澧飞歌（七题）

　　因湖南省四大河流之一的澧水及其支流道水河流经县境，湖南省临澧县被很多人也称为道澧大地。在这片热土之上，有丰厚的人文底蕴，有秀美的山水田园，有淳朴的民风传统，有进取的时代子民。近几年，临澧县作协及民间文学社团多次组织县域内的采风交流活动，我作为其中一员，亦以手中之笔，记下了一些自己的即时感受。现选几篇采风文字，不负热土之托。

烟雨官亭

题记：官亭乡（现已与九里乡合并，改为刻木山乡），位于临澧县北端，居澧县、石门、临澧三县分界处。境内有风韵奇秀的官亭湖、苍翠雄健的刻木山，妙趣横生的官亭溶洞群，传奇神秘的天葬坟，有"脆蜜桃之乡"的美誉。该乡自然资源丰富，立足工业兴乡，基础设施完善，社会事业发达，经济发展迅速，人民生活水平蒸蒸日上，各项指标都处临澧县各乡镇前列。

有些承诺，需要生命回应。有些歉疚，需要契机弥补。

比如，对于官亭，除了对这个传说中"文官下轿，武官下马"的地方心存敬畏之外，更多的是因为有份心债隐含其中。所以，这次官亭之行，我是在一种复杂而又无可名状的情愫里完成的。

是的，应该说，我欠官亭一份人情。或者说，这已成为我二十年里一个或大或小的心结。

时光要回溯到二十年前。那时我刚从部队退伍回来，等着组织安排工作。那次有个尚在部队的官亭籍战友回来探家，我便吆五喝六地约了几个县城里的战友过去玩。那也是一个春暖花开桃红柳绿的时节，我们几个澧南的战友都是第一次见到临澧第一湖——官亭湖，但见群山环抱，曲线生动，青黛有致，水蓝如画。我们站在水库的一个汊口用青春的嗓音歇斯底里地喊着叫着，兴奋里，不知有谁提议，不如集体下水打"扑球"，也不枉此行，居然得到一致响应。于是二十秒钟里大伙脱个精光，如十来只白黑不一的大青蛙，不假思索就跳进水里。虽然彼时是春天，但水还是冰冷刺骨，冻得大家发出一声声怪异的尖叫，鸡皮疙瘩立马就起了一身。那年那天，一群光溜溜的年轻人，用青春的个性、乖张的行动和暧昧的春光，在官亭湖浩渺的水光天色里把春天扑腾出了一种挥斥方遒的味道。

上岸之后，在战友们的相互打趣哈哈大笑里，没任何来由得，我居然在内心忖了一声：我终究是要写篇文字的，记下官亭湖边的这个春天，记下这群如春天般蓬勃的年轻人。

那年，我二十一岁。

没想到，就是这个无声的没有任何人知道的承诺，却在我的生命里深深浅浅地搁置了二十年。二十年，足以改天换地，二十年，足以世事沧桑。二十年里，当年那群无畏无知的年轻人，现在都进入了不惑之年。可是，那些承诺的文字呢，仍如一只断线的纸鸢，在二十年时间的软风细雨里渐行渐远，甚至，将要杳无音讯，无疾而终。

幸好，春天是讲承诺的，年年岁岁如期而至。幸好，文字也是讲承诺的，古往今来生生不息。接到采风通知时，心里着实纠结了一阵。周日本已安排了些许事务，改变计划总要费些周折。但脑海里倏忽闪现出二十年前那个无声的承诺，于是就毅然决定了。

然而，三月江南的天，却像一个调皮得让人哭笑不得的熊孩子，头天还挤眉弄眼笑逐颜开，第二天就泪眼婆娑叫人心疼得不知所措了。好不容易盼到约定的周日，雨却如一个不速之客踹门而至。早六点多，在确认组织方风雨无阻的坚决后，还是与县城里另几个文友一同携风倚雨赴此官亭之约了。

莫道君行早，更有早行人。当我们赶到位于约定的聚集地时，已有部分文友先行到达。随后的半个小时里，除了本县文友，还有来自津市、澧县、石门县的文友也相继依约而至。有年逾古稀的长者，有如雷贯耳的方家，有教师，有医生，有农民，有企业老板，有政府官员，有著书立说者，也有初入文门者，老老少少男男女女三十多人。大雨滂沱，冷风灌颈，却无法烧灭这群文学爱好者心中升腾燃烧的梦想和热情。文字，自古至今就有着强大到无可想象的黏合能力，能把不同阶层、不同际遇，甚至不同空间、不同种族、不同朝代的人们整合聚集在一起，从而碰撞出超越个人超越时代的黄钟大吕。

看来这场不请自来的雨也是来赴约的，亢奋得没有半点回落的意思。担任总指挥的刘社长像一个正在拍战争大片的导演，站在雨中坚定地把手一挥，一声令下，车队启程，开赴了我的心债之旅。欢喜的是，我的车被编成六号，这是一个我一直认为的幸运数字。一天就在这种欢喜里正式开始了。

海拔503米的"澧北第一峰"刻木山当然是此行必不可少的一个行程。车队如一串快乐的音符，在逶迤婉转的乡间水泥路间穿行，演绎着一群有着小资情怀的人们的快乐。雨一路随行，视野并不宽阔，尽管车窗紧闭，但春天浓郁的色彩如针如芒，穿过雨雾穿过玻璃，不管不顾地扎进大家的心里。柳丝如发，梨花似雪，金黄得有些显摆的油菜花在这样的天气也不忘朝我们抛着媚眼。在陕西待过一段时间的我，一直庆幸自己是个江南人。在北方，即便在这样的季节，也总有种西出阳关一地苍凉的感觉，哪里有我们江南三月里绿就绿个通透红就红个娇媚的百变身姿。

没有插曲的行程是没有灵感的，意外也就在若有若无的期许中到来。车至刻木山下凤兴水库脚跟时，路居然被挖断，据说是要修一座桥。如果弃车上山，村民说还有近十里路的行程，劝我们原路返回从另一条路开车上山。偏偏这时候雨更来劲了，似有意要看尔等笑话。哪知就是这样也没能抑住众人雅兴，一干人毫不犹豫地就执伞弃车，从一条又陡又滑而又烂泥没脚的小路冲上了水库堤，连两位六七十岁的老者也老夫聊发少年狂不由分说选择了步行上山。我们被刘社长抓差当司机的几个人只得临时找了一个向导，无奈地掉转车头从另一条路开车上山，而不甘心地被省却了这段插曲本应有的精彩。

云里雾里几个急弯陡坡之后，车队停在了山顶不远的一个简易停车坪。下得车来，与山下比又是另一番景象。山下薄雾如纱，能见度百八十米不是问题，但在这目极所处不过二十来米。这种梦幻朦胧的感觉，倒有西游记里天宫神仙居处的味道。就在这种宛若仙境的意象里，我们这拨人撑着花花绿绿的伞具，腾云驾雾般顺着一溜水泥台阶向山顶进发，约十来分钟到达顶峰。山顶的雨雾比停车坪又浓了些，两个人稍离得远点便如隔了一层纱幔，影影绰绰虚虚实实。在雨雾中隐现在四周的那些高大树木，倒如水墨画里大师们存心虚化的点缀，有种远在天边近在眼前的感觉。加上时不时还有些调皮的团雾飘过来，散落在十余米之内的众文友便如踩着祥云不规则地飘移着，恍惚之间，真疑心自己是不是就此羽化成仙忘却人间烦丝了。随行的本地文友以一种十分"遗憾"的口气告诉我们，天气晴好的时候，澧阳平原可以一览无余，特别是遇上雨后放晴空气如洗的日子，数十公里外的澧州县城也可尽收眼底。我倒以为，此时此景的刻木山，虽是云山雾罩不识真目，实际上展示的是她另外一种真实的美，一种虚幻而又迷醉的美，一种欲言又止而又娇羞动人的媚。有时，虚即实，实即虚，缺憾恰恰是种想象的完美，过于完美有时反而不愿相信。我们能在这样一种蓬莱仙境般的时空里相遇这座山，想想也是种造化了。

山顶有庙宇，极简陋，但从香坛里的香烛残蒂来看，这里的香火应该是挺旺的。山不在高，有仙则灵，庙里敬奉的是刻木娘娘，主子嗣，所以百余年来前来求子的香民居多。四十余年的人生经历，也走过一些名山大川，对各地有谱没谱都一拥而上的大兴土木广造庙宇的现象颇有微词，总觉得有借机敛财之嫌，倒是这种千百年来顺其自然一方水土一方人式的形式更让人心里熨帖。

等到先前弃车登山的那部分文友也从山的另一面头绕佛光脚踩祥云地爬上来与我们会合后，大家又迫不及待地期待着下一个去处——地处官亭乡团云村的万亩桃花山。

车队复转，这次倒似一条灵动于山水间的蛟龙，甩动着俏皮的尾巴沿山势惬意曲行。官亭古代有八百里黑松林之称，那当年这满山遍岭的定都是参天黑松，风过之时，定有松涛阵阵如滚滚春雷。我的脑海里不知怎么就突然有了这样一种穿越的冲动，感觉自己不是开着汽车，而是骑着一匹高头大马恣意驰骋在一望无际的原始松林之中，地下松针如毯，林间鸟鸣空幽。正思绪万千呢，一个拐弯，一大片的粉红就一头猝不及防地扎了我个满眼满心，让一秒钟前还装满青翠的眼睛惊慌失措地接连眨巴着应景变焦。这里果真好山好水，抬头低眉都是景。你看，一直盛名在外的万亩桃花山，濒临官亭湖，依湖势山形成林，山连山，岭连岭，全栽种着不同品种的桃树，延绵起伏，谓为壮观。官亭脆蜜桃近些年已渐成品牌，在当地政府的产业政策有意识引导下，将农民创收与园林观光合为一体，把人文与自然融为一炉，天人合一，倒也符合当前社会尊崇自然持续发展的和谐主旨。

人间冷暖，桃花自知，桃树是一种对气候十分敏感的精灵，特别是在如今全球温室效应下，赏桃花的最佳时机应在早春。半个月前我就去杨板乡水阁村看过盛时的桃花，但前两天有朋友在微信圈里发的水阁桃花照已然是残花败枝了。此时已是仲春，应该说看桃花的最好时节已过。"人间四月芳菲尽，山间桃花始盛开"，或许是远离尘嚣花宁蕊静，或许是靠山临湖气温偏低，这里的桃花却还没有衰败的迹象，漫山遍岭的粉菲嫣然，在轻烟般的雾霭里宛然红云蒸腾粉气缭绕，高低成势，远近有致，写意入心。

　　车将停未稳，便见前面几个车里的红男绿女迫不及待地跳将下车，想必已让这一路的美景给勾了个神魂颠倒，将而立不惑知天命甚至耳顺古稀且抛一边，此时此刻只管邀红揽绿心随景飞，烦丝断剪愁绪皆抛。成串的雨势收了，但雨雾还是湿了衣襟和头发，这便也是春天的心情吧，温暖而潮湿。你看呵，那些已然为母为婆为父为爷的人喔，在花间跳跃着簇拥着，撩着丝巾扭起身姿弄着各种童稚，手提单反的人呵，只为一个角度一个发现便极尽夸张身态。是啊，身处凡尘的我们，总会在一些世俗的光影里刻意地掩藏了本应的心绪。那些沉重，那些担忧，那些功利，那些苦求，有时只需一方水，一片山，一棵树，一朵花，便可让我们找到久违的豁达与宁静，回归本应的真实与释然。

　　在众人的欣喜里，我避枝绕花，独寻一径，走向那个承诺了二十年的官亭湖。当年那个让我们意气风发的湖汊不知何方，眼前的官亭湖依然让我心旌摇动。天气使然，无法目尽对岸，不过眼底之畴，仍极具神秀。雨后的湖面细雾氤氲，水汽聚散无常，景致藏畅得当，既有太湖之旷，又凝西湖之秀。春风轻轻地给湖面挠着痒痒，笑得湖面肤脂皱褶如纹，细浪吻岸，随岸势泛起一条不规则的黄色水带。伫立湖边，凭湖风入怀，细雾拂面，深嗅一口带着水香的空气，提神醒脑神清气爽。离岸百米开外有一葫芦小岛，岛上林木密蔽，新绿盎然，鲜有人至，想必也是鸟禽天堂。如若时光倒转，我想当年我们那一干"豪天子"定会有人蛊惑着跳下水去，一逞英雄泅游到对面岛上。然到今天，我们那帮人如果再聚于此，即使有人动议，我想也定然不会有人再生荒唐。人生就是一条河流，人便是河中石块，先前的有棱有角的各种心绪，总会在看似平静的时光流涌中逐渐光滑，最后安于世命寄于河底某角。暗忖当年的那些"浪里白条"，如今已天各一方，际遇境况云泥之别，甚至有的已十余年未有音讯，连各自的儿女又快到我们当年之龄，重聚之言宛若天方夜谭。当年掷于官亭湖边的那些豪言壮语，那些义薄云天，那些憧憬希冀，也在岁月的风雨里偃旗息鼓马放南山。人喔，纵然生如刘邦项羽，也终归会败给时光，输与岁月。

午餐之后，又相继参观了官亭乡敬老院和卫生院。一个管病，一个管老，皆以尊崇生命为主旨。其建设标准之高，环境之美，设施之全，管理之精，应该在全县乡镇中无出其右。上午的风光大餐，下午的人文小饮，一半是自然，一半是生命，有意无意，妙成天境，这不恰是我们人类、我们社会、我们内心所一直追求的那种极致境界吗？

笔行至此，二十年的挂牵已然平静。临了，我才明白，这不是还愿，不是交差，而是春天里这方山水的灵性，是这群以文字为纽带人们的率真，是在尘嚣里还能听到几声内心深处的梵音，让我找回了那个迷失已久的自己。（因合乡并镇，原官亭乡现已与原九里乡合并，现已改名为刻木山乡，此文算是官亭绝唱吧！）

新安散章（外一则）

题记：新安镇，位于临澧县境西北部，自古为兵家必争之地，西与石门县接壤，西北与澧县毗邻，总面积57.32平方公里，是全国"百强乡镇""全国文明村镇"，被民政部授予"中国乡镇之星"称号。这里水陆交通方便，澧水河横贯东西，枝柳铁路、襄石复线纵横南北，省道1836线跨镇而过。这里物产丰富，工业发达，形成了以水泥建材、纺织、烟花、铸造为支柱的工业体系，多年来保持常德市农村乡镇税收第一的位置。这里新农村建设如火如荼，以龙凤、古城、沙堤为核心的新农村建设已成为常德市最亮丽的示范片。这里文化底蕴深厚，秀丽山水哺育一代代英才，申鸣古城遗迹今犹在，晚清著名诗人黄道让、近代著名法学家黄右昌、中国光纤之父黄宏嘉皆出此地。

序

临澧县新安镇位于澧水中下游，澧阳平原西部，临澧县境西北部，距县城近三十公里，西与石门县接壤，西北与澧县毗邻。"新安"借新近安抚边蛮之意，因扼淞澧平原西南咽喉，古为兵家必争之地，明初即屯兵设市，明清为澧水流域重镇。临澧人民在地域上习惯以澧水为界，澧水以北称之"澧北"，反之则为"澧南"，而新安作为澧北最重要的一个以工业产业为主的乡镇，在临澧县的社会经济方面都有着举足轻重的作用，在我的印象里，应该是临澧县最富裕的一个乡镇。

说老实话，接到作协关于去新安镇采风的通知时，我有些不以为然，心里嘀咕着这有什么可看的，本乡本土就那么点事谁还不知道，甚至有放弃不想参与的打算，只因新近加入作协，不好意思驳面。因为对于新安，我一直以为是熟悉的，主要在于我叔父家在新安镇，自小时起来往于新安次数就较多，一年均有四五次吧，那时路不太好走，每每去叔父家都是要过夜的，没事就和两个堂妹一起逛遍镇上的角角落落。读高中时班上转来了几个新安的同学，我也常常在他们面前自诩对他们家乡的了解，比如那里的滚鞭炮筒子、过年玩龙灯、洞坪的红萝卜、火车站、漫水桥以及家里老人去世后贴三年黄纸对联等，以此来拉近新接触的距离，我的印象里，新安似乎就是这些风土人情而已。然而，十月十七日的采风行程，当我见证了冀东水泥厂恢宏的气势、古城龙凤沙堤三个村的新农村建设成果，还有青山水电站零距离接触、青山汉魏古崖墓群的神秘后，不禁为我先前三十余年对新安认识上的浅薄、孤陋以及偏执而耳热脸红了。俗话说：门口就是汉口，没想到，在我每每习惯于直来直往于新安的主干道两侧，那些如经络血脉一样坚强延伸到白山绿水深处的水泥支道的触角里，还隐藏有那么多远古的传奇，那么多神秘的故事，那么多让人热血沸腾的感叹，那么多让人掩卷沉思的深远。

在当今这个社会里，有些人在追风赶浪地盲目追逐名山大川的风雅、异国他邦的风情，用一些道听途说的故事、走马观花的模糊印象拼命给自己贴上见多识广、阅历丰富的虚荣标签，殊不知，在我们自己这块一直被忽略的后花园里，也有最美丽的风景，最璀璨的珍珠。

冀东印象

第一站是临澧冀东水泥有限公司，这是中国水泥巨头河北冀东集团战略扩张进军江南的第一站，也是我们临澧县目前招商引资的最大成果，总投资额据说高达14亿元人民币。对于这样一个江湖名号早已如雷贯耳的"后起奇侠"，耳听为虚，眼见为实，今天看来有幸一睹真颜一亲芳泽。

车队如一条禁锢了许久而被突然放生的秋刀鱼，欢快地穿行在澧阳平原与澧北丘陵的接合地带。车窗外，迎着朝霞点点绽开的棉花如万点繁星诠释着道澧大地的肥沃富饶。忍不住拉开车窗，顿有金秋时节特有丰收的味道不管三七二十一地灌满所有关于呼吸的器官，习惯了办公室慵懒感觉的娇嫩鼻腔禁不住如此野性而狂热的刺激与诱惑，不由自主地就爆发出一声巨大的响动，在这个谈"甲流"色变的季节引起一车人的侧目，免不了一阵手足无措的解释。不久，原本笔直的水泥大道开始变得弯曲起来，原来是平原已尽，进了山区，同行的人说这就是龙凤山，冀东水泥厂就在前面不远的地方。龙凤山，多美丽的名字，这里有着丰富的石灰岩资源，八九十年代曾在省内盛极一时的龙凤山水泥厂就是这里的品牌符号。紧接着就看到许多挂着外省牌照号的大吨位卡车平板车等，一字长蛇阵样停靠在路边，有人说这是等着到冀东水泥厂提货的车。还没有进到大门，此等架势便已让我们感受到这个目前临澧县最大企业的气势与震撼了，大有《红楼梦》中王熙凤出场时不见其人先闻其声的感觉。

终于，江湖传闻日久的冀东"大侠"就这样坦然而真实地呈现在了我们的眼前。进得厂区，极目四望，居然未能穷尽四角八面，方知定位于临澧目前最大的企业并非号称了，一阵惊叹随即便在到访的人群中传染起来。这个骄傲而霸道地伸展着腰身肢体的大家伙，让我感觉似进入了一个大手笔科幻片的城堡，两山之间错落有致而又协调自然分布着的那些巨大生产线设备，有的状如巨塔擎天，有的宛若麒麟入云，有的貌似魔钟倒扣，有的形比火箭腾天，有的仿佛一桥飞架通今古，有的神如万龙腾云动地天。这些原本生硬没有生命的钢铁和水泥，却因这些因势利导因地制宜的童话般造型，一下子就变得生动而又亲切了，原来，一向被贴以环境破坏标识的现代化工业，居然也可以以这种卡通一样别致可爱的态势，轻易就让我们这群陌生人接受了它的存在和热情，甚至在某个兴奋激动的片刻竟以为自己到了迪斯尼乐园。

参观的车队在偌大的厂区里穿梭着，没有浓烟滚滚，没有异味扑鼻，没有噪声贯耳，没有蝇蚊丛生，路边是绿草如茵，四面是青山绿树，头顶是蓝天白云，感觉就是一个可以随性玩耍的大公园，怎么也联想不到我们真实触摸到的其实是一个日生产水泥5000吨、年纳利税6000万元的标准全自动现代化企业。负责驻点联系该企业的原县人大主任张方才同志自豪地告诉我们，这才是一条生产线的数据，等到第二条生产线建起来后，年纳利税就可以过亿元，真正为临澧的经济腾飞、社会发展插上一对最有力的翅膀。

行程匆匆，一个小时的亲密接触，虽只是走马观花隔靴搔痒，但所看所听所感，还是让我们有理由坚信，假以时日，冀东的明天定会繁花似锦，临澧的明天定会春意盎然。

新村见闻

风尘仆仆，行程匆匆，不带走一片云彩地作别冀东，约莫上午十点半，我们便马不停蹄车轮滚滚地转战第二战区了，说是去参观由古城、龙凤、沙堤三个村组成的常德市新农村建设示范区，品尝新农村建设的累累硕果。

这时车队停了下来，拉开车门，立有"龙凤农民文化宫"几个金色大字呈现眼前，在秋天温柔的阳光下显得并不扎眼。与新农村建设的第一次亲密接触居然是以文化概念为纽带，于是有些抗拒的心一下子便柔和温润了下来，对接下来的每一步开始有了期待的感觉。文化宫并不是仅仅是一个单独的礼堂，还附属一些自然人文景观，有绿水荡波，有爬藤满墙，有依依垂柳，有亭台廊桥，移步换景，景景不同，每一处景致都可入画成诗。除此之外，还有一个功能设施齐全的露天健身场，同行的恒璋瓷业章总一时老夫聊发少年狂，丢掉平日工作中威严的形象与世俗的纷扰，不顾近二百斤的体重和年逾六旬的岁月，如一个孩童般开心地荡起了秋千，玩起了跷跷板，一时成为随行所有采风人员镜头焦距的最佳猎物。值得一书的是这里还有一座农民书院，除了传统存书阅读外，还有一个远程教育计算机室，每年会定期不定期对当地农民进行一些科技培训。在这里，文化宫、农民书院已成为当地农民精神生活的重要组成部分。

作别龙凤，转场古城村。古城村因在其境内发现楚国时代的申鸣古城遗址而得名。申鸣城于20世纪80年代被发现，当时以为规模不大，后来由湖南省文物考古研究所与临澧县博物馆一起对该城址进行了调查，了解到原来发现的城址只是一个内城，在其之外还存在一个范围更大的外城。在古城北面、东北面、西面寻找到一些古河道，应该是从前的护城河，并且可能有水门，遗址最晚是东周时期。离古城不远的九里墓群不仅有数量众多的大中型墓群，还有许多成片的小墓。由此推测，申鸣城在当时并不是一个小城，应该是楚国南方的一个中心城市。站在这片土地上，想想脚下的这片土地，几千年前就曾车水马龙，《楚辞》《离骚》《九歌》《天问》传唱至今，深厚的文化底蕴彰显着曾有的繁华不凡。而今天，一群作家在几千年之后时空相对，文化薪火历经千年代代传承，作为楚国的后人，作为今天代表传承楚文化的一员，一股骄傲得意的热潮油然而生，久久不得平复。其后参观的沙堤村公民道德漫画墙、诗墙内容新颖、现实针对性强。比如漫画《世上只有奶奶好》就体现了对农村留守儿童的关注，还有一些漫画和诗歌对农村中普遍存在的比如老人赡养、丧葬观念、安全用电、邻里关系、婆媳关系等题材都有涉及，让人们在笑声中对传统固有的守旧糟粕思想观念进行分析、思考，没有大道理，不用下文件，潜移默化地达到"随风潜入夜，润物细无声"的效果，不失为新农村文化建设一个成功的范例。

古城、龙凤、沙堤三个村作为常德市新农村建设示范区，现有农户1466户，人口4141人，总面积8.9平方公里，三个村都有村办企业，有水泥厂、鞭炮厂、养殖厂等，示范区村级集体收入过200万元，人均年纯收入6000元以上，全体村民都实现了安全饮水工程接入，家家都通上了水泥路。新农村建设在这里确实开了花，结了果，老百姓实实在在地感受到了党的温暖和国家政策的阳光雨露。

青山惊叹

青山地处新安镇与杉板乡交界处，这里有着绵延起伏的山峦，杉松青葱，翠竹滴绿，古老而恢宏的澧水河在这里驻足回顾，万种风情。但是对于青山，扬名天下的并不是"养在深闺人未识"的迷人风景，而是一座有着"亚洲第一"美誉的水轮泵站，正是这座水轮泵站，谱写了道澧大地一曲"唯有牺牲多壮志，敢叫日月换新天"的鸿章巨篇，历史性地改变了临澧农业千年缺水歉收的局面，而当年那种"自力更生、艰苦创业；顾全大局、乐于奉献；严守纪律、团结战斗；勇于开拓、争创一流"的青山精神也作为临澧人一笔最宝贵的精神财富，代代传承，在新的历史时期仍然发挥着积极的作用。

对于青山，我是不陌生的。小时候听多了爷爷父辈们嘴里关于修青山和姜家坡渡槽的故事，所认识的人里面，有些人的名字就叫青山，毫无疑问，就是修青山那年出生的。我的老家在杨板乡太山村，距青山估计有三四十公里，老家后面就是一条深深宽宽的水渠，我们那叫台沟，应该是青山系统工程的一条主水渠，一直通到很远的地方，我们小时候曾经常骑着牛顺着这条沟走过，想找到尽头，但从未成功过。小时候家乡几乎年年旱灾，经常田里干出指缝宽的裂缝，庄稼渴得冒白烟，每每此时，老乡们就念叨着青山何时能放水的事情。青山放水无疑对老百姓来说是件大事，打我会走路的时候，就开始亲身参与到这件大事中来了。记得每每大旱季节，就会在某天有广播发出"明天青山放水，所有劳力都要去看水"的通知。所谓看水，并不是真的只站在沟边看着，实际工作是对沟渠沿途进行巡查，而且是日夜巡查，吃喝拉撒都在渠上，重点地段甚至还专门放上几个人，防止水在过境别的乡镇村时有人挖决口偷水。水贵如油，那时水渠经过的一些村在别的乡镇计划调水过境时就会组织人员偷水，为此经常发生打架斗殴事件，所以看水工作具有相当的危险性，各级也都十分重视。从几岁时起，每次青山放水时，爷爷妈妈伯父无论男女等成年劳力都上了渠（父亲那时在外地工作），比我大不了几天的堂姐就在家做饭，做完了便牵着各自的弟弟一起去十来里远的地方给大人们送饭，有时回来时天都黑尽了，在山上几个小孩子借着微弱的星光深一脚浅一脚地摸黑回家，要是有一只野兔突然窜过或山鸡猛然起飞时激起的动静，往往吓得我们放声大哭。不过也有不用送饭的时候，大人们有时会背菜米、油盐、锅碗，就地取柴生火做大锅饭。看着如此来之不易的水呼啸着流进自己生产队堰塘的那一瞬间，围守在堰塘边的人们总是会发出欢呼，有的甚至激动得泪如雨飞。很多年过去了，那个场景仍然记忆犹新如在昨日。

用过午餐，即刻出发，车过漫水桥，进入"澧水明珠"洞子坪这块孕育了太多神奇的土地，这里的红萝卜曾经闻名遐迩，武术之乡声名远播，而青山无疑是这块土地最值得浓墨重彩的一笔。路宽车疾，拐过一个弯，透过车前窗便看到雄伟壮观的青山主坝迎面而立愈近愈晰，我知道此时的我正在走近一段历史，走近一段传奇，走近一段骄傲，走近一段四十万临澧人民无法割舍的情怀，于是懒散的心不由自主地一下子就庄重起来。终于，我以一个朝圣者的心态站在了这座举世闻名的工程大坝面前，极目远望，上游秋水长天，水天一色，粗犷张扬的河水束缚成了一湖平静安闲的碧波，下游一泻千里，源远流长，一坝之隔，天差地别，漫步在泵站大坝公路桥，静观上游河水如湖，下游涓流似溪，不能不让我们感叹这个"人定胜天"的伟大奇迹，豪迈之情借景自来。正是这座 257 米长、高 17.2 米高的混凝土大坝气势恢宏地将桀骜的澧水拦腰斩断，并以此为标志基础，以长藤结瓜、蓄、引、提相结合方式，形成了亚洲第一世界罕见的青山灌溉网络。青山着意化为桥，从它面世的那一天起，道澧人民从此告别了千百年来靠天收赌运气的被动农作局面，真正将吃饭的命运牢牢地攥在了自己的手里。

随后，在青山电站金站长的带领下，我们参观了深达五层数十米的青山水下发电站。巨大的水下建筑群，发电机组隆隆的轰鸣，盘根错节的线路，数以千计眼花缭乱的各种表盘，还有那些长年累月忍受着机器噪声和机油味道侵蚀的工作人员，每一处岁月留痕，每一幅现实场景，无不让如进了大观园的我们羞愧、惊叹、震撼，继而感动。羞愧在于我们总是在谈论描绘着诸如鸟巢、水立方、东方明珠等他地异乡的经典建筑的瑰丽神奇，却对我们自己家乡名闻天下的奇观如此吝惜着我们无知的语言和笔墨；惊叹在于每每我们熟视无睹乘车走路经过的大坝之下，居然还有如此规模超乎想象极点的伟大人工建筑，那曾是多少前辈用血汗甚至生命换来的伟大啊；震撼在于，20世纪前辈们用生命换来的杰作，虽然过去了四十余年，仍在为今天的临澧各项事业的正常运转发挥着实用而积极的作用；感动在于历经数十年沧海风雨之后，还有那么多平凡普通的工作人员在恶劣的工作环境下，仍然能够兢兢业业地为了家乡建设和人民生活需要的光和热默默无闻地奉献着。

参观休憩期间，电力局五十多岁的余辅民主任挟午酒之余醉，面对他曾亲历了生命洗礼的青山，激动难捺，发表了一通热情洋溢源自肺腑的激昂之词，情到深处，禁不住泪洒衣襟，言之凿凿，情之切切，抑扬顿挫之处，仿佛把我们带到了那段峥嵘岁月。遥想1966年到1976年，十年之间举全县之力，自带口粮、费用、工具，年年大干，十年共动用劳力60多万人次，投工6830多万个，完成土石方及混凝土5487万立方米，建有包括4条主干渠，58条支渠，789条斗渠，全程2053公里，连接着大小64座结瓜水库、堰塘，在渠道高程以上建设了16处电灌机埠，装机1228千瓦，还有澧阳自流灌溉渠，渠道上建有大小渡槽 13 座，总长 3463 米，最长的姜家坡群英大渡槽 1200 米，隧洞 8 处 2620 米，倒虹吸管 4 处，总长 1328 米，埋管 29 处，总长 2482 米，渠道上还建有控制、节制、泄洪、入库闸 111 座，架设桥梁 104 座，灌溉面积 53 万亩，控制澧水流域面积达 15259 平方公里。10 年间，全县人民节衣缩食，压低社会收益分配水平，县里自筹资金 1700 多万元，数以百计的无名英雄将生命永远留守在了青山工地上。数字是枯燥无趣的，但却见证了历史的荣耀与辉煌；也见证了我们前辈的无私与伟大，时至今日，仍如一串串美妙的音符，飘荡在临澧大地的青山绿水间，萦绕在 40 万父老乡亲的感恩的心间，也必将激励着我们的子孙后代与时俱进激情四溢地投入到家乡在每个时代不同含义的生产建设中去。

轻轻地，我们走了，在一种膜拜敬仰的气氛中，没有来时的喧哗，少了来时的浮躁。青山一行，得以让诸如我等之辈顿觉渺小如尘埃沙粒，一阵风起，便不会在历史时空留下任何半点痕迹。而巍巍青山，跨越两个世纪的风雨洗礼，却早已在历史的脉络里铭刻下了一座时代精神的丰碑，永远矗立在一代又一代后来人的心头，继往开来。

尾

在现代文明与远古神秘的交织碰撞中，在惊叹串串与凝重片片的思索交错里，我们完满结束了新安一行。回来的路上，透过车窗再看这片土地，居然觉得处处都是诗，点点都是画，只恨自己没有能力用手中激情的笔，蘸上感情的墨，描尽这片热土的前世、今生与未来。

新安，不舍的家园

奔腾的澧水，兵出湘西大山，剑穿莽莽苍原，带着万古的狂野，由着天地的娇惯，一路高歌猛进，一路捭阖若闲。

欣赏了岭上风雪，听惯了林间鸣蝉，历经了峰回路转，品过了万山红遍。哪里还有新鲜的美景，能一解澧水的眼馋。

打一个盹，拐一个弯，澧水，睁开惺忪的睡眼，眼前出现了一片平原。

放眼一看，沃土百里，目及无边。侧耳一听，欢歌笑语，萦绕耳畔。

这是哪里？让澧水的腰身变得柔软。

这是哪里？让澧水的眼睛充满依恋。

这是哪里？让澧水的心里蓦然温暖。

这是哪里？让澧水的脚步不愿向前。

就让春风来告诉澧水吧，这个美丽的地方，叫作——新安！

就让秋月来告诉澧水吧，这片多情的土地，叫作——新安！

杉龙岗的沃土之下，演绎着人与自然的史前之恋，那一把在时空隧道里碳化的稻种，人类稻作的起源就向前推进了两千年。

申鸣城的丹书史鉴，回响着鼓角争鸣的风起云卷，王侯将相和才子佳人的动人传说，见证着千万年里人们不变的情仇恩怨。

洞子坪，龙凤山，哪一寸深情的泥土，不是镌刻着万古传承的爱恋？

龙狮灯，九子鞭，哪一个美丽的故事，不是诉说着绵长久远的期盼？

啊！新安！

你是来自远古的呼唤，你是装载岁月的航船。

你是一袖穿越时空的彩练，你是一块历经风雨的城砖。

你用匍匐的姿态，见证了天地日月的沧海桑田。

你用雄浑的胸怀，承载了冷暖人间的离合悲欢。

挟天地之火，借日月之烟，历史的车轮滚滚向前。

走进小镇的街市，鳞次栉比的高楼大厦，时尚高端。主题鲜明的孝善文化广场，大气亮眼。白天车水马龙，晚间霓虹闪闪。入则繁华在心，出则宁静致远。

漫步在乡村的小道，干净整洁，空气新鲜。道路四通八达，往来便捷方便。四季的花草装点了怡人的庭院，幸福的生活洋溢在人们的笑脸。

灿若星辰的工矿企业，为这片古老的大地插上了腾飞的翼展。和谐人文的社会服务，又让这块热烈的土地焕发了新的容颜。

美丽的校园，传来琅琅的读书声，一朵朵朝阳中的花骨朵儿喔，孕育着五彩缤纷的明天。

温暖的幸福院，传来窃窃的笑语，那一片片夕阳中火红的晚霞啊，诠释着生命的尊严。

中国乡镇之星，全省农村小城镇改革试点，全国文明村镇称号，全市美丽城镇示范。

一项项的荣誉，那是耕耘的记录。一道道的光环，那是丰收的礼赞。

啊！新安！

你是不甘落伍的追雁，你是盛世花开的雪莲。

你是一支与时俱进的飞箭，你是一桅敢弄潮头的风帆。

你用奔流涌动的激情，点亮了父老乡亲追求中国梦的信念！

你用厚积薄发的力量，谱写了新时代一首自强不息的诗篇！

春风又拂，桃李不言。

啊！新安！我不舍的家园！新的机遇，新的挑战！

啊！新安！我不舍的家园！新的起点，新的明天！

（2017年新安镇春节联欢晚会配乐诗朗诵作品）

修梅走笔

　　题记：修梅镇，位于临澧县中部，居澧水以南，道水以北，地貌以微丘、平原为主，地处全县中心地带。原名赵家乡，1941年为纪念林修梅，改赵家乡为修梅乡。全镇20个行政村，2个社区居委会，273个村民小组，总人口20000余人。现在，修梅镇正在进行以"美丽乡村"为主题的主线建设，镇村上下围绕"精神文明、物质文明、法治文明、生态文明"要求打造临澧"后花园"。

　　临澧县域的澧水以南，道水以北，有一块灵秀悠久的土地，叫作修梅镇。打开地图，你会发现，就是这片看似微不足道的土地，如一颗劲道十足霸气内敛的钢钉，气定神闲地锲立在临澧县的中腹，上可速达鄂豫，下可直通粤桂，大有一夫当关、万夫莫开之势，地理位置十分显要。而在近三十余年的改革开放历程里，曾被冠以"湖南第一村"的太平村以及当年让国人为之一振的"太平精神"，也是在这里酝酿成型，在改革开放的早中期曾名震三湘声动华夏。栉风沐雨，你——修梅，这块因人而名的热土，就像一位宠辱不惊的侠士，正一点点抖落历史过往处的喧闹尘嚣，慢慢回归宁静自然。终于，在这个薄雾渐收的冬日暖阳里，又一次与你不期而遇。

　　农历十月，初冬微寒。近一个礼拜的连续阴雨，阳光在这样的季节就成了难得一见的奢侈品。好在人算不如天算，当这天我们县作协采风团前脚才踏上修梅镇这片有过太多故事的土地，一向吝惜的太阳后脚就将她的温暖和热情毫无保留地捧承了上来，山野河川一下便温润如三月的小阳春，众成员心情豁然开朗，活动立刻有了鲜艳晶亮的气氛和色彩。

呵，神奇的修梅！你总是予以世人如此惊艳的剧情，就像你千年的历史行程里，总是予以世人那些拍案而起的剪影。是你觉得你的传奇还不够吗？那么，凉水井的灵性赵家巷的传说已足够填满道澧百姓的谈资。是你觉得你的血肉还不够丰满吗？其实，先知先行经天纬地林氏兄弟早已让你珠圆玉润。抑或，这原本就是你精心铺设的一个伏笔，只是为让你的青山更显翠如翡黛，绿水更见澈如晶玉。或者，这才叫前世共修的缘分，要不怎么会选择这样一个温情的梦幻时刻再次与你相携而行？

而今天，一群被冠以作家的人在你的青山绿水间踏歌而行，不时为有灵感的闪现而雀跃不已。其实，对于你，我是不陌生的。且不说这里是我母亲的娘家，单就二十年前读书和当兵时几个修梅籍的同学和战友间关系和故事而言，便已不胜枚举。当年年轻飞扬而又贫困拮据的我们，在纯友谊和过剩精力的驱使下，在那些快乐的假期里，成群结队地徒步行进在这里的田头山间，将青春的蓬勃和纯洁得没有一点杂质的友情洒落在这里的枝杈沟渠。今天，当我再次踏上这片土地，怦然悸动的心跳让我无法淡然，毕竟，这里曾有过我年少的身影和足迹。甚至有时只需随意地转一下头，你看，不远处的那幢小洋房，便是我多年前一个特别要好同学的家，只是那年还只是几间红砖土砖混建的普通平房，我们曾在那间土砖垒就的灶房屋里通宵达旦地喝酒烤火聊理想讲笑话顺便还将班上的女孩子论资排名，乐此不疲。而当年那个邀请我们来做客的同学，已十多年没有联系，物是人非，岂不生叹？

作为临澧红色文化最重要的地域名片，你一直予以世人传统、厚重、正经八百的形象，或者还有些老学究般的古板，就像某些影视文学作品里的学术泰斗，不怒自威。然而，当我还正为此行暗忖对你的熟悉了解时，眼睛看到的，脚下走过的，切身感受的，用心揣摩的，现实里呈现给我的点滴细节，却让我如一个初来此地的外乡过客，陌生而懵懂。高大威严的牌楼，宽阔洁净的街市，鲜亮齐整的房屋，四通八达的道路，爽净清新的空气，规模宏大生态现代的养鸡场，设施齐全人性实用的基层村委会，如火似荼愿景高远的新农村建设，还有随处可闻的乡邻百姓无法雕饰的欢声笑语，莫不诠释着你在既有内涵气质之外，一个略施粉黛散发着时代气息的新修梅。这便是当年通往鸡山赵家巷那条尘土飞扬崎岖难行的乡镇主干道吗？什么时候变成了绿树成荫如练飘飞的水泥坦途？这便当年那个逼仄灰暗杂序无章的七重堰集市吗？什么时候变成了现在规划有致屋舍俨然？这便是当年那个灰头土脸杂草丛生的镇政府所在地吗？什么时候变成了现在的红花绿草大楼广场？抬眼，山翠了。低头，水清了。迈步，车多了。环顾，人忙了。当年学校每每组织活动参观的林老故居，也因为在当地政府全新理念的导引下完成了翻天覆地的"大变脸"，大气漂亮得让我不敢相信这是故地重游了。一路走着，一路看着，一路听着，一路想着，我将自己原本如"二梭"的眼睛愣是瞪成了"二砣"，原本闭合的嘴形也不由自主地噘成了"〇"形。变了，真的变了。不认识了，真的不认识了。那些关于你的往事，似已成为一个个如同杜撰的梦境，眼前的这些才是真切的现实。我像一个旧时代新嫁的媳妇，用完全的陌生感和小鹿般跳跃的心打量感受着这个叫作"修梅"的爽净、热情、稳重而又有点小资情调的夫家，满心的惊异，满心的欢喜，而又满心的期冀。

大半天的采风，我似做了一回大观园的刘姥姥，完全颠覆了一直以来对你的固有感觉。我以为你是不苟言笑的，其实在你的沉稳之外，也还透着三分时尚追求的俏皮。我以为你是墨守成规的，其实你也善于与时俱进地吐故纳新。我在想，是什么样的力量，让你能在深厚的历史积淀之外又新增了轻盈、激情而又略显俏皮的形象？或许时代变革的需要，或许是你的骨子里原本一直就有着敢立潮头的变革基因，让你在历史和未来之间找到了一个贴切的接合点，如此的恰到好处，又如此的和谐自然。

归时正午，和煦的冬日艳阳正将她当值这天的热量最大化地温润人间，山暖了，水热了，心便活泛起来。挥手作别，略带留恋，或许，在某个又是艳阳高照的日子，我又会再来触碰你梦幻般的肌肤。而那时，你又会给我怎样的温情诉说？怎样的细变慢化？怎样的风情万种呢？

又度烽火

题记：烽火乡，位于临澧县境东部，与津市接壤，道水河穿境而过。辖21个村，共有人口20000余人，总面积84.8平方公里，二广高速临澧出口位于其间。境内将军山为临澧名山，其"汉垒秋风"被誉为安福（今临澧）古八景之一，有清张范《汉垒秋风》诗咏赞："古垒今犹在，沉沙铁未销。行人凭吊古，落日风萧萧。"近现代著名学者、教育家辛树帜先生，著名计算机专家、中国科学院院士沈绪榜等一大批杰出人才皆出于此。

对于烽火，我自诩应该是熟悉的，至少说是有渊源的。1981年，在外地工作二十多年的父亲调回临澧，第一站工作单位就是烽火养路工班。那时父亲正值年富力强，工作责任心强，当时工班路护火线长，任务重，人手少，父亲总难得回一次家，所以每一两个月，母亲都会领着我和弟弟去烽火看望父亲，帮他拆补浆洗被单衣裳之类的。从我家到烽火有二十多里地，节俭的母亲总不舍得几毛钱的车费，每每都是步行，每次在路上得花上老半天时间。那时是毛沙路，路两边是高耸的杨树，树干上常会有一些知了蜕皮后留下的蝉蜕，这些蝉蜕有的踮踮脚就可以摘到，有的需要母亲举着我们才可以够到，我和弟弟就把这些当成了沿路的乐趣，一路兴致盎然地收集，行进速度自然就慢了许多。不过母亲倒也不嗔怪我们，乐得个不背不抱还省钱，任我们玩乐自如，半天时间二十多里地往往不知不觉便到了。基于这个因素，所以对作协组织的这次"绚丽烽火"主题之行，我内心似是有点故地重游的感觉，应承下来也便脆爽了一些。

雨，是个不懂风情的不速之客，偏偏在采风头一天不请自来，起程烽火的当天更是不依不饶地歇斯底里。一时，心情也似被一阵接一阵的冷雨打湿，滴滴答答地变得湿漉漉起来。俗话说水火不容，在如此的雨中，而要去一个叫"烽火"的地方，真有点"兜把"的感觉。

路敞车快，从县城出发，十来分钟就到达烽火乡政府。时代变迁改天换地，想起孩提时代在这条曾是灰尘满天飞的毛沙路赶上大半天路的情形，恍若隔世，记忆还没打过弯来，三十多年已呼啸而过。几十年，放在历史长河里其实只是一眨眼的事，便已然翻天覆地沧海桑田，怎不让人由生万千感慨。

采风第一程是登将军山。山为"将军"，史出明朝洪武年代武略将军张映在此山屯兵据守，并卒于此处，故名。与将军山毗邻的还有营驻山、驰马山、担粮山、团练山，单就这几座山的名字，你就能感受到千年前此处的战火硝烟，于是就会觉得将这块热土命之"烽火"该有多么的贴切。说起来我和将军山也有一段故事。2003年的11月1日，此山和毗邻的营驻山突发森林大火，当时救火人手不足，傍晚时分县里紧急要求每个单位都要派人上山灭火，因为通知得急，没搞清怎么回事扯腿就跟着上了车，到了目的地才知道是要上山救火。可怜了当天上午我花了三百多元血本才买的一双新皮鞋，跟着大队伍深一脚浅一脚在荆棘刺草里迂回穿梭，在还有火星的灰烬里闪躲腾挪，下半夜下山后又两眼一抹黑深陷山脚水田的淤泥。回来后脱下那双已是面目全非伤痕累累出师未捷身先死的皮鞋，对于当时月工资才六百多元的我来说，心里的那个疼啊真是无以言表。当年的狼狈已一晃十年，这次是以一个观光者的角色重登将军山，心境自然大相径庭。采风队伍浩浩荡荡，沿着窄陡的登山小道排成一溜蛇行向上，数十把花花绿绿的雨伞蜿蜒成一条绚烂缤纷的游龙，缥缈山间，随山风舞动。上至山顶，极目四望，天地入怀，别有风情。但见薄薄的烟雨之中，我们的母亲河——道水像一个娇羞待嫁的少女，搭着一条似有似无的纱巾，扭捏着曼妙的腰肢侧身而过，收割后的稻田如一个个被某个画师写生后随意丢置的调色盘，在朦胧中变幻着深浅不一的色彩，来时的那条公路，也全没有砂石水泥混合出来的那种直白和坚硬，隐隐约约的似一支搁置在田间地头的画笔，让人有随时捡起涂鸦的冲动，而道水河上那座新修的高速公路大桥，在雨中也没有了本应霸气的恢宏，远远地看去，倒像是一把俏皮别致的头梳，不经意的妩媚里就绾住了道水河那头飘逸的长发。喔，原本是一场不受欢迎的雨，此刻却成了一个充满创意的舞美设计师，即兴迸发的几个灵感里，已将烽火的历史与未来演绎得动静相宜妙到毫巅。

按照计划，我们相继参观了烽火乡兰田水厂、新农村示范点白龙井村、招商引资重点项目盛华一力农业有限公司等地方，最后一站是烽火中学。烽火乡地域不广，人口不多，却先后涌现出了一大批杰出人才，如今烽火籍在外从学、从政、从商的知名人士不计其数，堪称我县人才输出基地。是什么原因导致这里成为我县人才生产的流水线？当你走进烽火乡中学，感受这里的文化氛围，一切疑问就会迎刃而解。偌大的校园宛如一座花园，花团锦簇，绿草茵茵，楼台亭榭，翠树掩映，书声如乐，画情诗意。移步换景，景景不同，有一种"花草能传情，墙壁会说话"的妙处。文化墙说古道今启思寓意，宣传栏琳琅满目丰富多彩，黑板报个性彰显别具一格，运动场设施齐全规范整洁，徜徉校园，处处可见诸如"趣学、去学、趋学"、"乐园、乐苑、乐源"、"踏踏实实做事，堂堂正正为人"等这样意味深远的标语提示，形成一种独特的校园文化，作为一个乡镇中学来说，实在难得。置身这样的求学环境，每天熏陶传统文化，时刻汲取知识营养，耳濡目染，潜移默化，勤学慎思自然就成为一种传统，人才辈出也就成为一种传承。

"春风得意马蹄疾，一日看尽长安花"，半天的采风活动在意犹未尽中很快就结束了。组织者独具匠心，时虽仅半天，但大家在领略烽火的丽山秀水之外，其蓬勃发展的工业、农业、文化事业也一应俱全，随行者都享受到了一盘丰富多彩的精神大餐。参观的行程里，居然还有一个极具时代动感特征的赛车基地，虽然规模不大，但却淋漓尽致恰如其分地体现了烽火人骨子里那种敢为天下先的奋进精神。正是在这种精神的引领下，烽火正在抓住时代的机遇，一日千里阔步前行着。你看，即将通车的国家重点项目"二广"高速纵贯其境，烽火，作为高速公路接驳点，届时就是我县通江达海的东大门，出则天地无限，入则绿水青山，这个昔日灰头土脸偏居一隅的"丑小鸭"，在时代的大浪里将一跃成为独立潮头的"白天鹅"！

不语佘市桥

题记： 佘市桥镇位于临澧县城西12公里处，处临澧母亲河道水中游，西与石门县接壤，距李自成禅隐的夹山寺约15公里，全镇总面积80平方公里，石膏矿藏丰富，民风淳朴，经济发展稳健，青山工程巍峨的群英渡槽南北横架，石长铁路横贯过境，著名现代文学家丁玲即出生在该镇高丰村。境内因有七百多年的佘市古桥而得名。

很多东西，如果我们没有深入其中了解，你就不会有内心的震撼。当你了解之后，就会觉得自己有多么渺小。就在这次到佘市镇的采风活动中，我才知道，在我们的身边，居然有一座足以和河北赵州桥媲美的古桥梁——佘市桥，让我震撼不已。

这座的古代能工巧匠的杰作，离我的住处不过十来公里，已历经了七百多年沧桑风雨和七次朝代更替，至今依然老骥伏枥，余热不息。这次采风，是我第一次把佘市桥作为一个文化符号如此近距离而且颇为用心地审视、瞻仰，心里首先浮起的却是一份羞愧。是的，羞愧！近四十年的人生经历里，我已十数次从这座桥上经过，去慈利县，去夹山寺，去白洋湖，却没有一次能放下匆匆的行程，俯下身来触抚、亲近这份先祖给予我们的瑰宝，暴殄天物却浑然不知，这是对历史的无知，对文化的践踏，不也是对自己浮躁的惩戒吗？

佘市桥初建时叫道源桥，始建于南宋宝庆年间，位于临澧城西十三公里处，横卧在澧水支流，也是临澧的母亲河——道水河上。当年建成后，因附近佘姓人居多，当地人惯以佘氏桥名之。后在桥头逐兴集市，当地也以佘市而代之，沿用至今。临澧有句俗话叫"三次为定"，佘市桥的建成也非一朝而成。初建时为石墩木梁桥，南宋咸淳四年时废木梁建成石墩石梁桥，元至顺二年又取当地太浮山红砂石，改建佘市桥，历时六年，一座八墩九孔的连拱石桥终于横卧道水，就是现存佘市桥的主要部分。当时建成时此桥极为精美，元太史揭曼硕在其《道源桥记》载："上为屋二十六楹，中建阁四楹，以奉镇水之神，阁之下左右有轩，右署曰'江山有待'，左署曰'风月无边'，南北为门，以司阖辟。建石浮屠二范，金犀三琢、石犀四座、以压水怪。居道人以备洒扫。听民贸易其上，晨合暮散，各得其所。"应该就是现在湘西那边还时有所见的风雨桥模式。后来，临澧县人民政府在原石质桥面上加铺钢筋水泥，拆石栏建水泥柱栏，并在桥南增添两孔，将桥面向南延长二十米，使之成为公路桥，担负着临澧县到石门县这条地区主干公路及县内乡际人物流的过河运输任务。

拐过道水河边的一片居民区，蹚过深秋季节没脚的衰草，古老佘市桥的庐山真面目就这么落落大方地展现在了我们的眼前，全没有七百多岁的故作神秘，也没有倚老卖老的矫情造作，无碑无记，真实自然。九孔大小相同的门形圆桥眼在道水河上一字展铺，与河中波纹里的倒影合成九个浑然天成的椭圆，如九只历史深处透过来的眼睛，不惊不乍，无喜无忧，淡看朝替代换，星月轮转。根据桥体材料和建筑痕迹，古代建筑与现代部分一目了然，担负主要承重任务的仍然是古体部分的那些红砂岩建筑，越临近水面，砂岩的颜色会更深一些，至水面约一米处已变成黑色，那自然是数百年来河水冲刷浸泡的结果。不知为什么，我脑海里突然自创了一个"桥轮"的词来，应是借鉴了树的"年轮"这个概念，那层层愈低愈深的砂岩颜色，不正是这座桥七百多年风涌云起跌宕起伏生命历程的真实映照吗？它的每一个高度都历经了能量不同的洪水，同时也证明了佘市桥骨子里的坚强。历史上，这座桥曾经三毁三复，第一次是初建后不久毁木梁建石梁；第二次是清乾隆五十六年被洪水冲毁四墩，桥上原有的一些精美建筑亦冲毁无存，乾隆五十九年桥体按原制补修；第三次是清同治元年又水毁几墩，历时一年多修复。1930年，贺龙领导的红二军团曾与国民党激战于此，幸好当时双方都没有投入火炮之类的重武器，真可谓历尽坎坷九死一生，是名副其实一座有故事的桥。桥墩被智慧的古人设计成迎水一面为尖刀状的锥形，这样可以缓解水流对桥身的冲击力，简单实用，墩顶已生出许多的藤蔓来，恰似少女刻意而为的刘海，俏皮而不失端庄。八个古桥墩在流动的水波里，有如八只随时都能蓄势待发的冲锋艇，似只要谁一声令下，立可浪遏飞舟一样。古桥面上浇筑着加宽了一米多的现代水泥桥面，桥面可见车来车往，时有三四十吨的矿车经过，在无比心疼之余，却又不能不让你感叹古桥的坚固和顽强。

纵观佘市桥身世，发现这不仅是一座实用之桥，更是一座善德之桥，以善开始，至今仍然发挥着巨大的社会效益。一开始建桥，是当地一个名叫广海的僧人见乡邻往来不便，遇洪水时有淹毙者，于是牵头筹款修建，初为石墩木梁桥。南宋咸淳四年，有"里人李元佑、梅兴祖增修石杠"，元至顺二年弃木梁建石梁桥时，又有祖居佘市的学政刘世英捐款二十万，历经六年增修桥墩。清乾隆五十六年第二次水毁四墩，由当地乡民自愿捐资，用银三万两，按原状复修。清同治元年佘市桥又被水毁几墩，"同知蒋明章捐巨资修复，其子蒋锡瑞督工"。民间说善有善报善始善终，也许正是这些代代相传的善举，感化了那些修桥的工匠，夯实每一寸基础，砌牢每一块砂石，夜以继日，绝不偷工减料。是的，他们没有钱，但他们可以把善德以尽心尽力劳动的方式，用血汗付出，传递着这种做人之本。正是这些财力与劳力复加的善举，才造就了这座全国至今服役年代最久的桥梁，在与它年龄相差无几的赵州桥、卢沟桥等古桥早已退役成只供学者研究、游人观赏的风景之时，佘市桥，这个沉默的奇迹，仍然岿然屹立负重不毁，每天承载着数百趟车辆往返穿行，保证着国计民生的顺畅。

正是善德，造就了这样不朽的奇迹，而也恰恰是善德，才让我们觉得这种奇迹其实理所当然。所以，善，是一种力量，可以力扛千秋；善，也是一种承载，可以泽及万世。

停弦小记

题记： 停弦渡镇位于澧水下游南岸，因境内有古渡口，传说司马相如来此过渡，在渡船上弹琴，琴弦突然断开，由此得名停弦渡。距临澧县城北15公里，与澧县城头山镇隔河相望，207国道、林夹公路穿境而过，有人口40000多人，全镇总面积117.72平方公里，是一个水陆交通方便，经济文化发达的农村集镇，邑地依山傍水，地理位置十分重要。

奔腾的澧水，三源合一于桑植小茅岩后，像一条桀骜不驯的蛟龙，在湘西的崇山峻岭中奔突腾挪，剑指东方。险峻的山势赋予了她阔大的胸怀，彪悍的民风给她注入了野性的力量，起桑植，经永顺，下慈利，出石门，一路所向披靡，进入临澧境内。就在她打了一个漂亮的尾哨，准备继续撒野东进时，不承想迎头一条捆仙绳，被缚于一座并不起眼的青山之下。这条让骄纵了亿万年的澧水也徒呼奈何的捆仙绳，就是有着亚洲第一泵之称的临澧青山水轮泵水利枢纽工程的主体大坝。自此，澧水出势趋缓，下游民富物庶。

这座比红旗渠有过之而无不及的特大水利枢纽工程，就位于临澧县一个叫作停弦渡镇的地方。2016 年 12 月 4 日，临澧县文联、作协、摄协一行近五十人，轻车十余骑，走进停弦渡镇的山山水水，用诗人的眼光打量这方山水的风土人情，用作家的脚步丈量这片热土的过去未来。一天时间，虽然是浮光掠影，但也算一管窥豹。

停弦渡镇位于澧水下游南岸，处临澧县城北十余公里，207 国道、林夹公路穿镇而过。辖内有一个数千年的古渡口，传说西汉辞赋大家司马相如在这里坐船过渡，在渡船上弹琴时，琴弦突然断开，由此得名停弦渡。除却古渡传奇，境内还有与岳飞相关的牛头山、与李自成关联的铜山，加上之前说的青山，三山一水，水秀山灵，真是山山有故事，水水有传说。如此令人神往的山水，怎不让我们心旌摇动呢？

我相信苍天是可以感应人类心智的。连续数日的阴霾积沉，在采风临近的日子里，让人生出些许的担忧来。毕竟在这样的冬日，如若冷风冷雨，除却行程会不方便外，人的心情自然也会受到一些影响。而阳光，就像一个善解人意的可人儿，在这天的清晨里，透过轻纱般的薄雾，将所有温热而快乐的情绪洒在了青山绿水间，也洒在了每个人的心头。

车队如一条调皮的蛟龙，在停弦秀丽的山间水畔隐现穿行。采风人员大都久居县城，多被钢筋水泥建筑和浑浊的空气束缚着，这一下子被投入满眼的山水和新鲜的空气里，一个个兴奋得竟如孩童般手舞足蹈。

牛头山，因形似卧牛而得名。《说岳全传》第三十九回，有一个岳飞爱将高宠与金兀术血战牛头山、勇挑铁滑车的故事，书中的牛头山，据说就是现在停弦境内的牛头山，现在牛头山下还有许多高姓人家，相传就是高宠的后代。采风行程的前几站是围绕着牛头山做文章，以"牛头"开始采风之旅，自然不错。先是上到山顶参观建在牛头山上的生态养鸡场，接着来到半山腰参观正在改扩建的牛头山自来水厂，然后下到牛头山脚参观夕阳红社会事业幸福院。站在牛头山顶，感觉自己顿时成了一个巨人，四周延绵的群山好像都是从我们的脚下渐次蔓延开去。阳光如一个绘画大师，将所有的山脉都沿着山脊分割成明暗两色，如波浪般在眼前晃动。山底下有许多形状不一的水库，有的坦露在阳光下，水面如镜子明亮通透，有的在黛青色的山影之下，水面就显得深沉神秘，像一本童话书里的各种小插图，添了许多趣味。而一些依山形而散居各处的民房，因农村房子屋前屋后都有依木树掩映，而且现在民间建房风格各异色彩斑斓，中式欧式传统现代俱杂，便显得像一些与我们捉迷藏的顽童了，有的露出半张白色的脸，有的才探出个红色的脑袋，有的就只能看见一只黄色的肩头，随着阳光的光线和我们的走动，忽明忽暗忽隐忽现，动感十足，有意思极了。城镇里待得久了，每天看到的都是一些生硬而固定的线条或者模块，间或能在自己的生活里加入这样一些活泼的元素，也算是张弛有度、劳逸结合了。三处参观点，一处为生态绿色农业企业，一处为可持续发展的政府民生事业，一处为积极健康的社会福利事业，皆非杀鸡取卵之举，布局、建设俱能与这片山水和谐相处，有机融入，既让这里的好山好水好空气造福于民，又为这片古老的山水注入了时代的活力，匠心可见其中。

罢别牛头，复向青山。车队沿着澧水河从青山电站管理所旁一条不太宽的简易公路溯东而行，约一公里多时停了下来，有先发现者激动地喊道："看，在那边！"喔！这便是有数千年历史的青山汉晋古崖墓群了。"崖墓"为世界文化史的一大奇观，也是我国古代一些民族将人的遗体送入悬崖洞穴安葬的一种奇特葬式。"崖葬"选地一般都是大江大河上常人难以攀援的绝壁，在江西、福建、浙江、四川等地分布较多，但近年来发现的临澧青山汉晋崖墓群成为湖南省澧水流域独具特色的一种文化遗存，据说为湖南独有，在考古及文化界声名鹊起。但见二百米外河对岸是一堵如斧削刀劈般的红砂石崖壁，崖壁上满是一排排一层层约百十来个大大小小玲珑别致的窟窿，好像百十来只历史的眼睛，历经千年风雨依然炯炯有神，无论世事沧海无论朝替代换，都逃不脱历史老人一道道深邃的目光。相传吕洞宾、铁拐李漂洋过海，来到八百里洞庭湖，西行溯澧水而上，忽一日来到青山境内，见这里古树参天，鸟语声声，是一个难得的幽静之处。于是，棋兴大发，便在临江悬崖绝壁的平台上，饮酒对弈，原计划七七四十九天决一高低，不料对弈到四十八天时，铁拐李心情浮躁，一不留神被吕洞宾抢了先机。铁拐李全盘皆输，一时发起无名火来，在那悬崖上连戳104洞。神话归神话，揉揉眼，看清了，原来那些窟窿眼俱大致呈方形，正方形、长方形都有，初一看层层排排整齐规则，细看上去实则错落有致参差有别，基本上没有两个洞口在同一平面线。冬季正是枯水时节，加上上面不远处有青山电站大坝横揽，澧水河的水位很低，河水迹线与崖壁之间因退水便退出一段距离，也生上了诸多植物，这样看上去红砂崖壁的上下左右都有葱郁植被掩映，独留这堵满是洞口的陡峭崖面素脸示人，如神话故事中的千眼佛，在纵横中尽显它的古幽沧桑。人群终于从嘈杂继而平静，连照相机的快门声也听得见了，这在白天一个几十人的现场实难出现，看来他们也如我一样，是被这古老文化遗迹不怒自威的厚重气度与祖先留给我们这个千古之谜给吸引、震撼住了。是啊，今人无论是何等功高一时何等显赫一方，与祖先留给我们的这些宝贵文化遗产相比，终归是浅薄的、粗俗的、不值一提的。面对祖先，我们原本就得存几分谦逊，带几分敬意。我目视那些古老的洞口，突然似有叮叮当当的凿刻声与粗犷浑厚的船工号子自千年深处由心而来，那些只有在各自猜测与揣摩中仿若还触摸得到的历史背影，眨一眨眼，便已融入脚下这条历经亿万年风雨，而依然吐故纳新的澧水河了。

官方安排的采风活动只半天，在停弦龙头休闲农业企业——福船农庄用过午餐后，一行人意犹未尽，借着酒兴，一口气又登爬了铜山。平日里有些养尊处优惯了，一段其实并不算艰难的上山路，有喘如斗牛者，有望高兴叹者，有呼天叫地者，但最终还是没有人停止攀爬的脚步。这座山，我数年前来过几次，也算是老相识了，只有山上这座铜山寺，以前来时还只是一堆砖瓦，这次已变成两座恢宏鲜亮的大殿，算是新的景致吧。这个季节，山上的色彩并不饱满，一些常青的灌木也显得有些黯然神伤，但这并不妨碍我们的兴致，就像一本好看的书，总有让人情绪高涨的情节，也会有让人掩卷沉思的断章。放眼山下，内容就丰富多了，阳光用它的激情画笔，将大地分割成一片片油画般的色块，像一块块积木，似可任意拿取拼制。而澧水，在这个季节里消瘦了许多，在水汽与阳光交织的氤氲里，似一卷散开的银练，蜿蜒着，慵懒地摆动着颇具风情的腰身，款款地流向远方。此情此景，我突然豪气在胸，不管不顾，忍不住手作喇叭，对着山下大吼了几声，于是我听到，似有一串来自远古的回声，回荡在这块万古爱恋的山水之间。

一日之行，走马观花。因有些道路正在建设，临时删减了几个参观点，甚至还有一台车跟掉了队。不过倒也无妨，放弃和错过，有时也有一种大智慧。我知道，看不尽的长安花，道不尽的儿女情，那些灵秀的山水会愈看愈新，正如停弦的这片热土，会在每个时代都散发出不同的热度一样。

"饭堤堰"和"龙蹬坎"的传说

在临澧县安福镇农丰村的拜塔山罗家湾山脚下，有一口池塘，叫饭堤堰，这里有一个优美的传说。

很多年前，拜塔山的山脚下是一个撮箕口形状的山冲，一遇到暴雨，山水就从这个冲口倾泻而下，无遮无挡，冲毁许多良田和房屋，当地百姓苦不堪言。于是常常在土地庙前祈祷，希望土地老儿能够传话给玉皇大帝，赐予人间风调雨顺，年年收成。

这位土地老儿吃人间俸禄，也算是尽职尽责，虽然在众多神仙之中，他实在人微言轻，但终于逮住了一个玉皇大帝巡视人间来到他地盘的机会，把这事一五一十地"汇报"给了玉帝。玉帝一听只是这么一件小事情，不假思索，当场拍板，交代身边陪游的东海龙王三太子，让他当夜就带几位神仙下凡解决这个问题。玉帝放眼此地人间，见浮山叠翠，道水拖蓝，景色宜人，也乐得在这里停歇转悠一下，便要三太子不必着急，天亮前赶回来陪他去往下一站就行。

三太子领差，便让土地老儿带路，带了几位随从仙人下到凡间。到了实地一看，工程简单，只需在这个山冲口筑一道堤，将山水拦住即可，实在不需要多长时间，也就不着急。于是先让土地老儿带着他们几个在附近的古老山、童山等地看了会儿风景，再转回来时，见时间还早，只是肚子有点饿了。三太子知道这方圆百里素有鱼米之乡美称，平日里琼浆仙食吃腻歪了，既然来到凡间，何不尝尝人间的大米饭？三太子把这意思一说，土地老儿心里虽然着急，但天庭亦如凡间，官大一级压死仙，况且是求着别人办事，没办法，便转了一圈，找来了一些大米和一口锅，就地埋锅做饭。

此时山野幽静，夜风习习，山色如黛，水晶如月，与天庭相比，实在别有一番情趣。龙三太子也是性情中仙，一时兴致大增，饭快熟时，又吩咐土地老儿去找点人间美酒和下酒菜来。这当口，他们几个就围在一起下棋。这可苦了土地老儿，今年他管的地方本就是灾年，刚才找点大米已勉为其难，现在又要找美酒和食菜，就更费周折了，去的时间也便长了一点。而龙三太子们下棋也下得忘了性。突然，"喔——"空野寂静的山村传来一声鸡叫，像一声霹雳，把龙三太子几个的雅兴一下子惊醒了。他们一看天快亮了，土地老儿还没回来，饭也来不及吃了，可玉皇大帝交代的任务还没有完成，君无戏言，如此复差肯定是要受到惩处的。这当口，找建筑材料肯定是来不及了，慌乱之中，他们抓起一双筷子，往山冲口两边一插，再端起饭锅，把已经煮熟的白米饭往这双筷子中间一倒，仙诀一念，一道白色的堤坝瞬时拦冲而起。龙三太子怕耽搁时辰后被玉帝问罪，让手下在后面收拾东西，自己先上天复命，一步跨上刚筑好的堤坝，再一抬脚，蹬在堤坝旁的山嘴借力而去。因为三太子心急如焚，用力过猛，这一蹬居然将拜塔山的山都蹬垮了一边。第二天，当地人们发现这里筑了一座堤，蓄水后就成了一座堰塘。因为堰堤上有许多米饭状的白色沙砾，人们就管这座一夜而成的堰塘叫"饭堤堰"，而堰堤旁边被龙三太子上天蹬垮的那座山坎，就取名"龙蹬坎"。正是有了这座堰塘，这里的人们告别了连年的水患，从此农畜兴旺，五谷丰登，后来当地改名都叫"农丰"了。

你如果不相信，现在都可以去实地查看，那座堰堤的沙子一粒粒都是白色的，像煮熟后的大米饭粒一样。

（以上作品均刊于《澧兰》）

樱醉太浮山

　　总有这样的春日，午后的阳光恰到好处地撩起心中一股躁动的火苗，我就知道，是该出去走走了。

　　我虽平日里也犯点选择困难症，好在这样的季节，去处的选择并不太难。这两日，朋友圈很多人都在晒太浮山的樱花，踏春散心，疏影弄枝，让人不由得生出些许艳羡来。嗯——应该是个不错的去处。才在一个群里发了"樱花谷，谁同行"六个字，便引来一连串欣喜的回应。看来，一场花事，是很多人在这个季节的期待。

　　太浮山，因相传当年浮邱子在此炼丹修道而得名，位于湘西北地区的常德市临澧县西南隅，与桃源、石门两县交界，真正意义上的"鸡鸣三县"之地。这座湘西北的名山，除却优美动人的远古传说、声名远播的二十四景、轰轰烈烈的剿匪传奇、佛道一体的金顶禅寺外，其山上的野生樱花林更是它不可替代的名片之一，早在明清时期便已声名远播。明嘉靖《常德府志》和清道光《安福县志》就有多首咏太浮山樱花的诗作记载，如明代杨瑛"春风淡淡花生管，皓月溶溶雪满笺""花下紫苔眠白鹿，云中春树语黄鹂""樱花照月影娟娟，香飘十里花为国"清代姚燮"华灯素月毯，残梦楚天游。小愁蘼芜径，春人烟云楼。弄光晚宜白，媚影向晨柔。四月汝当果，纤莺末尔羞。"等。而现在的长沙烈士公园、王陵公园等地受到无数游人追捧观赏的早春樱花，就是十多年前湖南林科院专家移植的太浮山野生樱花品种。所以说，如果你春上浮山而不赏樱，可谓憾事。

太浮山赏樱，必是樱花谷。樱花谷位处太浮山南麓，一般来说须开车前往。太浮山旅游开发进度较为迟滞，现进山车路仅太浮镇雷水岗一处，其余胜利、王化、文家三条路均为步行上山之道。车行雷水方向，一路对面过来车辆颇多，车牌大都为周边诸县及市区号，思忖猜知俱为赏樱返程。今才周三，赏樱之势已是车水马龙，可见太浮山樱花声名在外。如遇晴好周末，那该又是怎样的一番热闹哩。

才翻过太浮镇西边不远的曹家垱水库那座山坡，车上人便欣喜开了：哦！樱花！隔过车窗，果然看见十多里外的太浮山南坡的黛青色影像里，掺杂着一些不规则状云朵般的明亮之色，那一定就是樱花谷半山腰上成片盛开的野樱花了。看来今日除却暖昧的阳光之外，空气质量也是难得的通透清爽，以至于一场樱花秀被提前剧透。

敞开着车窗，任早春的气息溢满车的每个角落，也溢满人的每一个细胞。太浮镇为临澧县的桃李产区，这个季节，一路桃红李白，满目艳丽，春意已是如此兴致盎然。其实，一场倒春寒才过去几天，电视及网络里也都还充斥着这里那里冰冻的新闻，很多人都还没有从那场寒冷里醒过神来。才经三两个阳光晴好的时日，春天就像一个顽皮的孩童，迫不及待地就一头蹿了出来。

　　停车坪停满了车，慕名赏樱的游人真不少。下了车，先走到停车坪上方不远的一个高处远眺樱花谷，但见山底的一个小型水库像一块镶嵌在山间的蓝宝石，而巨大的樱花谷山麓便化身为一只正在俯身汲水的牛头，神韵兼备。时间已是午后两点多，太阳已翻过了樱花谷的脊背，眼前的樱花谷全部的山身就映落在了阳光的阴影里，显露出一种深邃而沉稳的质感。满山盛开的野生樱花林此起彼伏，不像公园或植物园里的樱花林人为的整齐之美，而是自然而错落有致地铺满了数百米高的坡面，歪歪斜斜，卧立不定，或聚或散，或曲或横，千姿百态，个性十足，野性毕现。太浮山的野生樱花多为早樱品种，此时虽才农历二月之初，却已是盛花之期，蔓延起伏的野生樱花与相杂其间的白檵木、白玉兰及一些不知名的花木组成的花海，这里一片，那里一块，或大或小，有形无形，不雕不饰，虽不整山成林，片块之间却有着欲说还休的缠绵，给人一种天然灵秀之美，当然也少不了自然和谐之美。那一团团看上相互独立却又有打断骨头连着筋感觉的花簇，就像一些山里的村落人家，这里住着几户，那里住着几家，彼此虽有些间距路程，却都是一呼可至的乡坊亲邻。因山势过于陡峭，这片野樱花林对于一般游人来说，只可远观，难以近赏，只见其形，难近其身。这也是太浮山最原汁原味的野生樱花林，任由风雨、虫鸟播撒花种，汲日月精华，享天地灵气，自然繁育，千年于此。专家测算，太浮山野生樱花林面积达五千三百多亩，约十万余株，品种有尾叶樱、微毛樱、崖樱、山樱花、麦李共五种。而最有意思的是，其他地方的樱花多为观花品种，极少能结果，而太浮山所有的樱花品种均能开花结果，果实的颜色有红、紫、黄三色，花开时观花，果熟时赏果，花美果亦美，这也是太浮山野生樱花的独特之处。只可惜，虽然近两年太浮山樱花吸引了很多游人，但大部分来此寻春赏樱的游客，都没有认识到这片野生樱花林的真正价值，往往下了车就直扑樱花谷底的人工移植栽培的樱花林，而忽略了眼前这处最具欣赏价值和科学价值的美景。现实生活中，绝大部分人都是这样的赏花者，容易被一些眼前利益迷惑，追求一些现实的触手可及的目标。而真正体现人之价值的大目标大追求，因为遥远，因为苦累，而被大多数人放弃，或者直接忽略。

沿着铺着碎石的樱花小道下往樱花谷，因为路有些陡峭，有人还差点摔了跤。路两边去年新移植的樱花树都开了花，这不过是一场樱花秀的序幕，就已让绵绵不绝的游客赞叹不已起来，来到谷底的平缓处，才是一场真正的人花大戏。但见错落有致梯田层状的樱花林里，人影攒动，人声如沸，桃源腔、石门腔、长沙腔等各种地方语言间杂花间。这已是下午时间，我们都不知道是今天的第几波造访者了，山谷里仍然没有一角清静之处，扎满了如我一样寻美散心之人。特别那些满面喜悦的女人们，到底比男人更具春心，更重感官，不管年龄大小，如一只只欲要开屏示美的孔雀，俱穿着艳亮，衣红裤绿，大都或披或系一条色彩鲜艳的纱巾，或摆着各种撩人姿态拍照留影，或肆无忌惮地在花间穿梭嬉闹。更有一队旗袍美女，各撑一把别致的油纸伞，着各色或长或短、或端庄或妩媚的旗袍服饰，在树间花下大方而不失娇羞地走秀，几个摄影师和一些拿着手机的游人，如蜜蜂赶花般追着选择各种角度摄影，风过花落，人影花影，一时居然难以分清哪里是花，哪里是人了。不过是一个早春，不过是几树早花，就如此轻易地撬开了人们心里那枚关着天性的瓶塞，放飞了压抑一冬的自由与快乐。

我到底也还是有些文艺情怀的人，抵挡不住这般花景人景的万般撩拨。春风微醉，春光氤氲，徜徉在这片花的海洋，吮吸清淡的花香，看这些触手可及的是樱花，内心是一种难以名状的愉悦。我不是一个真正的赏花者，对于过于艳丽的鲜花，我反而不太喜欢，而有些温室里培育出来的花品，又过于雍容华贵，受不得风霜的惊吓，一般我也是不以为然的。就像赏画，我也是喜欢水墨画甚至素描画多一点，素雅干净，不媚不娇，樱花就刚好切合了我的这种欢喜。这里的樱花品种多为素白之色，少有粉艳，虽多为人工移栽，但也是山上的野生樱花的同根之生，历风雨，经寒霜，清水出芙蓉，天然去雕饰。一棵棵樱花树像一个个穿着素色衣裳的下凡仙子，合着人动风影，身姿绰约，散发着天然的气质，似是一树一树地走动了起来。枝条上万千的花朵像极了落满枝头的彩蝶，随着清风微微地颤抖，如翩跹的蝴蝶扇动着翅膀，那种美感，似再唯美的字眼也无法形容，只有用心才能感受到其中只可意会难以言传的美。正是花盛之时，一阵轻风，便没有飘飘洒洒的花落之伤，满树的樱花随风摇曳，如层层花浪，激荡着阵阵涟漪。没来之前，一直想着赏阅樱花之美，可真的当置身于花的世界，却不知该看什么，因为一切都是美的，满眼的花，满嘴的香，一些平日里的苦恼和沉重不觉地就消散了，让人满心的欢喜，只有这满目满心的素雅樱花，让人神清气爽。

避开密集的赏花人群，沿着一级一级的田埂下到樱花谷谷底的樱花溪。较之去年的杂乱无章，今年的樱花溪已露出了妖娆曼妙的身姿，还新添了两座极富情趣的小木桥。微信传播时代，去年的太浮山樱花着实火了一把，不但上了湖南电视台，还出现了因前来赏花之人太多堵车二十余里的盛况。看来花农和当地政府也认识到了这些野生精灵的价值，去年对樱花谷进行了有计划的开发和修整，不仅清除了樱花溪里的杂草杂木，还平整打通了沿溪小径，为樱花谷新增了几分景致。沿溪而行，听流水潺潺，听鸟语啾啾，看山影重重，观花田层层，一时以为世外桃源了。人都有追求美的潜在需求，只不过因为过去物质比较贫乏的时代，人们以饱暖为主，精神方面的追求往往被人当成一个笑话。当下，在物质生活比较富足之后，人们便开始追求于精神享受了。就像太浮山的樱花，过去养在深闺人不识，而今很多人甚至不辞辛劳不远千里来到这深山峡谷，只为一睹其短暂芳容，说明我们的社会又前进了一大步。

　　既然说到樱花，有必要科普一下。"除看樱花不算春"，樱花在民间是一个非常受欢迎的花品，春天赏樱在很多地方蔚然成风，武汉大学的樱花甚至成了许多学子选择求学的理由之一。当然，樱花也是许多文人雅士的至爱，"樱花"一词，就最早见于唐代李商隐的诗句"何处哀筝随急管，樱花永巷垂杨岸"一诗。日本人尤其喜欢樱花，甚至将樱花作为国花，所以很多人以为樱花原产日本，其实不尽然。全世界樱属植物有一百多种，我国就有四十多种，是樱属植物主要起源地及现代分布中心。日本的野生樱花仅有八种，其大部分在我国亦有分布。日本栽培樱花只有一千多年历史，而我国远在秦汉时期樱花已应用于宫廷皇苑。据考古发掘，河南新郑裴李岗距今八千年以前新石器遗址就有樱花种子，距今二千三百多年前的湖北江陵战国墓有樱桃果，证明我们的祖先很早就重视对樱花的栽培和利用了。唐宋时期，樱花的栽培在我国十分普遍，从前人的许多咏樱佳作可见一斑，如唐代诗人白居易"南馆西轩两株樱，春条长足夏荫成"，"小园新种红樱树，闲绕花行便当游"，杜甫"西蜀樱桃也自红，野人相赠满筠笼"，李白"别来几春未还家，玉窗五见樱桃花"，元稹"别后相思最多处，千株万片绕林垂"，李坤"开花占得春光早，雪缀云装万萼轻"，王维"芙蓉阙下会千官，紫禁朱樱出上兰"，宋代晁补之"樱花已晚犹烂漫，百株如雪聊可绕"，王安石"山樱抱石荫松枝，比并余花发最迟"。樱花的生命很短暂，素有"樱花七日"之说，一朵樱花从开放到凋谢约五至七天，整棵樱树从开花到全谢也不过半个月左右，形成樱花花开花落的特点，也正是这一特点才使樱花具有了入诗入画的魅力。《红楼梦》中的林黛玉葬花，有人说葬的是桃花，其实我分析，应该是樱花，多愁善感的黛玉，正是由其樱花花期之短暂而思及自己青春易逝，从而触景悲吟。不过，太浮山的野生樱花因品种较多，开花时间也各有不同，就像民间的草台戏，你方唱罢我登场，花期能从农历二月上旬至三月下旬，前后延续可达两个月，这也是目前亚洲发现的面积最大、种类最多、花期最长的野生樱花林，放眼世界也不多见。林黛玉当年如不居大观园，而是结庐于浮山脚下，她就可以看到近两个月的樱花次第，于是也便不至于如此伤感，甚至丢了卿卿性命。

不知不觉时过五点，同伴吆喝返程。回首仁息，似有不舍，其实是还有些意犹未尽。不过想想，一场再热闹的花事，终也要有落幕的时候。生命盛开，亦如这样一场花事，我们都走在匆匆的时光里，寻觅的足迹或散落在曲径通幽处，或湮灭在过往的风景里。往往，花盛之时转身，塞在心里的都是勃勃的春意，前行的脚步便会轻快许多。若过于贪念眼前之景，久了时日，看到也许就是落花为泥，随风而去，心里徒添伤感纠结，反倒得不偿失。

故园之殇（三题）

代题记：家没了，梦碎了，无处安放的灵魂将成为一个随处游荡的野鬼闲汉。这两年，生我养我的故园，要么被改名换姓，要么在工业发展的进程里被吞噬掉最后一寸骨肉。而我，从精神意义上说，将成为一个真正的孤儿。而我的内心，一定会有一只别人看不见的啼血子规扑腾展翅，在许多泪湿衿鸾的夜半时分，用声声啼血的恸哭呼唤，呼唤失去的家园，呼唤失去的爱恋，直到有一天，我也如疼我至死的故园，化为一缕青烟。

别了，我的杨板

喧闹折腾了近一年的合乡并村工作终于尘埃落定，临澧原有的十八个乡镇，有八个完成了历史使命，尘封进了文字资料和人们的记忆之中。杨板乡，我的血疤出生之地与成长的家园，作为一个建制乡镇的名字，也没有任何悬念地走完了最后一程。如一个迟暮沧桑的英雄，终究没能逃得掉残忍的岁月挥向他的最后一刀，血溅青史，名留身后。

撤乡并镇的消息刚传出，我的同学、战友等QQ微信圈里便人声鼎沸，而那些在外地工作和生活的朋友亲人，更是百倍关注，时时探听着事情的进展。特别是同学群里与我同属杨板籍的十多个同学，从一开始便弥漫着一种低落的情绪，越是迫近最终，情绪越是悲观，至最后的伤感。是的，杨板作为一个人口偏少、区位势不明显、经济欠发达的农村乡镇，命运是可以预见的，只是没有想到，它最终居然以一分为三这种近乎"车裂"的方式告别历史。是的，我要用"车裂"，也就是五马分尸这个词来表达我那一刻的情感，因为当有人把最终的结果以文字方式贴入群里时，在那些保留住了自己家园名字的同学庆贺之后，是我们这些失去了家园名称同学默哀般集体的沉寂，继而出现的是挥手告别和泪流满面的表情。这虽是虚拟的世界，却同样有着真实的情感，好几个同学后来都表示，当时他们真的哭了。是的，我承认，当时我也像一个没了娘疼的孩子，没出息地流下了莫名的泪。那一刻，我们真有寄人篱下流离失所的感觉。

从地缘上来说，我老家杨板乡太山村戴家湾组位于当年的杨板乡与望城乡、修梅乡的交界处，我读书启蒙是在当时的望城乡九子村小学，从小学到高中没有在杨板乡地域读过一天书。有时大家说起杨板的事，问起杨板的人，我都一脸茫然。后来，我以杨板籍的身份当兵入伍，更加剧了我对杨板的融入感。是啊，我出生在杨板这块贫瘠的土地，吃着这里的稻米长大，是这里的山水赋予了我健康的体魄，是这里的乡坊亲邻催化了我灵秀的智慧。走过千里万里，踏遍塞北江南，只要听到或者提及"杨板"二字，血液里就会升腾起另外一种温度。这种温度，曾让我对酒当歌泪洒他乡；这种温度，曾让我归心如花暗夜芬芳；这种温度，曾让我激昂文字独自神伤。那些苦和甜的日子，这两个字给过我柔软与希望；那些快和慢的时光，这两个字给过我慰藉与力量；那些远和近的回忆，这两个字给过我温暖和亮光。

蜜罐里长大的"90后"和"00后"这代人定然是无法理解我们这份情愫的，他们对这类改革也自然毫无感觉。在如今交通、信息畅通无比的时代，人们的地域化观念也越来越淡薄，就像中国留学生中秋赏月时，那些外国人总不理解中国人为什么总纠缠于一轮明月般茫然。多年前在广州曾遇到一个五十多岁的慈利人，当他知道我是常德人时，颇为伤感地说：我其实也是常德人，80年代慈利县才分出去，不过总觉得有点后娘养的味道，心里一直还是认为自己是个常德人。是啊，有些东西就是这么奇怪，它没根没绊，无边无形，却具有痛并快乐的魔力，让你深陷其中，无法自拔，像一根绳索，勒得你无法呼吸，甚至濒临死亡，你却依然能幸福地笑着。所以，有时哪怕只是换一个名字，却可以像抽掉一缕魂魄似的，让你终生回不过神来。

似是先见之明，前年国庆节高中同学毕业二十周年大聚会时，在大合影后的喧嚣之中，我招呼杨板籍的十五名同学照了一张合影。今天，再看这张合影，有的归入了烽火乡，有的划进了修梅镇，而我跳入了安福镇，没想到当初灵光一现的这张合照竟成了同学们以"杨板"之名的绝唱。二十多年前与二十多年后的两事相叠，似是冥冥之中便有了某种注定，令人唏嘘。

别了，才知伤感。走了，才觉珍惜。杨板，我亲爱的杨板！当看着你一步步隐入历史的大幕时，我才知道，原来我的血脉里，也涌动着余光中般的乡愁。

别了！我的杨板！

（此文获常德市"镜书家乡·寻找回家的路"征文三等奖）

老屋初冬

老屋一说，在我们这个湘西北小县城有着区别于其他地方的含义。一般来说仅指旧居或曾经住过的房子，而我们这里除了这层意思之外，还宽泛到出生的地方或者自小长大的地方，包括周围的一山一水，以及父老乡亲。在我们县城，"土著"极少，绝大部分居民都是近二三十年伴随着城镇规模化的发展进程从乡下迁移进城的。所以，基本上每个上了三十岁的城镇居民，都会有一个心目中永远的老屋。这个老屋，代表了他们最朴素的情感，也代表了他们最纯洁的怀念。

我的老屋在临澧县杨板乡太山村戴家湾组，我在那里度过了生命最初的十八年。光阴荏苒，转眼又过了十八年。不过，自父亲退休后，便又与母亲一道搬回了乡下的老屋居住，算算也近十年。于是这十年，看望父母便成了我回乡下老屋几乎唯一的理由。惭愧的是，尽管乡下老屋离县城并不太远，却也总不常往，且每次都是来去匆匆，一般都是吃顿饭便开溜，歇息过夜的时候极少，即便是春节的除夕之夜，也是陪父母上半夜后，过午夜十二点便又急急地赶回县城的家里放鞭炮"守岁",数量和质量都严重短斤少两。所以,对于给了我生命最初十八年丰富养分与无私馈赠而让我享用一生的老屋来说,无论如何都是有些良心亏欠的。前几天,老屋的堂弟家有喜事宴客,终于好不容易过了一晚。那种感觉,恍若隔世,铭心刻骨。

一个晚上便在没有县城里广场的喧闹超市的闲逛与数十个卫星电视台的无聊换台中度过。乡下久违的清寂,致使睡眠格外酣畅淋漓,一夜无躁无梦,至早七点已睡饱自醒,居然没了每日的恋床慵懒。习惯了早睡早起的父母早已起床开始了扫院择菜的每日功课,打个招呼后,便独自一人迈进了初冬老屋婀娜多姿的山水情怀中。

连日的晴好天气,山间并没有这个季节常见的浓雾,但与炊烟一道升腾起来的薄薄气霭总是似有似无的,于是远处的那些并不高大的山峦便如一些中国古典山水画作中有些模糊感觉的背景了。时值初冬,小小的山村褪下了夏日里那件满目碧绿得有些夸张的华丽外套,换上了一件色彩斑斓的时尚风衣。虽是初冬,但南方的山与北方的山却差异万分。此时,北方早一片枯黄光秃主宰天地,而我们这里还是绿色为主调,只是绿不再是那种极鲜极艳的绿了。一些阔叶树虽落了叶,一些茅草也衰败了,但组成主色调的茶树、橘树、柏树、香樟、棕树、楠竹、松树、枇杷树等这些常青林木仍然生机盎然,演绎着江南独有的风情。这样的季节,除了控股的绿色之外,颜色的第二大股东便是金黄色了。没错,这是野菊花盛开的季节,路旁、田边、地头、水塘坎上、衰草丛中,到处都是这些生命力极其旺盛的小花。有的簇拥在一起开成一大片一大片,满目的金黄看上去有些炫目,有的只是一两朵在草丛中探出头,在枯灰之中居然也颇有点睛之意。更有意思的是在这些金黄色野菊花丛中,还偶尔会有几棵白色品种的野菊花点缀其间，好像某个族人群居地方的移民户一般，让人心生爱怜。我沿着蜿蜒的小路向山上走过去，路两边已被野菊花挤满，只留下窄窄的一条落脚通行，若不是每天的人来人往，想必这些自然的小精灵早已毫不客气地铺满了整个路面，想想那样还真像一条金黄色的飘带在山间绕来绕去呢。更有趣的是有几只和花色一模一样的金黄色小蝴蝶一会儿在花间快速地翻飞舞动，一会儿停留在花丛中，它们的颜色形状都足以与花儿以假乱真，只要眼睛眨一眨，但再也寻不到它们的踪迹了。路边有一棵高大的柚子树，虽然早过了成熟的季节，但一个个黄澄澄的硕大柚子还是那么紧实地密密地挂在浓密的枝叶间，颇为诱人。现在已不是过去食物匮乏的年代，因为品种原因柚子有点酸，所以树主徐大哥每年干脆懒得摘收，权当风景树了。柚子树下有一些低矮的杂树，有一蔸扁豆藤就那么协调地攀绕其间，藤上结着几簇扁豆，还有数十朵紫色的扁豆花在晨曦的微风中摇头晃脑甚为惬意。不远的旱地边，还有一棵我们俗称"猫儿刺"的杂树，已长得两三人高了，这种杂树生长很慢，能长到这般高大已属难得，更难得的是树上结满了细密如鱼眼珠大小的鲜红色果实，密密麻麻数不胜数，如火焰般喷散着生命的激情。初冬的老屋，就因为这么几点不经意间的紫与红，便倏然多出了一些浪漫与柔情来，让人顿生妩媚之感，而忘却了冬晨的清冷。

就这样沿着花间小径不知不觉便上得山来，移步换景，便又是另外一番情趣。老屋属油茶产区之一，此时满山的油茶树正是花开四溢的时候，千万朵洁白的茶花缀开在青绿得有点带蓝色的或高或矮的树叶之间，远看像歇满了千万只待飞的白鸽，漫山遍野，气势逼人。油茶树为常绿小乔木，寒露节后开花，农村有"母子相会"一说，就是说油茶树果实成熟采摘与开花正好首尾相连，非常形象。顾不上草丛中的露水润湿鞋面裤脚，忍不住童心翻涌，凑到一棵树前，于是就重启了多年前无忧无虑在山间肆意奔闹的场面。但见一朵朵花儿已完全打开，舒展着五六片椭圆的花片，花片上还颤抖着昨夜的细微露珠，晨风拂过，随时都有坠滴的可能。花片中间托着蛋黄色的花蕊，蕊芯还有昨天那些辛勤的小蜜蜂酿制的蜂蜜，折一茎草，掐头去尾，就成了一支中空的吸管，含在嘴里探进花蕊，轻轻一吸，沁甜透心的蜂蜜水瞬间便填满了全部有关味觉的血管与神经。这种感觉如时空倒转，依稀又回到了小时候早上与一班差不多的伙伴一起放牛，总也会如这样折上一根草管恨不得吸完所有茶花里蜜水的快乐时光。我忘情地在山间跳跃着、奔跑着、呐喊着，将自己最原始的身心全部交给了这片曾经纤毫俱熟的山水，于是十八前那些单纯的快乐岁月也似乎在我眼前跳跃着、奔跑着，成年后被纷繁事务缠绕的心绪在这一刻也似乎被解开了所有的死结，忽地便一顺到底清亮透彻了。

　　手机响起，父亲催我吃早饭。带着无尽的依恋返回，一身的花粉，满头的雾水，还有一脚的山泥，裤管也被露水打湿了半截，甚至手被野芭茅划开了一道血口子，这些都是记忆里久远了的快乐印痕，曾经是那样的熟悉，可如今却又如此的遥远。初冬的老屋，如一剪赤橙黄绿青蓝紫的梦，自然、唯美、婉约、多情，不知不觉间就装点了我所有的快乐。快乐有时居然如此简单。

（此文发表于《澧兰》）

永远的土地庙

　　每年春节和清明节回家祭拜祖坟，母亲按照坟头数目，在精心清点好祭奠的鞭炮后，总不忘加上一挂鞭炮，我和弟弟就会心照不宣地对笑一下，因为我们知道这挂鞭炮是给土地爷准备的。从几岁时起，爷爷就带着我们兄弟俩上山祭祖，路过土地庙时就一定要恭恭敬敬给土地爷磕个头，再燃挂鞭炮。爷爷说土地爷是神仙，他听得到的。这样的叮嘱，十数年如一日。后来爷爷也成了祖坟里被祭奠的一员，那时父亲在外地工作，母亲就接过了爷爷的叮嘱。我们知道，母亲在交代这些时，是千万不能嬉皮笑脸的，得用十分虔诚的语调回应她老人家的叮嘱，不然不会放心让我们出门。记忆里十几岁那个叛逆的年纪，我曾为母亲这种行径讥讽过她的封建，很是让母亲暗暗伤心过一段，现在想想，甚是不该。

我家祖坟十来座，散落分布在前山后山几处，一趟下来刚好一个圈，中间得经过一湾水稻田，土地庙就坐落在这湾田野中段一块水田的角落。土地庙侧面是一个约莫两三米的高坎，坎下是一条常年流水的小溪沟。说是庙，其实夸张了些，看上去不过只是一个用砖瓦砌成，再加了个盖的神龛。高度将将比一个正常成年人高不了多少，宽不过一米，拦腰中间设一横置隔板，上面供着一块刻着土地爷模样的残破了的石头，盖板下面掏一空洞，以供香客燃放鞭炮，不至于碎屑炸得满地飞。顶上盖了几溜窑烧小瓦遮风避雨，虽也间或有有心的乡邻修茸打理，但架不住日久天长日晒雨淋，已显得有些破旧，与其他一些地方动辄琉璃碧瓦红墙画栋的土地庙相较，老家的这座土地庙实在寒酸简陋。

土地爷应该是仙界里最小的神仙吧，以封建社会人间的七品县官来对应，应该算是十品仙官吧。只是我老家这个十品仙官的香火一直并不旺盛，但这不能怪我的那些乡邻不够虔诚，而是与这位土地爷管辖这块地窄人稀的辖区有关。我们戴家湾人口一直不多，户头就更少。往些年的时候，还能数上二十来户，后来随着时代发展，很多不甘于农村生活的年轻人渐渐搬到了县城或其他地方，后来不过十来户了，而且大部分都是六十岁以上的老人。扳着指头算算，就算每户一年上两次香火，这位可怜的土地爷一年也只能得到二十来次被供祭的机会。除却清明节和春节，每每从土地庙前过，总只看得见神像前斜斜地插着几截燃尽了的香烛残柄，甚是冷清，不由对这位土地爷生出些许怜悯来。不过这位爷也偶有一夜暴富的时候。有时田野里半夜会冷不丁地响起一串很长的鞭炮声来，闻声的乡亲们便会马上知道这定是哪户人家添丁加口了，第二天去看，供台上准会多出几份久违的饭菜瓜果来，这也彰显了土地爷在这块地界上应有的地位。我想，这个时候的土地爷应是满面春风眉开眼笑的，毕竟在自己的辖区添丁加口，也算是不负守土之责，不枉一方神仙了。

这座土地庙应该是 80 年代中期才有的。一开始只是非常简单地在泥地上供着这块刻着土地爷像的石头，任凭风吹雨打。后来有人觉得让土地爷这样风餐露宿有不恭之嫌，两个稍会点泥水工的乡邻便修了这座微缩型小庙，选了一个黄道吉日将土地爷请了进去，算是给这位十品仙官安了个家。老人说，以前在原址确有一座像样的土地庙，比这气派多了，但后来被毁，这块石头的残破就是证明。比起当年，这尊土地爷的回归更具传奇色彩。据说当时我们戴家湾某位长者去到一个很远的地方走亲戚，跨过一座简易小土桥时，桥身突然垮塌了一边，土层之下露出一块石头。这位长者蹲下一看，不禁大骇：这不就是我们戴家湾当年毁掉失踪了几十年的土地爷吗？真是神仙显灵，知道老家来人而自塌现身。长者忙磕头安抚，然后急回家叫上几个精壮劳力，披红挂绿，吹吹打打，用鸡公车把土地爷从几十里外请了回来，安放在原处。自从这位爷入住那个高坎上的田头后，这块我们经常跑来跑去的田原便有了灵仙之气，多了几份庄严肃穆。即便最淘气顽皮的孩子，用不着父母长辈交代，也甚少跑上这块田角追闹撒欢了。

一块石头，居然能镇住顽童的野气，如若是一块普通的石头，定是早被掀到坎下的溪沟里去了，不能不说有神奇的成分在这些民间的信仰里头。

后来发生的一件事情，更有意思。土地爷搬进"新居"不久，有一天乡邻去供奉，居然发现土地爷不见了，生产队一下炸开了锅。民间素来有"偷土地神"的做法，说偷的土地神管事，而且灵验。于是全生产队上了些年纪的人都自发地四处寻找，果然在不足十里地的另一个生产队的土地庙里找到了，几个人在半夜三更又偷偷把土地爷给抬了回来。为安全起见，用水泥牢牢地镶在供台里，想偷也得颇费些气力。那时年少无知，很不理解，甚至有些鄙夷乡邻们那次看上去疯狂而愚昧的做法。不过是一块石头，至于那么兴师动众吗？现在想来，其实那并不是一块石头，而是乡邻们最朴素的一种情感寄托，包含着他们祈福、求平安、保收成的美好希冀和良好心愿，就像爷爷奶奶希望孙儿孙女健康长大一样的道理，于情于理都应受到尊重和理解。人的思绪和心境，总得在岁月的打磨中逐渐平和光滑，对待事物的角度，也会在不同的年龄，不同的环境，有不同的理解。就像我看待这位土地爷，十几二十来岁时，思想激进冲动，当然就不会走进那些长者宽厚朴素的内心，不理解他们为了家庭、为了农事收成而寄托的一种情感。今天，我也早已成家为父，岁月让我品尝了许多生活的酸楚，也给我打上了很多沧桑的烙印。回过头再去想想我那些可爱的父老乡亲当年的举动，以现在的心境，我也一定会毫不犹豫，自发地参与到那些看似愚昧无聊实则深厚宽广的行动中去，为我们的儿孙、为我们的土地、为我们的生活，许下一些美好的愿望，送上深情的祝福。

我家当时有一块叫"五升煮"的水田，就在土地庙的高坎下方，紧挨着那条小溪沟。那时家里劳力少，我从八九岁起就开始帮助家里干农活。每年的农忙季节，我便无奈地跟着爷爷或母亲下田，一天总要与土地爷相遇几次，晨晖暮影，寒暑数度。每次看到高坎之上的土地庙，感觉那就是一个世事参透的老者，高高地站在田头，镇定自若不怒自威，闭着双眼，一语不发也能观尽天下。当年年纪小，干活时总想着偷偷懒，爷爷便会一本正经地说："可不能偷懒哩！你看土地爷正看着你呢，要是土地爷不高兴了，今年的收成就会不好，家里就得饿肚子了。"那个年代，饿肚子是个比较严重的问题，爷爷如此一说，就立马放弃了偷懒的想法，暗暗使劲干活了。

那时候好像每年都会发生旱情，常常生产队十多口堰塘都会干个底朝天，人畜吃水便成了大问题。有一年干旱得厉害，十里八乡的水塘都冒了烟，家家户户都挑着水桶，赶去七八里地的一口水井挑水，吃尽了苦头。许是真是神仙显灵，有天傍晚，洪家伯伯找自家跑掉的一只羊时，突然在土地庙高坎下那条本来已干涸皲裂的小溪沟里发现了一片湿润，不偏不倚，刚好在土地庙的正脚下。于是喊来几个人，掘地三尺，居然就汩汩地冒出一股清泉来。人们赶紧拦了一座小型堤坝，第二天一大早，果真便积出了一泓清水来。喜出望外的乡邻们一边小心翼翼地排着队，轮流用木瓢往水桶里舀水，一边万分激动地对着土地庙说着感谢土地爷的话。那一阵非节非年的日子，土地庙的香火很是骄傲了一段时日，乡邻们轮流着供奉土地爷，小庙之前，每天都是香烛缭绕，每天都是饭菜飘香。朴素纯洁的老百姓，在那个年成靠天收的年代，只能用这种看似愚昧的方式，来表达他们骨子里的情感。因为眼前，唯有这个虚无的土地爷，才是一个最为具体的，可以让他们表达情感，可以致谢的对象。而知恩图报，恰是中华民族几千年来化入骨髓的东西，哪怕面对的，只是实际上的一块石头。

茶陵，生命的方向

有些地方，即便你从未踏上一步，但它却可以像身体某处的一根骨刺，生疼生疼地长在你的肉里，实实在在地扎在你的心里，让你寝食难安，让你欲罢不能，让你时时刻刻都能真切地感知它存在的力量，那么远，却又那么疼。

茶陵，那块曾只在地图上触抚得到的地方，便是我父亲身体里那根让人生疼的骨刺，扎了他几近一辈子，疼了他几近生命的全部。

自小便从父亲嘴里得知，我家祖籍在湘赣交界的茶陵县。那时小，没有空间概念，感觉那应该是一个遥远得无可企及的地方。我尚未出生，爷爷便去世了，老人家的形象，也是三十多年里零敲碎打地从父亲嘴里渐渐形成一个比较具体的印象。

退休前父亲和叔叔就数度商议过茶陵寻亲的事情，

但那时因为工作忙，抽不出充足时间，加上交通不便，仅凭记忆里的一些只言片语，显得无头无绪，只得作罢。退休后十来年，父亲又给我和弟弟相继带孩子，也未成行。直到前几年，年近古稀的父亲和年过花甲的叔叔，终于正式将寻亲之事正式付诸行动。前后尝试了好几回，均无功而返，但皇天不负有心人，前年兄弟二人从叔叔档案里当年入伍时一个很简单的政审材料找到了蛛丝马迹，大海捞针抽丝剥茧顺藤摸瓜，终得云开雾散成功寻亲，了却了他们生命中最大的一桩心愿。从1931年爷爷逃离茶陵到2011年父辈寻根问祖，前后跨度八十年，世事沧桑，想想都唏嘘。那天，父亲从刚相认的茶陵亲人家打来电话，居然如一个孩子样，泣不成声。

三月小阳春，阳光温柔得如情人的眼神，暧昧缠绵得令人心醉。这样的季节，我和堂妹陪着各自的父亲母亲行进在去茶陵的路上。因茶陵祖籍李氏（父亲本姓李，后过继改姓戴）第七次修谱并重修李氏祠堂，选择在这个季节志庆，认祖归宗不久就遇上宗族大事，那是必要到堂的，况且父亲和叔叔还捐了些钱，叔叔还被推选为副族长。寻祖认亲两年多来，父亲和叔叔已多次往返于临澧和茶陵之间，弟弟堂兄堂妹们也去过一次，我因事务太多，一直未有机会。我知道，父亲是极希望我跟他回一次茶陵的，一则在寻祖这件事上，我一直是他精神和资金的坚定支持者；二则在爷爷的孙辈中，我是最年长的男丁，在宗族文化中，我就是茶陵李氏在临澧这支人的第三代标志。其实我也一直极希望去一趟茶陵的，想看看那块奠定中国历史根基的英雄土地究竟有着怎样的与众不同，想知道爷辈们生活并为之战斗甚至付出生命的土地究竟有着怎样的爱恨情仇。

一路揣着一种难言的期许，还有莫名的情绪在心里澎湃，一个人开车，五个小时的行程，居然没有丝毫疲倦。当看到高速路标"茶陵"二字时，我的心跳突然加速，热泪似就要奔涌而出，方向盘明显地抖动了一下。喔，茶陵，我终于踏上了你的土地，我就要触抚你的肌肤了，像一个暗恋你太久的少女，终于靠近了你宽厚的胸膛。那一刻，我终于知道，茶陵，不仅只是多年来父亲身体里那根无法拔除的骨刺，不知道什么时候，它也长成了我身体里一段剜心入肉的牵挂，如一支尖锐的楔子，也扎得心里生疼生疼。

茶陵的哥哥姐姐们接待非常热情，他们是爷爷哥哥的孙辈，和我同辈，只是长我些年岁。血缘是种很奇怪的东西，即便是素昧平生从未谋面，刚一见面也会有种内心安然的感觉。我是一个难以迅速适应陌生环境的人，面对新的环境总会拘谨。但在茶陵几天，我似是一条鱼被放进了水里的感觉，自在，惬意，呼吸通畅，心旷神怡，随意地松着腰板，放肆地喝着米酒，好像才离开这里不久似的。

修谱志庆及祠堂落成典礼很隆重，这是我生平第一次感受并参与宗祠文化活动。以前在影视和文学作品里了解过一些，觉得这种传统而有些神秘的宗祠文化距离我太远，没想到会有作为其中一员的亲身经历。杀猪宰羊，千人同餐，祭拜先祖，慰告天地，接谱发谱，宗族同贺，繁复的礼仪，庄重的气氛，无不感染着我的每一根神经，涤荡着我的每一个细胞。除了我们之外，还有来自江西的广东的迁居宗族人员前来庆贺，同宗同祖，一脉相传，大家无所顾忌地一起热闹地寒暄一起喝着喷香的米酒，好像是多年未见的朋友久别重逢一样的亲热。俗话说：亲只三代，族有万年。中国五千年历史长河里，宗族文化始终在风云漫卷中发挥着极其重要的作用，无论是抗击外来侵略体现民族气节，还是维护阶级稳定促进社会繁荣，莫不丹书可鉴日月可证。茶陵的亲人和族戚们视我们为座上宾，给我们以当地最为高贵的礼遇，很多事情都与父亲兄弟二人商议。父亲和叔叔也很配合很写意地以长辈身份享受这一切，满脸堆砌着主人一样的笑容，毫不客气地发表着观点参与着事务，没有丝毫别扭和做作。八十多年前那个月冷星稀的夜，当爷爷在追剿的枪声里无奈含泪拜别父母逃离这块生他养他的热土时，也许便做好了生死未卜一别永离的准备，一路疲于奔命的踉跄里，写着无法想象的悲苦和不甘。爷爷定然想不到，只身逃命的他，八十多年后，他的血脉会以这样一种蓬勃的姿态回到这片他最熟悉的土地，而这片他魂系梦绕了一辈子的土地仍然会以一种最原始最淳朴的姿态接纳他生命的延续。八十年，对于单体生命确实很长，但只要生命有延续，便只不过是弹指一挥。所以，当父亲领着我们踏上茶陵这片土地时，其实就是爷爷以另外一种生命形式回来了。他只不过是用八十年的时间出去转了一圈而已，或者，压根就没离开过。

寻根问祖，上山祭奠先人是必不可少的环节，最让我难以忘却便是祭拜大爷爷英灵的那一刻。大爷爷的墓地在一个很偏僻的山坡上，路极不好走，哥哥姐姐领着我们颇费了些周折。当看到墓碑上"革命烈士李马仔之墓"字样时，我的情绪如暴发的山洪一样，在胸腔里猛烈地搅动着各种的疼，泪水忍不住决堤而涌。这是我的亲人啊，对于一直有着强烈英雄主义情结的我来说，一直以为英雄在书里，在影视剧里，在传说里，没想到我的血液里也淌着英雄的基因，怎不让我百感交集。父亲说，大爷爷的墓地原来只是一个很小的土堆，现在这个样子是前年他和叔叔找到茶陵亲人后才建议原址扩整修葺的，因为像大爷爷这样的烈士在茶陵实在太多。茶陵，这片红色的土地啊，你为中国革命事业做出了怎样不朽的牺牲！茶陵，这片英雄的土地啊，你又为今天我们的幸福生命付出了怎样巨大的代价！而在伯父（父亲堂哥）的坟前，我也不可抑止地热泪盈眶。这位命运多舛，在大奶奶肚子里就失去了父亲的沧桑老人，在我父亲和叔叔与他兄弟相认后几个月就溘然长逝，八十年的等待和守候似只为了亲人的回归。

　　时间太快，归时，哥哥姐姐用土特产将我的车后备箱塞得满满当当，一再叮嘱我们一定要多回茶陵看看。是啊，回来看看！亲人们，不用叮嘱我也一定会再回来的。因为，茶陵，已经是我心里永远的牵挂，也是生命里永远的方向。

（此文发表于《桃花源》）

回桂林

是的，回桂林。必须是这个"回"字，才可贴意地表达此行的指向和心中火一样摇曳炙烫的澎湃。

因为，桂林，在我心中并不是甲天下的山水，也不是山歌民谣里的浪漫，而是我曾经恣意飞扬的青春见证，也是我曾经激情潮涌的生命背景。

三年的军营生活，三年的汗水洗礼，这里是我迄今为止除家乡之外在同一块地方待得最久的地方，按部队习惯说法就是第二故乡，是我学生生活与社会生活的衔接段，也是我从懵懂迈向成熟的人生渡船。

结婚十余年，妻曾好几次提起希望找个时间到我曾经当兵的地方看看，碰巧一个战友的妻也多次向战友表达过相同的意愿，两两相邀，促成此次携家带口自驾之旅。

从常长高速转沪昆高速，再由二广高速接泉南高速，一路出奇的畅通顺利，早七点出发，七百多公里路程，至桂林下高速才下午三点过一些。这个长假，全国高速公路首次对小车实行免费通行，从妻备好的车内食物来看，其实已做好了一路拥堵的充分思想准备。战友似比我更兴奋，一路发着诸如"没想到能在桂林当兵，没想到能找到一个好老婆，没想到又能自己开车回桂林"等"六个没想到"的感慨。共同的经历，共同的记忆，让两个已近不惑之年的男人如此不淡定。

转业在桂林的另一战友接待得十分周到热情，住宿安排在某军校招待所，条件相当于星级宾馆，安全卫生环境清幽，全没有旅游黄金期惯有的食寝不安，真有宾至如归的感觉，特别是老婆孩子们都表示满意，家属的意见决定此行的质量。

离开桂林近二十年，山还是那些突兀得让世人啧啧称奇的山，水还是那些清灵得让游客流连忘返的水，不同的是再回来的人已年近中年。岁月就像漓江里不动声色的水，如磨卵石般在不知不觉中就侵蚀了曾经光鲜油亮的发肤，磨平了曾经棱角分明的心境。面对多年前踏过的山水，想想这二十年的人生风雨，物是人非，一声轻叹，岂又是几段文字可以描尽的生命演绎？

芦笛岩庞大神秘的地下洞府不得不让我再一次感叹天工造物的鬼斧神工，象鼻山的神形兼备也不得不让我再一次俯首于大自然的匠心独具，重游漓江时山水入心如沐仙境，西街如织的游人又体验了现代商业的发达。说真的，这些都没有让我内心最柔软的地方找到回归心悸的感觉，毕竟再美丽的风景也只不过是过眼的繁华，有时真正能触动内心的风景往往是曾经觉得苦涩的地方。

于是直到重回部队的那一刻。

回原部队时间安排在此行最后一天的上午，先前的四五天游山玩水似都是铺垫，先紧着家属团的兴趣，好戏在后头，此行我最渴望的东西或者说个人的真正目的便成了压箱货。部队比以前我们当兵时管理严格多了，尽管和在部队已当上团首长的战友联系好了，但进入营区还是办了一些手续。其实当远远地看到军营那高大的围墙，心里便已禁不住地颤抖起来。真的是颤抖，那种想压都压不住的心悸。当真切地走进以前挥汗洒泪的营区时，居然有种恍若隔世的感觉，眼睛一时模糊不清。尽管营区里设施布置变化很大，但仍有一些当年的物境没有改变，住过的营房，工作过的打字室，收发信件的小邮局，跑过的障碍场，种过的菜地，摸过田螺的小泥塘，吃过炒粉的小店，它们就像一处处岁月的硬盘，存储着我多年前的青春记忆。我像一名刚找到工作的导游，急切而亢奋地指着那一处处工作和生活过的标志，滔滔不绝而又有些语无伦次地对着妻儿讲解还原着我当年的生活情境，全然不顾他们感受如何。突然在某个瞬间，我想起当年入伍后第一次探家的情景，离家一年多的我踏上故土的那一刻，居然也是这种无法自制的状态。于是我知道，我是真的回来了。抑或，这么多年，我的心就从没有真正离开过这块让我长大让我成熟让我张开生命风帆的地方？

刻意在以前工作的老司令部大楼看了看，墙角那个燕子窝还是在当初的位置。这样的季节，燕子已飞回到了南方的家，来年开春，它们仍然会风尘仆仆地回来。很多时候，人也就是一只只忙碌着的候鸟，家在哪里，心就在哪里，一辈子的操劳，为的就是让心回到家里。回不了家的心，灵魂又安放何处呢？

心语之恋

走着走着就忘乎所以

说着说着就不知所云

黑暗里喊一声自己的乳名

那是多年前母亲的叮咛

总有一些人和事

不经意里灿烂了我的生命

北瓜记

　　湘西北地区农村的语言丰富而有趣，其中很多俚语都会以瓜果作物入喻。一个孩子长得瘦弱，人家就说"长得像根黄豆秧儿"；不开心拉着个脸，就会遭到"板起个苦瓜脸，搞起个背时相"的讽或斥；赶洋气弄顶鸭舌帽戴着吧，却成了"顶半边芦瓜瓢"；打牌输钱，一句"黄瓜打锣，去了一截"就自嘲了。如此俏皮的民间语系里，有一样瓜果戏份很足，那就是"北瓜"。比如说一个人没大出息，是"脚盆里种北瓜"；某件事比较稀奇，叫"芦瓜藤上结北瓜"；中年得子是"结秋北瓜"；小打小闹搞不好正事，会被冠以"北瓜汤一碗，上不得正席"嗤之；最有喜剧感的是某人受到严厉批评或挨了骂，一句"像刮老北瓜皮滴"的台词，现场感顿现。

　　我的童年和少年时代，就弥漫着这样一股浓郁的北瓜味道。二十多年过去了，这种味道好像已经入骨化髓，深居在我的身体里，无论身在何处，心在何方，我都能辨识得出这就是家乡的味道，童年的味道。

一直没弄明白，这种所有地方都称作"南瓜"的作物，为什么在我们这里就生生被叫成了"北瓜"。就像大部分地方都称作香菜的一种蔬菜，到了我们这里，偏偏就成了每个人嘴里说的臭菜。如果这里是北方某地，倒是可以从地缘上做个解释，可不管怎么，我们也算是江南之地，南辕北辙，或许从我们湘西北语言属北方官话体系这个方面可以解释吧。

清明前后，种瓜点豆。布谷鸟的第一声鸣啼后，大地转暖，在灶头火塘边憋了一冬的母亲，就迫不及待地出门忙活开了。田间地头，山边林下，才是最能体现母亲勤劳持家风范的战场。一柄挖锄，或一把板锹，是那个年代的母亲留在我心里永远的烙记。

母亲很善于利用土地的边角余料，种一些瓜果豆物。方方正正算到人头的田或地，是要种植正儿八经农作物的，比如水稻、油菜、棉花、小麦等，这些都是战略性的作物，关系到国计民生，得用好水好肥还有精细的劳作侍弄。而瓜果豆物这些战术性的作物，便可以随形就物，见缝插针了，比如在田埂上种一溜黄豆或绿豆，在禾场的角落点几蔸菜瓜或芦瓜，在屋旁几棵枸柑树间牵几藤扁豆或刀豆。而最能体现母亲大人战术思维的，毫无疑问便是种北瓜了。可以说，母亲将对北瓜种植的偏爱，甚至是偏执，提高到了艺术的高度。

屋前的路边种上几蔸是不消说的，打眼，方便培管，隔个十来步便点上一处，结子北瓜的时候也容易看得到，不用费太多气力。屋旁边的羊坑边也一定会植上两株，毕竟这地儿潮湿扯肥，又在家门口，省去许多施肥浇水的麻烦，有时着急做饭，出门就是一个菜，不用去两三百米外的菜园，快当省时。后山脊岭的那块旱地两头是母亲种北瓜的常规根据地，那里是烧火土肥的好地方，种上几蔸，免去了挑肥的辛苦。靠山边的塝田坎边也定会有母亲的几处杰作，农忙季节在田里劳作收工时，只需踮一踮脚，摘一把北瓜花，或者掐一把北瓜藤，顺便就捎带回了一碗时蔬小菜。最让我和弟弟小时候无法理解的是，母亲每年都会在前山的一处坟地上也会种上十来蔸，任北瓜茂密葱郁的藤蔓爬上那些上了岁月的坟头。现在想来，也许是母亲认为那些带着阴气的坟头覆盖上一层蓬勃的浓绿，心里头感觉会好一些吧。

母亲是读过书的，高小毕业，虽然我一直没问他们那个年代的高小是个什么概念。总之母亲识字，在那时的农村妇女中算是有见识的，平时会看一些书报，比起乡邻的平素里东家长西家短的胡聊，母亲看书看报的形象自然就显得有点高大上了。正因为此，母亲连种几蔸北瓜也显得与众不同，两个字：讲究。比如路边的，她会种得特别整齐，北瓜苗从土里钻出来时，隔着第一蔸拿眼一瞄，笔溜儿全在一条直线上。比如后山脊岭旱地两头，每头必种三蔸，三蔸必成等腰三角形，用尺子去量，一定八九不离十。再比如在前山坟地种北瓜，必定是清明节给那些坟挂过纸燃过鞭炮之后才下种，尽管那些坟头已岁月久远，早成了无主的坟包，而且结瓜后摘的第一枚瓜一定会置放在最靠前的那个坟头，任其腐烂，不会拿回家，以示对神灵先祖的尊敬。当然，母亲的讲究不只体现在种几蔸北瓜苦瓜上，还比如她用过的锄头铁锹一定会擦洗得锃亮如新，不带一点泥巴；再比如下雨天穿套鞋劳作，一定要把裤管认真地卷起，不会胡乱往鞋筒里一塞了事。母亲对待农作的这些自觉不自觉的行径，比起那个年代大多数农村妇女对于农事粗放随意的态度，自然就显得精致而又优雅了。当然，这也是一开始母亲嫁到我们那个山湾时，许多熬成了婆的农妇诟病她的话题：搞事就是搞事，哪有那么多臭讲究。不过后来，母亲用她的为人和勤劳扭转了人们最初的偏见，以至再后来母亲的这种精致和优雅，成了那些婆婆们训斥刚过门媳妇的标杆：搞事毛手毛脚的，就不能像某某一样讲究点吗？某某就是我母亲。

北瓜这玩意儿破皮好种，对环境条件适应性强，无须投入很多精力，对水肥要求也不高，甚至土质相对贫瘠一点，北瓜甜度还会更高，味道会更好，因此那时农村家家户户都种北瓜，只是种多种少之分，而像我母亲遍地撒网的并不多。种北瓜需要底肥，农村叫火土肥。头年冬天里，母亲就会在一些阳光特别晴好的日子，找一些前山后山向阳且草质较好的地方，用板锹铲上一些草皮，趁着连日的太阳翻晒，待草与土都晒干得差不多时，拢成一堆，里面加点棉花梗或者稻草点燃，捂着焖烧两三天，便成了火土。烧火土是农村把式的必备功课，会烧的，一次就能烧过心，土块会呈现出熟板栗般的黑褐色，这才叫火土；不会烧的，就会烧个半生不熟，生土块多，熟土块少，白的白黑的黑，一般还要返工烧第二回。母亲烧火土是个好把式，即便天气不好，也鲜有返工时。火土烧好后，一堆堆扒拉成火山口状，挑来几担人畜粪倒进去，将火土回翻拢堆，再用一块大薄膜盖上捂紧，沤上一冬，让火土自然浸汲肥分，来年开春揭开薄膜，将土拌匀，就成了点豆种瓜必需的火土肥。别小看这一堆堆火土肥，那可是几千年来农村老百姓生产大智慧的结晶，天然有机，消毒杀虫，肥力持久，不破坏土壤结构。

一年之计在于春，在春天逼人的节拍和鼓点里，母亲紧赶慢赶地四处挖着北瓜窝，生恐误了时节。北瓜叶阔藤长，从土里一钻出来就大手大脚，颇占地方，和种黄豆绿豆钻个窟窿就能点种不同，种北瓜得刨上至少米筛大的坑，刨松后多出来的土往坑边四周一圈，活像一个个抱鸡母窝，我那时管叫北瓜窝。北瓜藤牵蔓延展可达十数米，因而每两个相邻的北瓜窝至少得相距十多米。母亲挑来沤了一冬、肥力十足的火土肥，倒进挖好的北瓜窝里，和窝里的生土混拌均匀，每个窝里丢上十来颗饱满精壮的北瓜种子，覆好土层，浇上几芦瓜瓢水。这个程序对一般人家来说，便基本告一段落了。但是母亲种瓜会比其他人家多上一道工序，那就是在土层上还要覆上一层钻了许多小孔的塑料膜，防止倒春寒冻死种子和幼苗，起保温作用。正是因为多出来的这道工序，母亲种的瓜果豆作成活率基本百分之百。

一颗颗原本失去了水分的种子，惬意地躺在土壤温暖潮湿的襁褓里，在肥力的催化和雨露的滋润下，一天天膨胀晶莹起来。十来天后，像拍着一对巴掌的幼苗破土而出，不两天便会长成剪刀手的样子。北瓜的生长期较长，从丢下种子到开花结果，需要四五个月。在这期间，母亲也会间或去做一些锄草、浇水、压藤、掸巅的事情。我和弟弟大了一点后，锄草、浇水等粗放性的活儿就交给我们了，至于压藤、掸巅等技术性的活儿，非得母亲亲自上手才行。头个把多月，北瓜苗竖着朝天长，后来开始抽藤，向着四周匍匐前进，并且还会长出龙须般的卷须。我那时经常观察那些神奇的卷须，发现它们原来是北瓜的手指，如果说那些藤蔓是北瓜手臂的话。遇到树干或灌木，卷须先行依附上去，就像手指一样先勾住依附物，藤蔓后来才跟着爬上去。小时候的我，有时甚至可以盯着某根即将抓住一枝小树干的卷须，一看就是一两个小时，想弄明白它究竟是怎么抓住树干的。人肉眼的观察力自然无法观测到它们的细微活动，所以每每都是徒劳而回，但等第二天大清早我再去看那根卷须，它已然绕上那枝树干大半圈了。有一段时间，我这种观察甚至到了走火入魔的地步，梦里居然常常是那种数百条飞龙的龙须浮动的情景，活灵活现。

北瓜开始爬藤后，就开始对家里的餐桌有贡献了。应该是为促进产量吧，或者原本下种时就打定了主意，母亲总会时不时在北瓜的藤叶间穿梭，掐掉一些她认为没有多大价值的藤蔓和瓜叶，这叫掸巅，就是藤蔓前端最新长出来的一截。掐下的藤巅和瓜叶嫩绿新鲜，自然不会丢弃，连藤带叶洗净切碎，只消放一点油盐，猛火小炒，无须任何调味品，便是那时我们最喜欢的一道时鲜菜肴。而稍老一点的藤蔓，母亲会撕掉一层带着茸毛的表皮，用刀切成长短均匀的小截，放一点切碎的青辣椒入锅爆炒，脆爽滑口，下饭佳肴，又是家里餐桌上另一道无以言传的美味。这个季节，除了藤叶之外，北瓜花也是桌上的菜品。夏天过半，茂盛的藤叶之间就会竞相开出一大朵一大朵黄色的花朵来，骄傲显摆，格外惹眼。母亲隔三岔五就会采摘半篮子北瓜花回来，不必刀切，以手对半撕开就行，洗净后在锅里用开水烫一下，再在调成稀状的面粉糊盆里拖一下，让烫过的北瓜花裹上一层薄薄的面糊，然后放进烧滚的茶油里滋滋一炸，差不多火候后捞出来，用篾制筲箕盛着，金黄亮色，香溢满屋，热吃脆香满嘴，凉吃绵软可口，或当下饭的菜品，或当解馋的零食，那个美味啊，就是神仙下凡也会禁不住诱惑。

夏天最热烈之时，在一片片硕大绿叶的遮蔽掩护下，舒展着腰身的藤蔓终于悄悄结出了一个个绿油油的子北瓜，母亲说这叫打纽，若不仔细寻找，很难发现。屋前路边和屋旁羊坑边的几蔸就是专为吃子北瓜而种的，这个季节，家里吃子北瓜只隔顿，没隔过天。那时农村物质不太丰富，肉鱼一般来说是逢年过节的稀罕物，鸡蛋还想赶场时拿到集市上换几个零钱回来，所以平时的桌上就是几个随季的时令蔬菜，黄瓜出来吃黄瓜，白菜出来吃白菜，你方唱罢我登场，各领餐桌数十日，这些季节菜集中在一个时段成熟，不吃就是浪费。母亲甚是贤惠，怕家里老小天天吃几个现菜腻了胃口，恁是将子北瓜的做法变出了花。今天切丝，明天切片，一顿炒着吃，一顿煎着吃，一会儿放点青椒姜丝，一会儿放点干辣椒壳，要不就将子北瓜阴放两天，等蔫一点再煎片吃，或者用刨子刨成片后，大日头底下晒几天炒干瓜片吃，母亲甚至还别出心裁地尝试过凉拌做法。那样物质贫乏的日子，一张小小的餐桌，几样自家小菜，一家五六口人，居然也让母亲折腾得花样百出，日子过出了有滋有味的感觉。

交秋后不久，突然会在某个露水还没有收净的早晨，母亲一边做早饭一边对我和弟弟说：去！拿上箩筐和扁担，把后山地头那个熟了的北瓜抬回来！于是我们知道，在今后相当长的一段时间，把母亲在春天里种下的希望用箩筐抬回家，将是我们兄弟俩的主要工作之一。

第一个真正成熟了的北瓜就躺在一张张蒲扇大的绿叶下，表皮已呈黄色，不过还镶着青色的花纹，不认真扒拉，还发现不了。我不知道那时母亲种的北瓜是什么品种，一个个大如磨盘，皮厚棱深，小的三四十斤，大的有六七十斤，箩筐都难以装下去，抬回来总弄得一头大汗。与现在时兴洋气精致的楼房相比，那时农村的民居基本格局都差不多，正中间是堂屋，两边是厢房，再两边是偏屋。一头偏屋的前半部分是灶房、谷仓，后面一间用以存放老人寿木及农具，冬天还可能围一个火塘；另一头的偏屋是牛栏、猪栏和茅厕，也堆柴火。堂屋靠后山墙部分通堂会隔出一间小房子来，以做油、米、蛋等母亲认为比较精细的农副产品储存之用，那时管这间小房子叫"倒屋"。因我家屋后的山坎较高，倒屋的气温就比较恒定，冬暖夏凉，适合存储农副产品。油在缸里，米在坛里，占不了多大的地方，抬回来的老北瓜也就存放在这里。开始是隔一天两天地抬一个熟了的老北瓜回来，一段时间后每天都会收两三颗回来，而吃掉的速度远远跟不上收获的速度，堆放北瓜就只能一层层往上码了。一个秋天下来，可以码满半间倒屋，像砌了一道北瓜墙。

也就是从第一颗北瓜成熟的日子开始，老北瓜在我家的餐桌上就有了雷打不动的位置，或煮或蒸，或块或糊，或碗或钵，这种日子一直会延续到来年开春，差不多会有半年时间。初吃一两个月尚可，随着日子向冬天深处推进，心里便对顿顿都吃老北瓜有了抵触，甚至有心理阴影，以至于现在去餐厅饭店吃饭，有时有人说点钵老北瓜吧，降压化脂，我便会无奈地笑笑。不过好在老北瓜这东西实在，可菜可饭，当菜吃伤了，也可煮北瓜饭，摇身一变成为主食，而今很多人都特别怀念当年北瓜饭的味道。北瓜饭是否好吃，关键在于挑的瓜甜不甜。母亲对北瓜的鉴赏力独步天下，那种棱沟较深、黄皮带青、肚脐眼小而圆的北瓜一般来说较甜，适合煮北瓜饭。老天锅里的米煮到完全软化后，用筲箕沥了米汤，在锅底放上一个漏眼蒸盘，先把切好的北瓜块放上去，再将沥干了的半成品饭覆于其上，盖紧锅盖，猛火急烧，香味慢慢就从锅盖边溢出来。一般只需往灶孔里添两个干枞毛草把，饭便熟了。揭了锅盖，母亲用锅铲先把锅底的蒸盘挠出来，再使劲地将已蒸软至熟的老北瓜和米饭反复翻炒，至完全混合，拢好饭堆，重新盖好锅盖，往灶孔里再添半个枞毛草把，锅里便滋滋地响起来，那是锅底结锅巴的声音。火萎后，焖上几分钟，锅盖揭开的一瞬，热腾腾的蒸汽和香喷喷的味道一下子就弥漫了整个灶房。蒸汽散开，一锅黄澄澄热乎乎的北瓜饭就呼之欲出了。盛上一碗，味甜滑爽，入口即化，仿若整个世界的幸福都装在了手上的这只碗里。可惜的是，如今的农村，家家户户也都是小锅小灶液化气了，想再尝尝当年北瓜饭的味道，已成一种奢望。

那时的农村，牲畜都看得很金贵，所以，北瓜不光只能人吃，猪也是主要的分享者。冬天里，冰天雪地，草木凋敝，太冷的时候，也就懒得下堰塘打猪草，母亲就会要我们搬一个老北瓜出来，用柴刀剁成一块块的，再与萝卜缨子一拌，倒进石槽，原本叫得撕心裂肺的两头大肥猪看见这等美味，一下子就安静下来，扑扇着大耳朵，边拱边吃，舒服得哼哼唧唧的。

北瓜除了藤、叶、花、果可吃外，子也可当零食吃，而且是闲暇时刻打发时间或逢年过节接待客人的好东西。老北瓜切开后，把瓜瓤先抠出来，放进桶里一两天，待瓜瓤有些腐烂起涎，再往桶里倒满水，用手将瓜瓤搓揉成汁，瓜子便自然脱瓤沉入桶底，用筲箕过滤后，在堰塘里反复清筛几次就可以了。一颗北瓜有数百粒瓜子，洗净后呈现出浅浅的绿黄色，小拇指甲大小，晒晾几天便变成了暗白色。家里吃完十来颗北瓜，瓜子也便积满了一米筛，除了极少数留作种子外，母亲会在某个空闲的晚上，将晒干了的瓜子倒进老天锅，文火小炒一两个小时，不煳不炸，至熟出锅，冷却后装在两个专门的瓷坛里。那时，不管是去上学，还是上山去放牛，我都会习惯地在瓷坛子里抓两把炒熟的北瓜子，装进裤袋，一边走一边像只小老鼠般窸窸窣窣嗑着瓜籽，嗑着少时的快乐，嗑着母爱的温暖，也嗑着流逝的岁月。

（此文发表于《湖南文学》）

儿事散记（四题）

　　题记：生命就像一支燃烧的火炬，需要一代接一代延续。我是父亲的火炬接力手，儿子又是我的火炬接力手，多年后，儿子也将成为父亲，如此往之，薪火相传。儿子出生时的情景还如在眼前，可是一晃，现在居然十六岁了，不经意间，就变成了一个一米七几的大小伙子。看着他一点点地长大，欣慰总大于烦恼。好在，在他成长的日子里，有过几篇关于小子的文字，回看起来，倒也不失乃父之责。

钥匙记

　　儿子八岁多，正是"狗都嫌"的年纪，成天丢三落四东颠西闹不亦乐乎。这倒也无可厚非，贪玩嘛，孩子的天性，没必要也不应该去抹杀、打压。只是有时一玩起来把大人交代的什么事情都忘得一干二净直上九霄，特别是诸如安全、卫生之类的叮嘱，弄得心惊肉跳哭笑不得鸡犬不宁的事情时而有之。正因为此，现在的人们当然也包括我，对孩子的一些事情总不敢撒手，不敢由他的性子。于是就似乎自然而然地捧着、含着、宠着、骄纵着，似要把孩子别裤腰带上挂眼皮子底下才落得个心安理得四平八稳。

　　所以，前些天我决定给儿子一把家里大门钥匙时，还引来父母、岳父母、老婆、姨姐及周遭诸多亲戚、熟人、朋友的"大讨论"，名副其实"一把钥匙引发的讨论"。在这场大讨论中，支持我的人占少数，"反对党"占绝大部分，理由很简单：一个如此调皮贪玩的小孩家家，不足以承担一把象征家庭生命财产安全的钥匙所赋予的责任。可我还是坚持我的做法，一则是想让儿子早点树立一种责任意识，对成长有利；二则图省事，免得大人有时出门，老托在亲戚朋友家不方便。只是在如何让儿子对这把钥匙在心理上引起足够的重视方面着实动了一番脑筋，老早就设计了一个"老子儿子钥匙交接三部曲"。首先是场合问题，我觉得给儿子钥匙这件事应该非常正式，甚至说要弄到庄严的程度，庄严到近乎于一种仪式，让他的心灵确实有触动的感觉。然后是阐述观点，要非常严肃地以传教的方式给他诠释这把钥匙所代表的责任，如果丢了会带来什么严重的后果等，举例子打比喻深入浅出谆谆诱导，晓之以理动之以情，让儿子深刻认识到这把钥匙背后真正的意义。最后正式交接，要让儿子接过钥匙的那历史性一刻做出承诺，非常正式而且大声地承诺。以我一个成人的心理来推断，如此三部下来，再顽皮的孩子也会精诚所至金石为开了。那几天，我不断地主观臆想完善着这个钥匙交接计划，一想到儿子将会在他老子恩威并施胡萝卜加大棒劝诱与专政并存的场景里，郑重地接过一把银光闪闪的钥匙，并手按心口目光炯炯如宣誓一样地向我做出承诺的样子，我做梦都可能乐开过花。

然而到真的实施这个"三步计划"时，却出了许多意想不到的问题，总达不到设计中那么完美的程度。在刻意营造庄严肃穆的场合时，当时儿子正在外面和另外几个小朋友玩滑板，我郑重其事地叫他回到屋里，并要求儿子把手洗干净，有事要说，就差要儿子焚香沐浴了。儿子出乎我的意料非常听话飞一般地跑了回来，迅速把手洗干净，然后一本正经地对我说："爸爸，买什么好吃的东西了？"弄得我哭笑不得，半天不知如何应付这个"突发事故"，原本认为非常正式的场合轻易就被这一句无忌童语闹得写意活泼了，好不容易才强忍住笑板起面孔让儿子跟着安静严肃下来。实施第二步时，刚以非常适中的语速词调说一句"爸爸今天要交给你一样东西"时，儿子马上机关枪一样接上话头"吃的东西还是玩的东西"？又与计划差之千里。我语重心长地对儿子说明着钥匙的意义，说钥匙就是一种责任，代表着我们全家生命和财产，如果你把钥匙丢了，坏人就会半夜轻而易举地进到我们家里，偷走家里的冰箱、彩电、空调及电脑等，冰箱偷走了，你就吃不上冰淇淋了；彩电偷走了，你就看不成动画片了；空调偷走了，你就睡觉不凉快了；电脑偷走了，你就玩不成游戏了。一听这些与自己的兴趣相关，儿子倒也听得很认真，是我理想中的效果。我又说，如果坏人在偷这些东西时，被爸爸妈妈发现了，肯定要和坏人打架。儿子一听到这里紧张了，说了一句"那我还是不拿钥匙，我怕丢"，典型一副不敢承担责任的面孔，这也正是我非得交给他一把钥匙的真实原因所在。最后一步，当我把钥匙挂到儿子的脖子上，说"从现在起，你就是家里真正的小主人了"时，儿子一听来劲了，问我"小主人是不是家里的事可以做主了"？我说"是的"，谁知儿子却说"那我可以不经过你同意就在冰箱里拿冰淇淋和饮料了，也可以做主玩电脑了喔"，一副扬扬得意的样子。我只得赶紧义正词严地纠正他这种错误思想，重申钥匙所代表的重要意义，说得他连连称是，其实大致是他正想着我不在家时，可以随便进出为所欲为吃东西看动画片等，生怕我变卦不给他钥匙，所以对我说的什么想都不想就表示听明白了。这小家伙，这小思想，从害怕拿钥匙到生怕拿不到钥匙，三分钟之内风云突变急转直下，真是计划赶不上变化啊。

　　不过从整体情况来看，儿子还是领会了这个钥匙交接的意义，对钥匙的重要性还是有了相当的认识。因为在之后几天我偷偷地观察中，发现他每次出门，都下意识地摸摸脖子拉拉钥匙绳，在外面关上门后能按我的要求反锁，回家后能把钥匙放在一个固定的地方，不像以前那么随便乱扔乱丢了。有时带其他小朋友过来玩，进客厅后交代小朋友要换拖鞋并将换下的鞋放进鞋柜等，以前他可是背眼就穿鞋在客厅甚至房间里乱跑，这充分说明儿子还是非常在乎这把钥匙给他带来的小主人身份的。虽然冰箱里的冰淇淋饮料在随后几天的消耗速度比以前明显快了很多，但总体来说还是瑕不掩瑜，也充分说明我的这个做法对于儿子来说还是积极意义大于消极因素的。

　　一把小小的钥匙，其实交付就是一份信任，一份儿子成长路上所必须学会担当的责任。或许，在日久天长中，我会为这把钥匙付出一定的代价，比如钥匙弄丢后换锁的费用，甚至是财产的损失等，但对于一个孩子的生命成长历程，这都是值当的，甚至是应该的。因为信任，本身是一种无声的力量，是一个人健全人格过程中所必须有人赋予的外在助力；而责任，是一个自然的人成为一个社会的人所必须拥有的品格要素，这种品格在孩子还不成熟的潜意识里就要加以培育与引导。父母，作为孩子世界观形成最初也是最重要的第一老师，在赋予孩子血肉之躯的同时，更重要的是要赋予孩子健全的人格与健康的成长之路。毕竟，今天你我的孩子，必将是明天世界的主人。

其实，在每个人的成长道路上，都会或早或迟地拿到这样一把开启信任与责任的钥匙。只是，在漫漫的生命长路上，有的人会将这把钥匙丢弃，有的人会让这把钥匙锈蚀，有的人会永远将这把钥匙挂在心口，有的人会让这把钥匙传承子孙辉映后代！

（此文发表于《常德日报》）

眼神记

儿子读小学六年级，眼瞅着就要上初中。以前成绩还马马虎虎，在班上能弄个中等偏上一点，可这次期中考试每科成绩都全面下降，且幅度较大，不能不让人忧心忡忡。妻子长年在外工作，我作为儿子在家里的主要监护人和成长路上的指导者，自然难逃其咎。因此，每每妻子电话问及儿子成绩，我总像做错了什么一样闪烁其词顾左右而言他，那感觉如一个没完成家庭作业的孩子，心虚发慌不知所措。

其实我对儿子的学习成绩从来没有刻意要求，更没有如有些父母诸如必须考多少分必须考多少名不然就不准这不准那之类的硬性规定。我认为孩子，只要人格健全、心态阳光就行。因此，对于孩子每每说要出去和同学玩这样的请求，我总是爽快地答应。我也是从孩子过来的，知道孩子那种想和小伙伴一起玩乐的迫切心情。那是孩子们真正的快乐，我没有理由蛮横地抹杀。但对于孩子这次拿回来的成绩单，我实在有些汗颜，脸上有点挂不住，有个别科目已到了倒数几名的地步，这超出了我对儿子成绩的心理承受范围。所以当儿子以罕见的怯懦态度对我说这次考试没考好时，我没有理由不作怒火中烧怒目圆睁样，没有说话，两只眼睛像手电光一样盯了儿子足足一分钟左右。儿子偶尔抬起眼皮，慌乱地和我对了一下眼神，便又怯懦地赶紧耷拉下了眼皮。那一瞬间，我的心油然一震，一下子似窥见了自己的灵魂深处一份隐秘。是的，这个慌乱的眼神，我不仅只是似曾相识，而是熟悉至极，刻骨铭心。

算算，这个熟悉的眼神应该过去二十五年了，那年我从寒溪小学考上望城中学念初一。小学时我成绩在班上一直是数一数二的，这让我积累了有些狂傲的自信，也曾让父母亲备感欣慰。可上初中的第一次考试，自我感觉良好的我，却蓦地落到了全班第十二名，这让我无所应从不敢相信，自信心一下子降到冰点，不知道如何拿着那份成绩单去见父母。那时父亲对我的要求一直是极其严格的，严格到甚至可以用残酷来形容，三天两头吃竹笋炒肉，考试成这个样子当然又免不了一顿暴揍。那个周末，在校寄宿的我没有如以前一样冲出宿舍跑回家乡，而是磨蹭到宿舍老师要一间间清舍了，才拖着万分沉重的步伐无可奈何地回家去。平时一个多小时可以跑回家的路，那天我走了老半天，星星都出来了我才挪到家。早已急不可耐的父母见我到家才将悬着的心放了下来。如果是往常，我一到家必是饿狼一样，揭锅翻柜地找东西胡吃海喝。但那天我冷静得让他们心里发毛，以为我出什么事了。在他们的再三催促中，我才极不情愿诚惶诚恐地把成绩单掏出来递给父亲，做好了当刘胡兰要杀要剐由你便的准备。我低头垂手而立，等待着父亲先排山倒海的口头训斥后狂风暴雨的肉体攻击，这是无可避免的事情，该来的总得来，躲是躲不掉的。时间一分一秒地过去，预想的风暴迟迟没有来临，我紧绷的心理防线渐渐松弛下来，心里咚咚地打着鼓，终于忍不住抬起眼皮偷偷瞄了父亲一眼。这一瞄不打紧，原本松弛的心弦又嗖的一声绷得更紧了。只见父亲正瞪着两只牛眼钢钉一般地盯着我，眼神里除了恨铁不成钢的恼怒扶不起阿斗的失望之外，还有此时无声胜有声的爱怜，甚至还有自责自省的成分。父亲那么复杂的眼神，我还真第一次看见，只对了一眼，我便触电般慌乱地耷拉下了眼皮，不敢再瞄第二眼。那一刻，我知道，今天父亲肯定是不会揍我了。果然，几分钟后，父亲用非常温和的语气对我说：你第一次离开爸爸妈妈在校寄宿，学校的生活可能差些，你不适应，爸爸理解。但不管怎么样，你现在是初中生了，比爸爸读的书已经多得多了，所以以后读书全靠自觉。爸爸以前打你，那时你是小学生，很多东西你不会判断，现在你算是知识分子了，有思想了，爸爸再不会打你了。话音未落，羞愧、惊喜、感动等情绪已在我心头风起云涌，泪水顿如决堤的洪水夺眶而出。那一刻，我似乎对父亲有了一些理解，尽管不是特别深刻，但也触碰起了内心深处某个敏感的音符。后来，父亲果然兑现了他的诺言，从此之后没再打过我，而我也牢记了父亲的教诲，学习成绩一直保持班上前十名的水平。于是，那一年与父亲四目相对的那一瞬，便如婴孩出生时肌肤的胎印一般，成了我生命里永远磨不掉的胎印。

生命如炬，一代接一代延续着，我延续着父亲的生命，儿子又延续着我生命，生生不息，薪火相传。我知道，我也一定会像父亲一样慢慢老去，会一点点地收起曾经的威严，展露出一个父亲最本真的慈爱。生命也是轮回的，我是父亲的轮回，儿子又是我的轮回，父亲一定会在儿子的身上找到自己曾经的痕迹。因此，那个眼神，在时隔二十多年后在儿子身上如此精确地再现，并不是偶然，而是必然，一点不让我惊诧。只一个眼神，便如儿子身上打开了一扇窗，由瞬间拉开的窗叶，我看到了儿子内心最柔软的地方。我不忍再训斥他，或如当年父亲同样的想法，最后终于暗淡了自己勉为其难的威严眼神，淡淡地说：这次没考好不要紧，但要自己找找原因，以后上课一定要认真，下次考好就行了。话音刚落，儿子脸上便扑扑地往下滚着泪珠子，如我当年一样。

果然，这几天儿子回家就写作业，字迹也比以前漂亮多了。

"当兵"记

把儿子送去参加常德日报社组织的军事夏令营活动今天是第二天了，却没有预期地等来他打来的电话。电话是打了，只是没有打给他的父亲，两次都打给了他的母亲，这与儿子平时的做派有些不同，平素里总是打我电话多一些。醋意地想，儿子应该是迁怒于他的父亲把他连哄带骗地送去参加这次活动了。这从昨天他不知借了谁的手机，发的一条有"惨无人道、惨绝人寰"两个成语及一长串抓狂表情的说说便可推之。

生命需要一些经历，也需要一些记忆。送儿子参加这个活动的初衷，也便是让他在吃点"苦头"的基础上，增加一页成长的记忆。现在孩子的成长环境，与他们的父辈、爷辈已不可同日而语，除不知苦为何物外，独生子女的现状，也使这代人大多数的有着不可避免的自我、脆弱、不懂感恩、缺乏竞争意识的痕迹。适当地寻找一些方式，让孩子接受一些有别于家庭和学校的生活，对他们的成长也许能起到一定正能量的刺激。

只是没想到，首先受到"刺激"却是他的父亲。昨天送儿子上车后，当装满这些小家伙的大巴车一启动，我居然没有任何征兆地感到鼻头一酸，接着便有热热的液体盈满了两个眼眶。当我看到车窗内的儿子朝我挥挥手，不争气的液体一下子就决堤而溃。这种情绪虽然持续时间很短，也就分把钟样子，但那一刻，我真的是情难自禁。本想让孩子体验一把坚强，却无端地先让自己现了脆弱的原形，这可是一个事先没有料到的桥段。

是的，就在那一刻，我想到了一个二十二年前的场景。那个让我铭记一生的场景。

二十二年前那个清冷的冬日，换上军装的我，也如昨天的儿子一样端坐车内。车外围满了欢送新兵的亲人们，我的父亲母亲也在其中。隔着车窗看过去，父亲的神色看上去很平静，远远地看着我，不似其他父母一样情绪激动地交代着"听首长话，在部队好好干"之类的话。但是当车开的那一瞬间，我看到父亲猛地将脑袋别到了一边，半天没有转过来。我知道，父亲，那个貌似坚强的男人，在他的儿子即将离开身边的时候，还是忍不住地哭了。这与他平时教育我时总挂在嘴边的"好男儿志在四方""大丈夫提剑走天下"有些南辕北辙。

历史惊人的神似，二十二年后，这样的场景居然又轮到了我。只是在时空的导演下，一些角色发生了互换，当年坐在车里的我成了站在车外的父亲，而另一个生命成了当年坐在车内的我。复盘当年的情景，那时坐在车内的我，心情其实是兴奋大于感伤的，摆脱父母束缚自由飞翔应该是每个渴望或者想证明自己长大了的男孩子共同的心境，所以对于父亲那一刻的感伤，我并不能体味得淋漓尽致，甚至有些出乎我的意料。我想，我的儿子，昨天的心境，应该也有部分我当年坐在车内的感觉，至少，有几天不受父母约束也是好的。所以，这个十三岁的家伙，也可以对他父亲的感受不管不顾，因为他也如我当年一样，无法走进父辈的世界。他以为他的父亲是坚硬冷酷的，就像当年我以为我的父亲也是坚硬冷酷的一样。但是，时间是公正的，也是人性的，我想，终归在多年后，也有这么一天，现在的这个小家伙，也会变成我此刻的角色，在某个不经意的时刻突然忆起今天的情景，想起他那时业已老去或已不在人世的父亲当年的举动。于是，也将会有感动，也将会觉得有生命里最珍贵的东西在血脉里跳动。也许，这便是薪火相传，绵绵不熄。

其实这次还不是真实版的"情景回放"，充其量只能算个"模拟考试"，毕竟，儿子仅仅只是去参加一个活动而已，分开也就几天。但我知道，这样的场景，几年后肯定还会重现，而且是真实版的再现。孩子总要长大，就像一只鸟，羽翼丰满自会离开父母，或远去千里，或数年难见。而岁月流逝，我们终将老去，慢慢退出作为一个父亲角色的舞台，一点点收起在孩子面前故作的威严，绽放出本应的慈祥。只是希望，今天我们所做的一切，让孩子多年后想起来，是一份温暖，也是一份收获。

生日记

儿子今天十六岁生日，总觉得有些话想说说。当面和他聊吧，有代沟这种客观的东西存在，说者与听者恐不会在一个频道，反讨无趣。况且此时，他已和几个表兄姊出去玩乐了，一时半会儿不得回来。白天，他也是邀了一些同学在外打球、唱歌，连晚饭都是在外面吃的。这家伙，才读到高中二年级，呼朋唤友，来往如风，比他老爹我可还玩得称头得多哩！

儿子成绩很是一般，这也是客观事实，每每一提到关于学习成绩的问题，他便嗔我能聊点愉快的话题吗。也算这小子运气不错，这辈子投胎投到他老爹我的门下，思想开通，作风民主，也便有意无意地配合他的说法，尽量不涉及"不愉快的话题"，所以也就并不影响我对他的喜爱，要说宠爱也行。

好在是，在他老爹眼里，这小子好像除了成绩不好，别的还真难挑出太大的毛病来：大度，大气，有思想，有爱心，有担当，人缘好，爱阅读，品行端正，帅气阳光，知道感恩，懂得分享……一说到这小子的优点，他老爹还真有点刹不住车的感觉，这就是传说中的护犊子吧。纵有些比如玩性大、爱玩游戏等貌似的缺点，也是瑕不掩瑜。有一件事情，让我很有触动。儿子初中三年的班主任（儿子现在居然叫她为"花姐"），其实当年对儿子挺严厉，但他上高中后，每学期都会组织当年的初中同班同学去看望班主任。有一次我嬉笑他，说你读初中时成绩一般，又被班主任经常批评，还被揪过几次耳朵，你怎么还去看她。他说花姐初中带了我们三年，就像我们的妈妈一样了，一个班七十多个孩子，那么辛苦，挨点骂挨点打很正常，说明他还管我们，打是亲骂是爱嘛。此言一出，令他老爹刮目相看。其实我对儿子还是挺严格的，在一些比如安全、品行、习惯等原则性问题上，老拳相向时有发生。子女教育嘛，我认为还是从严一点好，特别是儿子，逮着时机狠揍一顿，既长老子威风，又长儿子记性，各有所取。儿子从初中二年级到高中一年级这段，思想有些叛逆，在家里总是脸不是脸鼻子不是鼻子的，说话带着呛人的味道，还隔三岔五地挑战他老爹权威，好像不这样不足以显示他的长大，经常弄得爷俩关系剑拔弩张。当然也有局势失控的时候，擦枪走火大动干戈时而有之。不过，一上高中二年级，这小子一夜之间仿若突然换了一个人似的，说话和颜悦色满脸堆笑，交代事情像菩萨一样有求必应，尽管大部分的回应只是在敷衍。有时即使你知道他在阳奉阴违，却往往在他显得非常真诚和无奈的表演之下，你也实在雷霆不起来。

儿子出生时的情形还历历眼前，六斤一两重的一个小肉坨，脸皱肉红，皮耷毛稀，拎在手上，感觉比一只小狗也大不了多少。没承想在岁月的不经意里，便已是立在眼前这个一米七五的大小伙子了，中间的过程，真是梦幻得像一部还没怎么看懂就灯亮散场了的电影。而他的老爹，当年也是一个站在二十多岁青春风暴中心的标准帅哥，十六年呐，不知不觉在时光流逝里，现在已变成了一个在中年的烂泥堆里苦苦挣扎的臃肿男人。当年一头乌发，如今月朗星稀，当年腹肌六块，如今肥肠一肚，当年锋芒毕露，如今刀枪入库，不然怎么有岁月是把杀猪刀之说呢。时间很无情，它带走你的青春和激情时，不会给你任何提醒，甚至连一个暗示都没有。父亲和儿子，就是造物主创造出来证明光阴残忍的最有说服力的物证，此消彼长，盈缺有痕，少老如烙，猛一抬头，冷汗一身。

儿子三岁时，因当时单位实在不景气，我停薪留职去外面闯荡了几年。他也便在小小年纪，被迫承受了与父母分离的沉重。那几年，每年过完春节后与儿子别离的情景，现在想来还有撕心裂肺的感觉。儿子很小的时候，便呈现出了感情细腻的一面。六岁那年春节前，我们回家，儿子在家翘首以盼，不时问着"爸爸妈妈什么时候到家"，外公说"九点"。过了不久，儿子对大家说"九点到了，爸爸妈妈怎么还不到家"，大家一看桌上闹钟，真到了九点。过了一会儿，他外公突然觉得不对劲，对一下时间，却发现还不到八点，原来是儿子不知道什么时候把时钟悄悄拨到了九点的刻度，童趣之中可见其殷殷思念之情。也就是那年春节后，儿子知道我们第二天又要离开他，居然第二天天没亮时就醒了，要知道，他每天可是睡到快到中午，甚至从被窝里拖都拖不出来。当时他不知道会什么时候就用手轻轻捧了我的脸，眼睛里盈满着泪水，一发现我醒了，却又赶紧不经意似的把眼睛闭上了，只是那无处躲藏的泪水，浸湿了他半截小枕头。那本不该是一个六岁孩子应该表现出来的心思，弄得我当时心如刀绞，甚至一直痛到今天。

有一件事情，促使我下定决心重新回来陪伴儿子。他念三年级上学期时，有一次我回家，放学时到学校去接他。当他看到是我接他时，兴奋得真像一只快乐极了的小鸟朝我飞过来。我拉着他的小手，从校园里走过，他每看到一个他的同学或者老师，就会说一句"这是我爸爸！"口吻里充满了骄傲和炫耀，这和我之前与他班主任电话沟通时，总反映他在学校里胆子小不怎么说话的表现完全不一样。那一刻，我终于知道父亲在孩子的成长过程里，应该有怎样的定位。于是，那年的春节一过，我便重回单位上班，把儿子带在了自己身边。当时，因他爷爷舍不得孙子，为此还和他爷爷闹过很大的矛盾。后来事实证明我的回来是正确的，几年时间，儿子从当初性格内向、依赖性强的一面，逐渐转向到了阳光自信、独立自主的一面。有时，他表现出来的过度自信，或者性格的张扬，让我常常怀疑，是不是对他的教育有些矫枉过正了。

从全日制读书的学历来说，儿子现在已与他的老爹持平。我当年就是高中二年级时，因一件意外的事情，中断学业去当了兵，不过当年我比他大了两岁。抛开二十多年时间纵度，把父子两代放在同一个时间的横切面相较，当年他的老爹自愧弗如。很感谢国力的日益强盛，能有今天这样一个繁荣的时代，让孩子接受教育和资讯都与当年不可同日而语。今天的这小子，较当初同年龄段的他老爹，不管从学问、见识、谈吐，还是思维、气质、能力，都是有过之而无不及。有时和小子探讨一些话题，尽管他老爹浸淫社会数十年，居然也有力不从心的时候。长江后浪推前浪，前浪就快被拍死在沙滩上了。

　　儿子现在是班上的团支部书记，自从当了"官"，组织才能和沟通能力有了明显进步，一改懒病，除热心班级活动外，学习态度也端正了许多，这让他老爹很是欣慰。也许是对自己学习成绩定位的自知之明，或是真的内心喜欢，儿子在高中的紧张课业之余，也选择了播音主持和影视表演培训，高考时准备走艺考之路，尽管学习费用多了许多，我还是一直采取支持的态度。他喜欢，自然就有喜欢的道理。小学时，曾让他学了一段时间的吉他，每次都是逼着去培训，稍不注意就逃课了。现在情形大转弯，回家没事就拿着吉他练习老半天，不说不放手，还在网上找琴谱来练，大有时不我待之感。前两天刚放寒假，就催着要我给他找一个声乐老师，这几天每天到点就冒着严寒去上课，根本用不着去催。我问他怎么现在这么自觉了，他说以前玩得太厉害，什么都没学到，现在高中只有一年半了，平时学习紧，只有寒暑假有时间，真感觉时间不够用，说他还有好多东西想学。这是当年那个学什么都不愿意的臭小子说的话吗？

　　我无法预知儿子在十年二十年后会有怎样的人生处境，也不知道我还能陪伴他多少年，更不知道我现在的教育方式能在他今后的人生旅程里有怎样的影响。但我知道，儿子作为我生命的延续和伸展，他终会理解他老爹当年对他的严厉和纵容。他也终会找到自己的人生定位，明确自己的人生走向，会吃许多苦头，摔一些跟头，当然也会实现自己的一些梦想，自己也终会成为一个父亲。很多年后，当他的老爹已成为一堆冢内骨灰，在某个落日的余晖能照进心里那块最柔软的地方时，他——那个也已历经无数风雨的他，会手抚衰草长碑，对他的儿子说一些我——他的老爹的故事。末了，会说一句："这我的父亲，他是最爱我的！"只需这一句，就不负此生父子缘。

师恩不忘（两题）

题记：我书读得并不多，正经八百的全日制教育只到高中二年级。但就是这十来年的求学生涯，我还是碰到了一些让我记怀一生的良师。时间久远，有些老师已记不起姓名，有些老师已离开人间。我知道，我能有今天健全的人格，有一份事业的追求，都是许多默默无闻的老师一点一滴传授教导的。很多老师，不但是我知识上的老师，更是人生的导师，他们在教给我书本知识的同时，更是启迪了我人生道路上的许多道理。记此两文，以点带面，感谢所有老师们对我曾经的恩惠。

一张红榜

人逾不惑，心性便渐渐地沉静了下来。少不更事时，说起某个人或某件事，总会以挑剔的态度生出些许的不好来。而经历了一些岁月积淀之后，再惦记起同一个人或事，心里惦念更多的却是以前没有发现的好。老师就是这样，读书时总嫌他们过于严厉古板，多年之后嘴上说的却是"当年我要是多听听老师的话就好了"之类的感叹。丁老师，那个当年我们背地里曾以"老巫婆"相称的老师，现在想来，却如这冬日里的一个火盆，温暖到甚至有点伤感。

丁老师姓丁名仁珍，是我当年在临澧县望城中学念初中一年级时的班主任，教我们语文，个子不高，看上去慈眉善目，实际上做事情却像她名字的谐音一样非常认真，甚至觉得到了刻薄的程度。当年我们十二三岁，刚从各个地方的小学升上初中，班上大部分是寄宿生，基本上都是第一次脱离父母的视线。望城中学是农村中学，学生都是各个村小学考上来的，父母基本上都是农民，平时忙于农活，对孩子学习大多疏于引导，因而孩子从小都比较野，更谈不上好的学习习惯。所以对于刚进入初中那种集中学习方式和管理模式很不适应，比如午休，比如晚读，比如定时就寝，总想着怎么跑出去玩，而丁老师偏偏像只不讨人喜欢的黑猫警长，总是能恰到好处地把我们逮个正着。有一次午睡，我们几个居然偷跑出去道水河游泳，差点没淹死，第二天丁老师知道后，又惊又气，在"你们要是淹死了，我怎么向你们的大人交代"的近似咆哮里，恨铁不成钢地一人给了一耳光，还罚站了一天。于是，从那之后，背地里便有人称丁老师为"老巫婆"了，其实当年她也就四十多岁吧。那时的我们，脑子里除了好玩，哪能理解丁老师的那一耳光里居然还饱含着责任、期冀，以及对生命的敬畏呢？

　　可以毫不犹豫地说，我文学的火种是丁老师给我点燃的。那是一次学校组织的作文比赛，是那种一个题目初一到初三混比的校内竞赛活动，作文题目记得是《记一件难忘的事》。那时是汉城奥运会后不久，我写的是看跳水运动员许艳梅勇夺跳台冠军这么一件事。应该说现场发挥得还不错，竞赛结果出来，我居然力压初二初三的学哥学姐，获得了仅设的一个一等奖，当时整个学校应该也有三四百学生吧。这可把丁老师高兴坏了，居然连夜用毛笔把我的获奖作文誊抄在两张硕大的红纸上，第二天一大早又亲自搬凳子搭梯子，把我的那篇作文张贴在了学校大门口最显眼的位置，以让全体师生进出校门都能看得见，产生了很大的轰动效应，我一下子成了校园名人，幸福来得太过突然。也就是从那时起，我开始对作文有了浓厚的兴趣，且立志要当一名作家，而丁老师也总是在作文课时拿我的作文当范文读，以至这么多年我一直把文学创作当成一个业余爱好，到今天出了两本散文集，加入了湖南省作家协会，获得过丁玲文学奖，还办起了自己的作文培训学校，也算是实现了当年的志向吧。现在想来，若没有当年丁老师的那张满足了我极大虚荣心的红榜，我人生的走向也许是另一个方向。要知道，很多人直到二三十岁都还在为人生的方向而迷茫，而那张红榜，让一个少年在十二三岁的年纪便有了人生的方向，让我知道了自己生命究竟需要什么，这对一个人短短的一生来说，是多么的重要。所以，现在每每想起丁老师，那张鲜艳的红榜就会跃然脑海，眼睛里也总会有某种酸酸的液体盈盈泛动。

　　除了给予我文学的启蒙之外，丁老师还着重锻炼我的组织能力和表达能力。作文获奖后不久，丁老师就让我当了班长，班上很多事情都交给我独立处理。那年元旦，邻班组织了一台晚会，歌舞升平。我们有点按捺不住，于是我给丁老师报告，老师说那你组织吧。得令后，我和几个班干部一商量，临时起义，把桌子椅子一搬，即兴开场，唱歌的跳舞的吹笛子的打拳的诗朗诵的都有。我临时讲了一个从妈妈那里听来的民间故事，博得满堂彩。那次晚会很成功，到现在都记忆犹新。后来没多久，县里组织一个初中生演讲比赛，丁老师鼓励我参加，我说我不敢，丁老师说你把那天晚会上讲故事的胆量和表演才能拿出来就行，这样我就参加了那次县里的比赛，居然得了个三等奖，那也是我第一次参加学校以外的比赛，算是见到了大场面。也就是这么几次活动，我摆脱了一个农村小男孩的那种畏首畏尾的小家子气，为人处世渐渐地大气从容了些，沟通能力、组织能力，还有思维、胆量都有了很大的提升，对我后来的人格形成，以及走入社会谋生谋职都奠定了非常好的基础。一个好老师，有时并不需要响鼓重槌，也许只是一份信任，一次鼓励，或者是一个舞台，便已送君千里，超然尘世。

我知道，我能拥有今天健全的人格，还能有属于自己的一份事业，都是许多老师一点一滴传授积累的。有些老师，不只是知识的老师，更是人生的导师，他们在教给书本知识的同时，更是启迪人生的道理。有些老师的姓名已经忘却，有些老师甚至已离开人间，但那些谆谆教导，那些孜孜不倦，已春风化雨地融入了我的血脉，就像那张红榜，虽时过境迁，却永铭心间。

（此文发表于《常德晚报》）

笛声永远

惊闻您已不在人世的消息，是在某个同学的婚宴，一个本不该有这类消息的场合。我当场如被一颗找不到方向的流弹击中，一时头晕目眩，难以自持。回过神后，我首先想到的不是您已然模糊的面容，而是仿佛听到了一串清亮的笛声在耳边响起，如歌似泣，绵长悠远。说遥远吧，又十分真切。

记不起您的笛声第一次在我的生命中响起是哪一年，或者某一刻，其时我念着初三。算算，时日已去二十年。清明一过，日子便见着长了许多，以至于第一节晚自习通常是在落日余晖的关爱下始终的。那时我们读初中课业不是很重，晚读课比白天的正课会轻松很多，我那阵很迷恋第一节自习课。天气好的时候，我就会很早地倚在临窗的课桌上，期盼上课铃声的响起。窗外，春天夕阳下的校园很美，不甘落寞的阳光从道水河的对岸探过来，碰着一棵棵高大的水杉或者梧桐的枝叶后，便一条条一点点地散落开来，和着一点似有似无的风，摇摇晃晃而又错落有致。那些或长或圆的花坛里，各种颜色的花儿正性急地紧赶慢赶着骄傲绽放，间或有悠闲的蝴蝶或者多情的蜻蜓在花叶间散散步跳跳舞什么的。一切都是那么舒缓而又怡然，似有意为着某个将要发生的故事做着必要的铺垫。

如果你觉得此刻还缺点什么，不急，就来了。于是，一串入心的笛声，就在你认为最需要的时候，恰到好处而又画龙点睛般地升腾起来。悠扬，悦耳，欢快，如天籁之声，似琴瑟之律，圆润而不做作，柔和而不矫情。清新，自然，妥帖，抑扬顿挫，婉转回肠，好像一丝若即若离的轻风吹皱一池春水，抑或是一场润物无声的夜雨不知不觉渗透屋后菜畦。高低急缓，动静相宜，错落有致，宛若古人笔下"大珠小珠落玉盘"的意境。偌大的校园，很自然地退而求其次，甘愿就做了这美妙旋律的背景和点缀。身临其境，如沐浴着一场经年的透雨，从外到内清清爽爽地被刷新了一遍，身心得到了一种无与言说的净化与释怀。年少的浮躁，在那一刻就回归了宁静，而一些无端的烦恼，也在那一瞬消于无形，甚至忘了，或者也是懒得去找寻这精妙乐章的来源。那一阵，我好多次都痴迷于彼情彼景，直到老师接连点过我的名，才在一种醉意中惊慌失措地回过神来。多年以来，这样的一幅场景，总在我的脑海里被反复定格、升华、重播，或是在香甜的梦中，或是在独自凝思往事中，或是在与同学的彻夜长谈中。

后来几经打听，才知道导演这样一出音画时尚的您叫戴兴国，是高中部的一名语文老师，据说是一个教学很有一套，但处世却又颇有特点的人。一些师生们谈到您的时候，大抵都用了"才气"这两个字。于是一种微微的崇拜感就应运而生。因为在我的思维中，"才气"二字意味着琴棋书画、吹拉弹唱，应该还写得一手极妙的文章，而且品行高雅，不媚俗迎世，就如同典籍深处的陶潜、嵇康、郑板桥一类的人吧。于是那时，我就很期待初三年级快点结束，考上高中后您能来任我的老师。可是，很戏剧化的是，我上高中一年级后，您带了高二班，我升到高二时，您又去带了高三年级班。我就像一个暗暗使劲的追随者，想追上您的步伐，却在不经意里，一次次只能看到您的背影。再后来，因为一件意外的事情，没等到您任我真正的老师，我便应征入伍了。就这样，一种很奇妙的师生之情，就成了我心中永远的痛。

您一定是不认识我的，但从您的笛声在我生命里响起的那一天起，我就已经把您当成了我生命里一个很特别的老师。是的，有些老师，不需要口口相传，有些老师，不需要耳提面命。有时，一句话，能让人受教终身，一个眼神，能让人获益匪浅，而您在那个年代落日余晖下的一段段动听的笛声，已足以让当时一个懵懂的农家少年找到内心深处一生的安宁。因为，您不会知道，之后二十余年，有一个曾经沐浴在您笛声里的少年，行走在漫漫人生之路，在许多不知所措的生命路口，总能听到一串悠扬的笛音无声胜有声地响起来，陪他蹚过绊脚的荆棘，抵达花开的彼岸。

又是一年这样的春天，正是当年您的笛声最能触动少年情怀的季节。可是，您却如一朵过季的花，永远地凋零，不留痕迹地带走了那些日落时分梦幻般的笛声，也带走了您在我心中那段难以言传的传奇。

这个日子，我没能为您点上一串鞭炮，也没有为您排上几炷祭香，就允许我记上这段文字，如果这也算一篇祭文的话。我真的要谢谢您，只因为您用生命奏响的笛声，曾在我那个躁动的年龄和迷茫的心间，美妙地演绎过！

（此文发表于《常德日报》）

清明节漫思

很庆幸，在物质欲望以不可思议的速度貌似要吞噬一切的时代，还有一个叫作"清明"的节日，似钉在高速公路上的一处减速带，让人们在行将挣脱道德束缚的当口，终于慢下浮躁的心绪和功利的惯性，将追思与感恩从心中最靠里的那个口袋掏出来，晾晾那些已蒙尘霉变的灵魂。

"清明"其实是一个古老的农事节气，而非节日。只是在近些年回归传统文化的大众呼声中，才像一个正在田间劳作的老农，匆匆洗掉了一腿齐膝的黄泥，急急忙忙地进了城，一跃变成一个正式的节日。在一些时下被很多年轻人热捧的洋节之前，中国农历的二十四节气是数千年来农耕中国社会生活的记事之绳。在这个地球的绝大部分地区还是一片蛮荒混沌之时，聪颖的中国祖先就观日月之转规律，研究出了指导农事及社会活动的方法，即中国农历历法，并一直实用至今，其蕴含的玄机智慧，我等愚钝之人，实在无法想象。

最开始，清明只是二十四个节气兄弟姐妹中的普通一员，"清明前后，种瓜点豆"，无非就是告诉大家，到了这个点得赶紧春耕播种了。但后来一些帝王将相选择在这天行"墓祭"之礼，慢慢地就发展成了一个固定而重要的祭祀之节，再后来民间纷纷仿效皇室望族，于此日前后祭祖扫墓，历代沿袭而成为一种固定的风俗。前几年清明节被列为国家法定小长假之后，似乎一夜之间身价百倍，与之相关的比如公祭先祖伟人、踏青出行等话题占据了众多网络和媒体的版面，着实也拉动了一些眼球经济。

对于清明节，农村更显重视隆重一些，大多数家庭都会按照祖宗规矩子午不差地行祭祀之礼。而在城市里，无论礼节还是形式，就多少显得简化了一些，甚至可以说是敷衍。我出生在农村，在农村长大，对于那些老规矩，自然从小便耳濡目染。爷爷是一个对祖训传统虔诚到近乎苛刻的人，除一年四季的生息劳作严格按照节气规律行事外，对于老祖宗传下来的那些大到婚丧嫁娶、小到吃饭睡觉的繁复规矩也是不折不扣。比如吃饭不能随便说话，"吃不言，睡不语，半夜讲话是穷鬼"；比如睡觉不能随便一躺，"要想睡得人轻松，切莫脚朝西来头朝东"；比如打扫卫生要注意边角旮旯儿，"扫地不扫旮，一天扫到黑"。小事尚且如此，而对于气氛更加严肃、形式更加庄重的清明节礼仪，爷爷当然更是没有丝毫马虎。

清明节当天是不能祭祖挂坟的，民间有"前三后四"之说。春分节一过，爷爷便会在某个晴好的日子去十几里外的肖家河或者观音庵赶场，在铁匠铺修整豁了口的锄锹镰刀、买担竹篾做的箩筐什么的，而最重要的，是准得买一大沓那种约两尺见方的毛边白纸回来。第二天早饭后，爷爷先将堂屋用高粱扫帚打扫得一尘不染，再在堂屋中央支上两条长板凳，然后将头天买回来平压在卧室那口大黑漆木箱上的毛边白纸搬出来，恭恭敬敬地铺陈在地上，再去到偏屋端下一道门板，将门板搁放在长板凳上后，用抹布前后两三次擦得干干净净，最后搬来他放着凿子、锤子、剪刀的百宝箱置于一旁。这些准备工序做完后，爷爷才弯下腰，依序捻起三张大白纸来，铺在门板上反复折叠，每折叠一次就用磨得锋利的镰刀按折缝裁切，如此三番五次，最后三张硕大的纸张就被裁成了数十张约莫红砖形状和大小的小纸片，然后又每次捻数起十余张小纸片，在门板上横竖反复几次顿齐后，从百宝箱摸出一把老火剪刀，将纸片窄边的一头剪出个燕子的三角尾形来，这便是成品了，挂坟的“清明纸”。一个上午，爷爷都一丝不苟地在做这个工作，我和弟弟好像也受了爷爷肃穆气氛的感染，平素淘气得恨不得上天入地的哥儿俩，居然也便老老实实地蹲在一旁，或坐在门槛上，静观爷爷每年一度的这种仪式般的表演。

当然，在清明节里，我和弟弟并不仅仅只是看客，这些爷爷精心裁剪出来的清明纸，就是我们兄弟俩在这个传统节日舞台表演的道具。临到清明节的前两三天，母亲说“你们俩明天跟爷爷一齐上山挂清明去”。其实不用母亲交代的，五六岁起，我们就跟着爷爷上山挂坟了，每个祖坟的位置，我们心里门清着呢。真应了“清明时节雨纷纷”的诗句，似乎每年清明节都冷雨霏霏，路滑泥深，杂草绊腿，难以前行，所以那时我心里并不愿意跟着爷爷上山挂纸，但架不住母亲“人不能忘本”以及“老规矩就是要代代相传”的威逼利诱，最终还是噘着嘴跟着爷爷出发了。弟弟那时倒可以找些比如“年纪小”“两兄弟去一个就行”“你是老大应该去”等合适的理由三年打鱼两年晒网的。

我家祖坟较多，分布较散，加上下雨路不好走，一圈下来得大半天，着实是件吃力的事情。爷爷穿着笨重的蓑衣，提着鞭炮清明纸，还背着培坟铲草要用的铁锹，自然顾不上深一脚浅一脚的我，所以每年清明上山祭祖，摔跤滚泥是常有的事情。每到一处祖坟，爷爷便会年复一年地告诉我"这是爷爷的爷爷，你得喊老老爷爷""这是你的老嘎嘎（外婆），也就是你爸爸的嘎嘎""这是爷爷的爷爷的兄弟，当过和尚，你得喊太爷爷"等，十多年的谆谆教导，那些复杂的祖辈关系，我至今都烂熟于心。爷爷说，挂清明有讲究，得从坟后上坟头，将清明纸没剪口的那头对着墓碑位，用土块压严实，防止被风吹走；坟上的草和杂树，只有清明节才能扯能砍，其他时候不能动坟上的一草一木；两支蜡三炷香，先点烛再燃香，坟前不能大声说话等不一而足。而路过的地方，有些无主坟，爷爷总也吩咐我去挂几张白纸在坟头，说"他们可能没后人了，我们路过就顺便挂张纸，也不至于让他们在阴间太过凄凉，积点阴德"。爷爷平素话并不多，但每年挂清明和大年三十给祖坟送灯时，就会变得续续叨叨，生恐我们记不住似的。如今，爷爷离开我们已有二十多年，每年清明节回老家祭祖，伫立爷爷坟头，我便想起那些年清明节我在他后面的亦步亦趋，想起他如数家珍般地给我介绍每一座坟里的人，想起他去世后的第一年清明节我给他挂纸时的号啕大哭。去年清明节，我带着儿子回老家祭祖挂坟，在一座座祖坟前，给他讲坟里的谁谁谁，特别是在爷爷坟前，我不厌其烦地讲当年爷爷带我挂清明的一些往事。末了，儿子一句"爸爸，你今天怎么变得这么啰唆？"让我半天没回过神来。我突然发现，眼前的儿子，就是当年的自己。而若干年后的某个清明节，儿子也一定会在某座坟头看到今天的自己。

人的一生，其实就是一个见证各种生命来来去去的过程。新生蒂落，欣慰欢喜，驾鹤长天，感伤落泪。平时奔走于纷芜尘世，忘性于功利街头，非特殊时刻而甚少记起那些已然与我们两个世界的他们。清明节的惊堂木一拍，迫使我们骇然转身，用灵魂回望那些凝固了的时光，用柔软浸润那些缠裹住了的温情。我们不只祭奠赋予血肉延续的先祖宗亲，更要感恩于那些给了我们恩荫惠泽的师友乡邻。所以，必须有这么一个日子，让我们能够打开时光之门，低下高傲的头颅，与神灵对视，接受良心和道德的审判，很多时候，我们真的淡忘了他们的身影，淡忘了他们的恩惠。于是，那个怀才不遇、曾用笛声抚慰我青春躁动的老师，那个风趣幽默、曾与我一起在球场上挥洒汗水的朋友，那个勤勉谦逊、帮助于人而不露痕迹的同学，那个皮肤黝黑、曾一起掏鸟窝翻泥鳅的儿时伙伴，他们就从记忆里款款地闪出身来，在追思里，开始立体，进而鲜活。于是，就有一些酸酸的液体盈出来，如千年不绝的清明雨，潮湿了我所有的心绪。

很喜欢"清明"这个词，虽然平素说出来可能有人会忌讳，但也许古人的智慧恰在这里，让人们在阴阳之间寻到一处心灵的桥渡，在现实和理想之间找到一个心理的平衡点。可是，当我们怀揣一颗虔诚之心，面对长眠亲友的碑冢，铲一锹新土、栽一棵绿枝、植一缕缅怀之时，你是否从哀思与惆怅中感悟出了些许生命的真谛？

一冢一部书，一碑一故事。曾经的喧嚣和宁静，翩然杳去，曾经的拥有与遗憾，化为烟云。人，只有在生命之火即将熄灭之时，才会顿感人生苍凉，回首来路的欲望和贪恋，瞬间被击为齑粉，撒向虚无。然而，仍被裹挟在名利场中央的人们，又有谁能真正看破红尘，宁静于心？为权困，为钱累，为情伤，其实最后都是"三千年读史，不外功名利禄，九万里悟道，终归诗酒田园"。

清明！清明！朗朗乾坤，芸芸众生，究竟有几人能清，又有几人能明呢？

父亲母亲（四题）

题记：每次听到刘和刚演唱的《父亲》和《儿行千里》这两支歌曲时，眼里就会有热热的感觉。我的父亲母亲，一辈子老实本分，没有高官厚禄，没有家财万贯，没有轰轰烈烈的爱情故事，也没有名载春秋的丰功伟绩。他们有的是人生态度的恬静平淡，是为人处世的谦恭善良，是子女教育的朴实传统。他们赋予我生命，赋予我健康，赋予我成长，赋予我希望，而自己，却正一步步走向人生的暮年。我很幸福，人逾不惑，父母双在，他们还能以温暖的目光包容我的任性，我还能在想他们的时候，十几分钟就可以见到他们，接受他们给我天底下最无私的爱。几篇文字，献给父母。此生之缘，唯有文字记之。

父亲七十三

　　今天，父亲迎来了他的第七十三个生日，这对于他坎坷的人生来说，不亚于一场苏联卫国战争般的伟大胜利。因为在这之前，所有的人都不相信父亲能活到今天，包括他自己。

　　我家祖籍湘东茶陵，战争年代我血缘上的爷爷流落到现在湘西北临澧，后来成家立业，生下了一系列的儿女，父亲排行老二。父亲出生那年是一九四二年，古历称壬午年，天下大旱。老人说逢壬午年必有大灾，父亲生的就不是时候。那一年日本兵过境，当时全村人躲在一个堰坎下，襁褓中的父亲欲哭，那可是关系到几十口人的事情，奶奶没办法，只得在父亲吃奶时狠心地把他闷在乳房上，待日本兵过身，父亲已断气。但在乡邻拍拍打打掐人中等手足无措的折腾下，父亲居然又回了气，捡了一条命。出生即遭此难，注定了父亲一生命运的多舛。

　　九岁那年，父亲的命运不由自主地改变。他被过继给他的舅舅——我的爷爷，并随之改名换姓。十岁丧亲母，父亲也随即辍学，帮着爷爷干农活，这也是膝下无子的爷爷要过继个儿子的初衷。在现在十来岁孩子还在撒娇的年纪，我的父亲却用他那稚嫩的肩膀扛起了沉重的生活。爷爷脾气暴躁，父亲做事稍有怠慢非打即骂，甚至好几次都被打到口吐鲜血。十五岁那年株洲煤矿下农村招工，不甘命运的父亲瞒着爷爷，只身一人用"鸡公车"推着两蛇皮袋谷子去报了名，几经波折，毅然走出了农村。株洲干了两年学徒，后被分到邵阳洪山殿煤矿，在井下一干就是十四年。在此期间，经历过电击、瓦斯爆炸、塌方、透水、跌井等无数事件，曾有几次昏迷数天，在生与死界碑前来回走过十余次。听父亲娓娓谈笑他十四年的煤矿井下史，就像听一部跌宕起伏的人生悲喜剧，惊心动魄扣人心弦。

七十年代前期，父亲结束了他的煤矿井下生涯，调到石门县船厂担任电工兼民兵教练，生命之花才终于开得有了些颜色。在那里生下了他的大儿子——我，那年父亲已三十二岁，那个年代已属超龄老男，可以算是中年得子了，自然喜不待言。这期间，父亲因为工作过于拼命，造成急性胃穿孔，又一次差点丧命，后来手术胃被切除五分之四。八十年代初，考虑父亲母亲两地分居特殊情况，经多次申请，终于调回老家，先辛辛苦苦干了几年养路工人，九十年代中期调进县城开始坐办公室，从体力劳动转型脑力劳动，日子才渐渐舒坦下来。

父亲脾气倔强，性直刚烈，人称"戴大炮"，在那个需要八面逢源的年代，虽然有过几次可以当领导的机会，但性格使然，直到退休还是个工人身份。这些不知道是"缺点"还是"优点"东西，我好像都无一例外地禀承了下来，而父亲还有些东西，我却只能暗自佩服。只读过小学二年级的父亲一生自学不止，直到高级会计师，而我做事总是雷大雨小虎头蛇尾。父亲为人百里挑一，对人总是以德报怨，特别是对暮年的爷爷（他的继父）孝敬有加的情景，让老家一些知道父亲早年情况的人们交口称颂，而爷爷病倒在床的一年里，他和母亲床前床后端屎端尿服侍的画面至今让我记忆犹新。母亲是农村人，虽然他们也红脸拌嘴，但即便是在那些特定的年代里，父亲也从没有在母亲面前以"公家人"身份而自高一头。

父亲不抽烟，不嗜酒，乐观豁达，为人谦逊平和，但这并不影响他对生活的情趣和热爱。他早年在煤矿搞过宣传队，吹拉弹唱有一手，特别是二胡拉得情深意长，没事的时候就会来段《梁祝》或《十送红军》，在我们那个小山村是一道亮丽的风景。父亲嗓门大，京剧唱得有板有眼，一高兴就是一嗓子《打虎上山》《临行喝妈一碗酒》等，只是现在年纪大了，有时一嗓子下来要歇上一会儿。父亲爱弄花种草，饲养动物，而且很在行。那时老屋还没有拆迁，退休回到老家的他，在小院里种了几十盆花草，四季花香袭人，还养了一屋子鸽子，一大群鸡，四只小狗及一只八哥。父亲每天浇花弄草，打理动物，和它们说笑游戏，快乐和谐。有次与父亲闲谈，他说花草动物也是有感情的，只要你用心爱它们，就可以听懂它们说话，我一脸愕然，后来才渐渐懂得。再后来，我和弟弟相继结婚生子，父亲也升级成为爷爷，便将养花弄物的兴趣转到了打理孙儿身上。父亲心细手巧，孩子虽说是老两口带，但吃饭穿衣洗澡玩乐皆以父亲为主，一直到七八岁，母亲还嗔说自己带孙儿没父亲耐烦周到，怕孙儿长大了会偏心哩。父亲说，想不到他这一生还能看到孙辈，而且还是孙子孙女齐全，看来是前世修了福积了德。孙儿孙女到了读书年龄被我们接管后，闲不住的父亲又受邀参加了县里的老年艺术团，每天排练，到处演出，倒也乐在其中，只是近一两年来，身体确实吃不消才"消停"了下来。

　　念书时，我成绩不赖，父亲曾对我寄予了很高的期望，但高中时一次意外让我当了兵。当兵后起先还想考军校，后来一些变故又破碎了军校梦，这无疑让父亲大失所望。刚退伍那阵赋闲待业，与父亲没少争吵，甚至闹到过断绝父子关系地步。现在想来，父亲也许只能以那样的方式表达他对我的太在乎，因为太爱我，所以"恨之入骨"。"恨"是恨铁不成钢的"恨"，当初他在我的名字里嵌入这个"钢"字，就已经赋予了厚重的希望。而年少的我，却对这种爱熟视无睹，甚至扯碎了他。去年上半年，父亲又一次重病入院，县城医院建议转院市级医院后，父亲自认行将不远，民间说"七十三八十四，阎王不请自己去"，我照顾他的那几天，有天晚上给他老人家擦过身子后，他拉过我的手说了一句："养儿还是在身边的好啊，随叫随到，当初你要考了军校在外面，哪里有今天的床头床后呢？"二十年来，父子心里那些隐晦的心事被一语破解，那一刻，我心如刀割，转过头冲到病房下的小花园里号啕大哭。

（此文发表于《散文时代》）

娘亲六十五

母亲的生日很好记，中国民间喝"腊八粥"的日子。四十年代末期出生的母亲，已本分而又善良地历经了六十五年人生风雨。

事先打了电话，赶到乡下时，母亲已在简易火塘上炖上了一碗我最爱吃的腊肉腊豆腐，炒了一个自家菜园的大白菜，还有一碟她亲手腌制的豆腐乳。风卷残云，狼吞虎咽，母亲看我吃饭的眼神，还是如多年前我读书寄宿时周末回家的样子，柔软而温暖。前两年有一次回乡下吃饭，我无意间说了一句菜太咸，没以前好吃了。母亲当时小半晌没吱声，以一句"人老了，舌头感觉不到咸淡"做了解释。再后来，每次我们再回乡下，母亲总是有意识地少放了食盐。今天也许是太刻意，味道过于淡了些，当我说加点盐的时候，母亲居然高兴得像个小孩子，边小跑着去拿盐罐边说"我说淡了不好吃吧"。

母亲脾性有点古怪，生怕给子女添了麻烦和负担。逢年过节，给她老人家一点钱，或给她买点东西，总得接受她一盘正儿八经的勤俭节约朴素主义教育，往往弄得我们下不来台。今天也是，临回转的时候，犹豫了半天，想给母亲一点钱让她自己买点东西。家里有客人，我怕母亲拉下脸一本正经当着众人教育我的样子，等她送我出大门时，我才给口袋里塞了两百块钱。果不其然，母亲的脸一下就拉了下来，说我花钱大手大脚，生日年年有，没必要花费等等之类。我嬉皮笑脸地说了半天，最后母亲才答应减半执行，拿一百块钱了事。我如释重负地上了车，后面还飘来一句"明天回来吃晚饭，不要买东西！"

记忆里的母亲总是劳碌着，哪怕现在本应轻闲了，她也还是耐不住。小时候，家里人多田多，父亲又在外地工作，而劳力方面又不尽如人意，奶奶是瞎子，爷爷年纪大，我和弟弟又小，真正的劳力就是母亲一个人。我记事的时候，刚联产承包到户不久，别人家因为劳力多，都有脚踩的那种带齿滚的打稻机，双抢打稻谷又快又轻松。但那玩意儿重，在田里拖动要几个好劳力，所以我家里就一个板桶，只能抢起稻谷把在桶沿上摔，把谷粒用力摔脱稻梗，既吃力效率又低。双抢季节，温度奇高，半干不干的稻田里更是热得要命，蚊虫又多又毒，母亲总吃不好睡不好，一个双抢下来，身上真的要脱一层皮。那时我家和队上另外一个"半边户"一起合作搞双抢，两个女人带着几个半大孩子劳作，进度可想而知，往往别人家秋季稻的秧苗都插下田了，我们两家的春季谷子都还没收完。所以在很多时候，我的脑海里总有一副多年前的母亲在烈日下抢着稻谷把子一下一下使劲摔的场景浮现，这么多年，一下一下使劲地摔疼着我的心。

再后来，我们那里植种，功夫更厉害。植种的稻子扬花时是夏天正午到两点最热的时候，这个时候必须下田"赶花"。所谓"赶花"，就是拿着长竹篙把稻子的"父本"耸动，让花粉扬起受到稻子"母本"的花中去。那种稻谷长得比人还高，稻子打过农药，稻叶有锯齿，容易割伤皮肤导致中毒，赶花时必须穿着厚实的衣服，闷在田里劳作时，皮肤温度不低于六十摄氏度，经常有人中暑。那时我最怕放暑假，家里田多，稻谷每天的扬花期较短，母亲即使再拼命，也不能把家里六七亩水田在短时间内全赶完花，所以我和弟弟也得"被迫"做这些事情，虽然我们做得不多。母亲负责最大的两块水田，她可不会像我们小孩子在劳作过程中还想着偷会儿懒，母亲想的总是能多赶一篙就尽量多赶一篙，只想有个好收成，所以几乎每年都中暑，但她总是简短休息之后，又继续劳作。植种的稻谷需要打一种叫"920"催长农药，这种农药必须在中午最炎热的时候兑上开水喷洒，这些事我们又帮不上忙，那时母亲的皮肤经常被这些农药感染化脓。有一次为防飞虱，在田里撒石灰消毒，腿被石灰水浸泡后，一直溃烂到大腿。那段日子，母亲天天咬着牙在腿上涂紫药水，而那双腿紫一块红一块的样子，至今还让我心有余悸，泪沾衣襟。一大家子人，在那些沉重的岁月里，母亲硬是咬着牙撑了过来。母亲常说我懂事早，事做得多，很小的时候就成了家里的主要劳力，有些对不住我。我听了直想哭，因为比起母亲那时吃的亏、受的苦，我那些小小的付出，只不过是九牛一毛而已。

前不久因为姨妈过八十岁的事，不知不觉就和母亲扯到了寿命的话题。母亲说自己身体不好，活到七十就满足了，说自己嘴巴啰唆，年纪大了讨人嫌。我说至少要活到八十五嘛，看到孙子结婚，最好能抱上重孙子，老人一般都喜欢这种儿孙满堂的话题。母亲听了呵呵一笑，然后极其认真地掰着指头算了一下，说八十五还有二十年，儿子都六十岁了，还有老娘在，都成老妖精了。还说真要活那么大年纪，走也走不动了，饭也弄不起了，吃穿都要儿女侍候，那时自己都会觉得不好意思，与其拖累儿孙，不如早死还好一些。我听了半晌无语，因为以母亲一生不愿麻烦人的性格，她的真实想法就是这样。她的心里，她的骨子里，只愿儿孙平安、健康，除此之外，别无他求。为了家庭，为了我们，母亲辛苦操劳了这么多年。那些付出，那些血汗，那些艰辛的日子，母亲已毫不在意。而对于本应的回报，母亲居然也轻描淡写，毫不在意。

娘亲啊，您就好好地活下去吧！下辈子，您还是我最亲的娘，我还是您最亲的儿！

与父同眠

许久没有回老家看望父母了，不免生出些许愧疚与不安。阳春三月一个晴好的周末，我推掉了所有同事朋友牌局酒席的说辞，携妻一同回到并不太远的乡下老家。

老远就听见老家小院里传来的阵阵笑声，进得门来，方知是诸多远房的亲戚也来看望我的父母，有的还是经年没有走动过的。我在父亲的介绍下一一递烟打招呼，倒也不亦乐乎。

待到晚上母亲安排寝宿时犯了点难，因来客男女比例极度失衡，不得不实行错位搭配，我遂被告知父亲同寝。睡眠习惯的突然打乱，心头免不了有点疙疙瘩瘩。

劳累了一整天的父亲老早就上床歇息了，我却和几个精力旺盛的亲戚喝酒打扑克直到晌夜。我蹑手蹑脚地走进房间时，居然没有听见父亲那自成一派的呼噜声。我轻轻地宽衣上床，生恐惊扰了年迈的父亲。但就在此时，我发现父亲似乎很自然地调整了一下睡姿，原本仰面躺着的他改成了侧躺，同时还将他那佝偻而又笨拙的身躯悄悄而又使劲地往靠里墙的位置挪了挪，把床外一侧尽量大的一块地方腾了出来。我的鼻尖一酸，一种想哭的感觉油然而生。

哦，父亲原来压根就没有睡着，他强忍着一天的疲劳，就是为了等他亲爱的儿子上床睡一个安稳觉。他也许是怕他那著名的呼噜声惊扰了他的儿子，也许是怕他的儿子不习惯和自己同睡一张床。他向墙里边悄悄地一挪，是为了让自己的睡眠习惯尽量适应他儿子的睡眠习惯，面积大一点终归是要舒适一点的。儿子长大了，睡觉也自然需要更大一点的地方。不善言辞的父亲此时也许只能做到这一点。

于是，思绪回到了我还是伢秋秋的时代。那时的父亲是健壮而且敏捷的，大手大脚大身板，往床上一躺简直就是一座游乐城：可以掏他的鼻子，扯他的胡子，捋他的头发，捻他的腋毛，若睡着了便可欣赏他特有的呼噜交响乐。在那个玩具比较匮乏的年代，我和弟弟常把这些当成乐此不疲的游戏。父亲三十出头才得子，对我兄弟俩宠爱有加，因此这种游戏既不担心把"玩具"损坏，也不担心挨揍。有时真的弄疼了，父亲也只是"嗖嗖"地边抽着凉气边说"小崽子们，轻点"而已。印象最深的是父亲爱仰面睡觉，总将两条粗壮的长腿向上自然地弯成拱状，我和弟弟最喜欢在他的腿弯里爬过来钻过去，玩累了就一个靠在他的臂弯里一个躺在他的腿弯下沉沉地睡去，那种感觉既温暖又安全，就像船开进了避风港一样。

我怔怔地看着脸朝里紧挨墙睡着的父亲，他的身躯有点微微颤抖，这应该是他突然强制性改变了睡眠姿势所致。他居然是那么瘦小，腿也不显粗长，真不明白当年他那对儿子是怎样在他腿弯里穿梭自如的。而他的两个儿子，现在都已是一米七几的大个。每每父亲和我们站在一起时，总会有骄傲的笑容在他沟壑一样的皱纹里闪烁。

我上得床来，也尽量靠床外侧躺着，和父亲之间始终保留着还足可容纳一个人睡的空隙地。我知道，我根本就无法消受父亲腾给我的这片地方，它原本可以让我们都睡得舒适一些，自在一点。因为这是父亲给我的一片情，也是一片爱。就让这片地方留着吧，永远留着！

那一夜，父亲的呼噜声始终没有响起来，而我，也一夜无眠。

（此文发表于《常德日报》）

母亲节怀想

进入五月，走在大街，衣服店、鲜花店、食品店等满街的商家都打着距母亲节还有多少多少天的打折促销广告，标新立异的叫卖声、尖厉的高音喇叭声不绝于耳，街市像煮着一锅粥，让人甚是烦恼。

我这个人一直对洋节不太感冒，什么愚人节、情人节、圣诞节等，我一般都无动于衷，那似乎应该是年轻人过的。形式大于实质的东西，我一向反感。这些洋节，与我们传统的春节、端午节、中秋节相比，就显得花哨了许多，更多的时候，似乎都只是商家促销的一个噱头。不过其中，母亲节我认为还是应该有的。

我的母亲，实在是一个没什么可写可说的地道乡下妇女，即便写出来说起来你也就觉得好像是邻家的一位大妈而已。六十来岁了，体态偏胖，腿还有些浮肿，嘴是极唠叨的，比如说你吃饭本来吃饱要搁碗了，她总还要不甘心地跟着嘟囔一句"还添一碗吧！"手脚又是极勤快的，即使家里早就不种田了，她老人家还是拾了两块闲地，除了种点菜隔三岔五地提过来让我们尝点鲜外，还随时令季节种些甘蔗凉薯香瓜花生什么的，以至于在这些好东西成熟的季节，我和弟弟相约携妻儿去乡下就像过节一样。母亲在她这代妇女中算是知识分子，小时候很多功课就是母亲辅导的。母亲从不东家长西家短，也不会以鄙薄的目光看待那些条件比自家差的人家。哪怕是对待讨米子，在那物质条件比较贫馈的年月，即使是米坛里真的扫不出一把米来了，她也会为人家捧上一碗凉茶或者歉意地拉拉闲话。所以在老家的那道山湾里，无论是主姓人家还是后来搬迁过来的杂姓人家，大都对我家比较友好。那时家里田地多，父亲又在外工作，农忙时节，那些乡邻四舍总是在忙完自家田头活后，还有意无意地拉帮我家一把。不过母亲也有"缺点",比如她记仇,会将当年"欺侮"了我们兄弟俩的人记得很清楚,多年以后还要翻出来教育我们要长记性、长志气之类。

母亲这大半辈子也没听说过她干了些什么惊天动地值得载入史册族谱的大事,无非就是嫁给了父亲生了一对儿子,以及伺候公婆等所有农村妇女都必须经历的事情。记忆中的母亲总是和田地锅台及缝缝补补联系在一起的。不知为什么,即使现在条件好了,母亲在我印象中最深刻的形象,还是多年前在昏暗的煤油灯下,为我们兄弟俩缝纳新鞋时纳一针就在头皮上抹一下的样子,母亲的眼疾就是在那时熬出来的。我常劝母亲来县城和我们住在一起,她总说舍不得那个窝,还说自己啰唆,怕处理不好婆媳关系。母亲最不愿意给我们添麻烦,每年生日那天,生怕我们给她买东西或者给钱,有时都不知道躲哪儿去了,害得我们像警察查案一样挨个给亲戚打电话,甚是恼火。儿媳妇有时给她买了一套新衣服,也要心不甘情不愿地被她"数落"一番:这又得花好几百块钱吧,也看不出比几十块的好到哪去,你们收入也不高,不要大手大脚!场面甚至弄到尴尬。

其实中国绝大部分母亲都如我的母亲一样,注定是要淹没在无声的历史中的,古今如此。在浩如烟海的典籍深处,女性的面孔本来就不多,而具体到以母亲的名义流芳百世的,就更是屈指可数了,掰着指头数,也不过就是为给儿子孟轲一个好的求学环境而三迁居所的孟母(孟母三迁)、为激励儿子岳飞精忠报国而不惜在其脊背刺字的岳母(岳母刺字)、为教育儿子陶侃廉洁奉公而退还官府腌鱼的陶母、因家境贫困而用芦荻做笔教儿子欧阳修写字作画的欧母(欧母画荻)等寥寥几个。虽然也有"慈母手中线,游子身上衣"等许多脍炙人口歌颂母爱的诗歌,但那毕竟太过笼统抽象。于是母亲除却勤劳、慈爱的象征之外,也成了默默奉献的代名词。正如一座摩天大楼,人们总是惊叹于它地面以上部分的华美壮观,而甚少有人谈及它的地基一样简单，我们千千万万的母亲们，正是这样一些不被人注意的地下塔基元素，就像大海深处那些无数前仆后继的珊瑚虫，孜孜不倦而又无声无息地构筑着人类前进的塔基。她们不但孕育了我们人类厚重璀璨的历史文化，更是毫无怨言地承载了历史长河里太多的血雨腥风，将一个如此美丽的今天呈现在世界面前。所以人们都说母亲伟大，她的伟大不在于是生育了几个儿女那么简单，而是在于她的平凡，她的朴实，她的一代代生养不息，她的一辈辈默默无闻。

　　既然历史注定了母亲的平凡，那就让我们把该做的都做到细雨润物，让我们亲爱的母亲们过一个安静、祥和并能够悠然回忆往事的节日吧！

军旅回望（三题）

题记：有些东西，在生命的旅程里一旦来过，哪怕只是短短一程，也会打上深深的烙印，烙在人生的每一步里，烙在长夜的每一个梦里，也烙在回眸时每一个润湿的目光里。很庆幸，生命的际遇，让我有过三年从军生涯。就是这不长不短的三年军营生活，对我的人生哲学、生活理念、价值取向等都形成了深深的影响。回首走过的人生长路，那段经历所产生的影响，总在自觉不自觉间指导着我的思维与行动。是的，它已经霸道地植根于我的骨子里，也融化在我的血脉中了。

梦回相思江

相思江，名义上说是江，其实只是一条小河，宽不过三五十米，蜿蜒如一条碧绿的飘带，倔强而费力地穿过我们偌大的军营。地图上定是查不到"相思江"这个名字的，它应该是桂北名水漓江的一个支流，真正河流的名字我没有查过，而流淌过军营的这一段便被一代又一代的军人们美其名曰"相思江"了。其实有好几次我是想查清楚这条河流的实名的，只因不愿破坏"相思江"这个美丽的名字在我心目中的长久印象，每每也便作罢了。你想想，一座百分之九十九都是男性的万人级兵营，却有着这么一条柔情名字的河流日夜相伴，本身就是一份诗情画意。于是不得不佩服当年取出这个美丽名字的老前辈了，那是何等精妙灵光一闪的灵感体现，又是何等贴切妙到极致的创意之作啊！区区"相思"二字，便将阳刚与阴柔完美对接，让动与静的和谐共生。是啊，多少年来，一茬又一茬的军人们，五湖四海，千里迢迢，舍家离乡，别妻离亲，将最美好的青春最激情的岁月无怨无悔地献给了祖国的国防事业，但是，手握钢枪同样也有柔情在胸，即便是最铁血的男儿也有温情的一面。于是多年前，这条普通而又幸运的小河在某个日落时分某个战士思恋远方爱人的情愫里，创意地被赋予了一个美丽的名字，一刹那，事业的崇高与人性的真实在创意的瞬间合二为一，如冬天的一壶温酒，切合了每个战士家国一体的心理，温热了每个战士刚柔并济的心尖。铁打的营盘流水的兵，于是，相思江的名字便被一代又一代可爱的军人们顺理成章心照不宣地继承流传了下来，至于这条河流真实的名字，倒无人在意无关紧要了。

我们连队的营房及训练操场离江畔不过百十来米，因而相思江就贯穿了我三年绿色军营生涯的始终。刚到部队的时候正值冬季，一个少雨的季节，初见相思江，感觉不过是一条稍宽的溪沟一样，水位很低，在我们连队那个位置，水位与岸口可能有十四五米的吊距，以至于低到要到岸边有探头的想法才能看到河水。水面是安静的，安静到你根本感觉不到水的流动，无花无浪，平铺如镜，而水也是极其清澈通透的，面对水面，如一块浑然天成通体清亮的玻璃，不忍触手，好像只要轻轻地一碰，便会破坏那份天然原始的清亮一般。正因为至静至清，所以岸对面那些桂北典型的高峙直立百十米的喀斯特峰峦便一览无余地在水中倒映清晰可见，还有那些附着在青色山峰上绿色的长青植被，便染得江水碧绿见兰了，在角度与距离都合适的位置俯瞰水面，真如一幅极具灵性的中国山水代表作，纤毫毕现活灵活现，妙到极处可意会不可言传。在盲目工业化的时代，能如此安详地欣赏这样一湾毫无污染没有人工痕迹的碧水，应该算是一份莫大的幸福与欣慰了。新兵的训练是极其艰苦的，艰苦到我多次有放弃逃跑的念想，但每次，在江边那块突出的石头上，面对无语如镜的江水，我思考着从军的意义，反省着人性的劣根，哭过，也笑过，同时也感动过。是啊，是相思江，让我学会了丈量理想与现实之间真正的距离，让我懂得了个人与国家利益的轻重急缓，让我明晰了责任操守与个人悲喜得失的利弊权衡。于是一次又一次，我战胜了身体极限带给我的懦弱与退却，一次又一次坚定了我的理想与信念，几个月时间，我就从身体到心智上完成了从学生到一个真正军人的完美转身。

和平时代的军营生活相对是要平淡一些的，没有传说中的惊心动魄，也没有枪林弹雨的铁血传奇，在紧张的训练之余，终归会比战争年代多些生活原色的体现。天气好的时候，每每晚饭过后短暂休憩的时段里，大部分战士都会不用招呼地来到没有任何修葺整理的江边，那些随处可见的千奇百怪的石头便是各自的凳椅，有些石头的表面由于与一代代军人屁股的亲密接触，已格外光滑，不禁让人感叹岁月的长度与力度。习惯了齐整刚健方阵的军营，每天都会在这一段时间里，有单个的、悠闲的绿色个体放松惬意地散落在乱石上、草丛边，伴着一条叫"相思"的小河，由着兴趣和爱好，有的人捧一本书，充实精神的粮仓，可视周围喧嚣为无物；有的人执一把吉他，唱着明显与军歌节奏不相符合的地方流行歌曲，刚一起调，便有人围过来拍着手一同和起来；有的战士则安静地置于某一角，捏着一封不知道已看了几遍的家信或爱人的情书，眼角晶莹的泪花在落日余晖的映射下往往会闪烁出几道神伤的光芒；有的人随便在地上画了个棋盘，捡上几颗石子便下起了我们看不懂的棋；有的人则干脆比拼着在白天训练中还没有消耗完的体能，将一颗颗石子奋力地掷过江去，遇有落在水里的情况，便会激起一阵阳刚的嘘声；更多的是语系相同的老乡们堆在一起，用家乡话拉着一些共同的话题。那些当初如此平淡的场景，现在想起来，居然已变成一份难以企及的青春幸福，有时情至深处，还有酸酸的某种害羞的液体感动地溢出眼眶。

其实，我一直很小心地呵护着我的那段戎马岁月，如一个母亲呵护着自己的婴孩一样。那是一段梦想照亮生命的荣光之路，那是一段激情统治青春的澎湃之旅，那是命运对我的一次恩惠大典，那是机缘给我的一道精神盛宴。尽管，那段岁月只有短短的三年，一千余个日日夜夜，却已化髓成血铭心刻骨。

是的，我一直呵护着，甚少向后来结识的朋友同事们谈起我的那段历史，是因为，我见过太多曾经也有过这样经历的人们拿这段岁月不着边际地吹嘘与炫耀。在酒气熏天的饭桌上，在汗臭四弥的市井里，总有人唾沫星子四溅地肆意夸大、扭曲、嫁接、臆造甚至杜撰着那段本应是光荣骄傲的人生经历，迎合着不知情人们猎奇的心理，赚取着不明就里人们惊讶的目光，以满足自己卑劣的虚荣感。于我看来，那是人生态度的亵渎，是个人阅历的糟践。我想，既然命运给予过我们这一次机缘盛礼，我们应该持有一份尊重、正视与真诚的回馈态度，而不应成为茶余饭后无聊的谈资，辜负了命运曾给予我们的那份厚遇。

所以，这条相思江，我很少提及，无论是在我的言谈还是文字里，无论是对朋友还是亲人。实际上，这条江已默默滋润了我十七年干涸的心田，承载了我十七年每个感动的瞬间，甚至，我的许多梦境的背景模板，都是江边某些故事的某个节点片段。不说，只因爱已无须多言；不写，只缘情已无须字里行间。

多少年了，再回头一看，相思江，实际上就是我三年军营生涯的代言，在那段苦中有乐的岁月里，它如一个修行千年能直窥心底的高僧，默默无语里便已让一个懵懂少年参悟了人生诸多的哲理，它赋予我的坚毅、果敢、责任、使命以及强健的体魄，还有那些我曾心甘情愿用汗水与鲜血换来的理想与信念，让我一直受用至今，也必将纵贯我以后生命的全部，甚至泽荫我的子孙。

月圆思故乡

又到了十五满月的时候。

躺着，一任淡淡的月光顺着窗棂无声无息爬进我的小屋，齐齐整整温温柔柔地散落在地板上和我的脸上，于是人居然一时没了睡意。翻身下床，也不开灯，生恐惊扰了这月色美丽的梦境，只是借了这朦胧如纱的月光趿了双拖鞋，搬把小椅，拉开门，而独自消受这无边月色的美景去了。

　　喧嚣了一整天的偌大军营此时终于彻底平寂下来了，笼罩在一种没有边际的博大静谧之中。四面，有一些无名的小虫和夜蛙轻柔地唱着，仿佛是它们编织了这张夜的网络。视听范围内，偶尔还有哨兵轻轻的脚步声传来，让人油然记起"鸟鸣山更幽"的诗句来。远处，那一座座极有桂林特色的山峰，被淡雅而柔情的月色衬映着，显得极富神韵。周遭有树，高高低低远远近近地散布着，纹丝不动，掩映着一幢幢齐整肃严的营房。又有一些沙沙的细声，犹如细雨正滋润我业已干涸的心田，又似乎记忆中幼时父亲那粗糙的大手抚我光背的感觉。风是若有若无的，而且还若即若离地贴在我的肌肤上，产生一种莫名的沁凉感，透人心腑。

　　月光，看不到她的边际，却能让你切实地感知到她的存在，仿佛是一袭仙女织编的绫缎，没有重量，那样舒爽而惬意地搭在身上，让人感到阵阵温馨。此时的我，一时竟妄想只有自己才是这月色之夜的主人了。无丝竹之乱耳，无案牍之劳形，我如一个婴儿贪婪地吸吮这月下的精华。这时候，人才能真正地还复自我的本性，那种心灵深处的情思才会彻底地盈盈地泛起来，辐射扩散在整个广袤的夜空。我仿佛耳闻到历史深处有人高歌"明月几时有，把酒问青天"，也有人正浅吟深唱"人有悲欢离合，月有阴晴圆缺"，还有人正独自在异乡面对可望而难以企及的家园喟然长吁"明月何时照我还？"于是便也觉得在这苍茫无际的月色世界里也掺有一些淡淡的忧伤和乡情。思绪，顿如一只放飞的风筝，顺着月光的牵引，回到了我深深思念的家乡。

　　记得也是这样的夜晚，月光也是这样柔情地洒在家乡如画如梦般的大地上，母亲将她陪嫁过来的那张老竹床摆放在禾场的中央，我和弟弟便躺在上面，慈祥的母亲则搬一把竹椅坐在旁边，执一把大蒲扇，一扇一扇极有节奏地拍打在我们兄弟俩的身上。那种感觉就像今天的月光泻在身上一样美妙和梦幻。母亲还给我们讲一些久远了的故事，唱一些极动听的歌谣，和着那蒲扇的拍打节奏声，我们便渐渐地进入了梦乡。有好几次从梦中醒来，发现母亲正对着高悬于顶的月儿出神发呆，现在想来，那一定是她在思恋我那在外工作的父亲。

如今，我已是身在千里之外的异地他乡，家乡对我来说已是一个遥远而温暖的概念。离家三载，虽然其间也探过亲，但这份乡情却如一杯陈年的老酒越发香醇。在这结满相思的美丽夜晚，就让这份乡愁如这月光一样渗进我的心扉吧。因为只有月儿，才是人间相思的最好寄托。

美丽的月儿啊，请带去我对家乡的一片深情吧，告诉她，我永远爱她！

（此文发表于《桂林日报》）

军营桂花香

农历闰八月的那天大早，起床后的我按照惯例，第一件事便是打开窗子。当窗开的那一瞬，一股淡雅温馨、久违而又熟悉的清香便扑鼻而来。一时，我居然有点手足无措。抬眼望去，但见点点鹅黄羞羞答答地点缀于窗后几株桂花树的绿叶之中，在清冷的晨曦中显得分外夺目。一时，我的心不由得激动起来，哦，我亲爱的桂花，你终于姗姗迟来而又恰到好处地绽开了。

真的，入秋以来，我就一直默默地盼望着你的到来，就如恋爱中的人儿盼望远方情人的音信一样。当第一个八月那样无声无息地走过去之后，你却没有半点开放的信息，我的心中居然产生了一种莫名其妙的惆怅。要知道，我在你温情如语的清香祝福中已经度过了异乡的三年，而今，我就要即将退伍回到我的家乡去了，你却这样迟迟不肯坦露心迹。谁知，在我快要绝望的时候，你却又这样不失时机而又善解人意地开放了，就如阴霾的天空突然出现的一线阳光让人顿觉清爽。莫非，这是你刻意抑或是善意给我惊喜的安排？

哦，我亲爱的桂花，你知道吗，当你每年在这个时候开满军营的每个角角落落时，也便及时而无言地将你的祝福撒播在我们每个军人的经络血脉之中了。秋天原本是一个收获的季节，但对我们军人来说却是一个播种的季节，一个播种情思的季节，一个播种温暖的季节。在这个季节里，每当我们给远方的亲戚朋友意中人写信的时候，总会在信封中夹上几粒盛开着的桂花，我们美其名曰"桂花信"。当他们打开信封时，便会有一股清香扑面而来。对于父母，这花香是一份平安，一句问候，一腔思乡之情；对于朋友，这花香是一份友谊，清新淡雅，却又能永驻于心；对于恋人，这花香则是一丝柔情蜜意，一份深深的思恋，一种隽永久长的企盼。当我们郑重地做这一切的时候，心中的感情便如一阵风过后的花骨朵儿悠悠扬扬。

哦，亲爱的桂花，你知道吗，当你每年都这样悄悄而来的时候，在我们军人的心中，你盛开的不仅仅只是花朵的形式，而是盛开着一种与众不同的精神。在这秋风萧瑟的季节里，你总是那样倔强地如期而至，给这肃杀的秋日注入了无穷的生机和活力。尽管你没有牡丹的雍容华贵，也比不上梅花的铮铮铁骨，更没有芍药的艳丽袭人，相反看上去你是如此的粒粒细微娇弱无力，甚至于一阵微风拂过也会撒下遍地花黄，但你却自然活泼，清新朴实，特别是你那种开花过程里前仆后继的精神，给了整个八月无尽的温情与希冀的激情。有时我们也还真拒绝不了你那迷人的诱惑，于是折一枝下来，插在空酒瓶或搪瓷口缸中，置于宿舍的某一角，顿时，清纯的花香便洋溢在整个小房，也弥漫在我们每个军人的心中。于是那清静的晚上，我们就在你幽幽花香的祝福中进入了甜蜜的梦乡。再有，连队开餐时，每每饭后蹲在树下喝汤时，便会有几颗桂花粒掉撒碗中浮于汤面，我们称之"桂花汤"，呡一口下去，咂巴几下嘴，似乎真加了某种神奇的调味佐料一般香美，想想，实际上我们要的就是那种感觉。

哦，亲爱的桂花，再过不久，我就要离开你回到我的家乡去了。在这里，我真的要感谢你，感谢你这几年给我软语般的祝福，让我每年在这长长的相思季节里过得实在而又充满浪漫。我会将你淡雅的清香长存于心，带回我美丽的家乡。也许，多年以后，在某个你又把祝福撒向天地万物的季节里，我又会来再次感受你的气息，来重温你将花瓣撒落我一头一肩的感觉，来看望曾经给我希望和信心的你。我会的，真的！

哦，亲爱的桂花，你是我一生永远的祝福！

（此文发表于《桂林日报》）

少时读书忆

　　我们读书的那个年代，基本上每个孩子心里都有一个作家梦，至少作文写得好的同学，总是会受到一些来自老师和同学特别的目光。而写作的素养一定是来自于一个人青少年时期的阅读量。那时我们农村孩子的家庭条件都不是太好，父母大都对孩子的学习不上心，因而一般的家里除了学校发的课本，基本没有课外书籍，更不用说藏书了。因而那时农村读书的孩子鲜有几个作文写得好的，要是有一两个，便会成为其他父母训斥自家娃娃读书没用的参照物。

　　很不谦虚地说，至少在读书的十多年时光，我一直都是这类参照物。而这一切，得益于我有一个骨子里有点小资的父亲。

　　我家里是"半边户"，即母亲在农村务农，父亲是吃国家饭的，因而在孩子读书这个问题上，父母的眼光还是比较长远的。虽然有个拿国家工资的父亲，但因家里老的老，小的小，负担挺重，所以经济条件也并不好。但有一个条件，我比周围的小朋友要富有许多，那就是课外书籍。父亲年轻时是个思想很活跃的人，虽然长年在煤矿井下工作，但并不因循守旧甘愿受命运摆布，工作之余，还会买一些小说来看。八十年代初期开始，中国开始迎来文化的春天，父亲便订阅了比如《大众电影》《电影文艺》之类的杂志，每次父亲回来探亲，都会带一摞这样的杂志回来，所以从很小的时候开始，我便和这些"闲书"打着交道。

父亲那时有一只黑漆木箱，告诫我们兄弟俩不能乱动里面的东西。但孩子总是好奇心重，越不让我们打开，越想知道里面的秘密。后来终于等到了一次父亲忘记上锁的机会，打开一看，除了半箱子毛主席像章外，再就是一些书和红皮笔记本。笔记本无非就是父亲的一些工作日记，也有一些读书心得，而书籍就是一些比如《红楼梦》《七侠五义》《隋唐英雄传》《青春之歌》之类的小说。后来父亲说，其实当年他在煤矿工作时，除了吃饭和给家里寄点钱外，剩余的工资基本上都买小说看了，最多时装了满满两个大木箱，但后来多数都没了。父亲这几本小说，和后来的那摞电影文艺杂志，成了我最初的阅读之源，也是我那时作文比一般孩子写得好的最重要的原因。

再后来大点后，那几本小说和杂志便翻得索然无味了，每次跟大人们上县城，吃了一碗饺子解了嘴馋后，找小人书摊便成了我的第一要务，几分钱可以坐上大半天，由着大人们置办事务，事情忙完后再在小人书摊找我，准丢不了。现在还记得很多当年耳熟能详的小人书名，什么《鸡毛信》《小兵张嘎》《十五贯》《新儿女英雄传》《暴风骤雨》《隋唐演义》等，还有一些如《基督山伯爵》《茶花女》等外国题材的连环画，让我对外国文学有了最初的涉猎，甚至还有《西厢记》等少数爱情题材的连环画，给了我最早的爱情意识启蒙。现在想来，真的很怀念那个小人书的时代，特别是放学后，在学校后面那个小山坡交换着看小人书一直到太阳下山的场景，一直是我阅读记忆里最深的烙印之一。

念初中后，终于有一些比较"正规"的老师来教我们语文课了。这个"正规"，是相对于小学时大多数民办代课老师而言的，因为小学基本上是一个老师语文数学体育美术等科目大包干，而初中后的老师便是术业有专攻了。我语文成绩一直偏好一点，幸运的是，初一到高中遇到的班主任基本上都是语文老师，他们自然就会对我格外偏爱一些，于是在他们的"诱导"之下，写作和阅读的兴趣也便越来越浓。于是，父亲给我订的什么《少年文艺》《儿童文学》等少儿类文学杂志便无法满足我的胃口了，觉得太过幼稚，我的兴趣点开始转向一些比较成熟的文学作品。初中念书的学校叫望城中学，就是现在临澧四中，离家远，所以寄宿。现在那里已划归县城区，我们读初中那时还是位于"听取蛙声一片"的农村，其实离县城区也就四五里的样子，这为当时我们这些乡下来的孩子偷偷"进城"提供了很方便的条件。有些同学偷偷跑到县城去是为了去玩，比如看别人打桌球什么的，而我和另外两个同学是为了去新华书店看书。那时初中并不像现在的孩子这么多课，午睡时间很长，老师也管得并不是太紧，所以中午一般是"集体大逃亡"的黄金时段。那时觉得两三公里是个很短的距离，一路狂奔一会儿就到了。

那时的县城还不大，文化也没有现在这么多元，满城除了新华书店，没有第二家可以买书看书的地方。新华书店是公家的，一般来说里面的书只能买不能看，所以我们光看不买几次之后，书店的营业员看我们的眼神就不对了。后来每次去新华书店蹭书看时，其实我都很紧张，因为营业员那鹰隼般的眼神我实在受不了，但每每我又抵挡不住那满壁满墙书的诱惑，所以，只要同学一邀，我便也控制不住地跟着去了。说老实话，那种在精神比较紧张状态中看书的效果实在不怎么样，有时看了半天，回去一想，连个书名都没记住。现在回想起来，还真不知道那年在新华书店蹭看了一些什么书，只能算一种阅读经历吧。

但也就是这个在书店蹭书看的经历，也被一次变故悲催地折断了。那段时间，连续去过新华书店十多次吧，虽然每回都有点紧张，但毕竟还是看了一些课本以外的书，那种新奇和刺激也是难以言说的。营业员观察我们一段时间后，也没觉得我们几个有异常，后来对我们也便没有那么敌视了，甚至有个营业员见我们过去，还朝我们笑笑。也许正是在这种日趋友好的气氛中，有个同学动了歪心思。那次事前没有一点征兆，看完书后我们鱼贯出柜台口时，突然，走在我前面的那个同学从衣服里掉下一本书，他们两个一见不妙，撒腿就跑，我在最后面，根本没弄清什么情况，就被营业员一把抓住，当时就蒙了。其他几个营业员跑出去追另两个同学未果，回来把气撒在我身上，其中一个营业员还给了我一耳光。我被一群凶神恶煞的成年人关在办公室"审讯"，逼我交出"同伙"，交出学校和班级，要我写检查，交代"作案"动机，然后又押着我站在书店营业柜台出口"示众"。后来学校老师接到电话来书店把我接走时，我哇的一声大哭起来，那种羞辱感，当时真的想死的心都有。这件事后，我与那两个同学友谊的小船说翻就翻，而我也消沉了很长一段时间。而那个新华书店，从那天以后，一直到现在近三十年了，我再没有跨进去一步。

也许是这个"窃书"风波的原因，父亲知道了我比较迫切的阅读愿望，除了一直订阅一些儿童类杂志外，还会隔段时间给我买一两本他认为对我有好处的课外书籍，过生日过年时，还会以书作为礼物送给我。这样一个过程，一直贯穿到我的读书生涯，直到十八岁那年从学校入伍从军。

也许相对于同时代一些书香门第的孩子来说，我青少年时期的阅读量并不太大，但相对于普通家庭，我的阅读环境还是很宽松的，阅读量也算较丰富的。所以我一直认为，自己的精神世界还是比较丰满的。想想小时候的十多个年纪相仿的玩伴，本来一起读书，读着读着便有人辍了学，小学掉几个，初中掉几个，后来一直读到高中的，居然就两个。而另一个，恰恰就是一直经常找我借书看的那个伙伴。

结合自己的阅读史来谈人生，还真能生出许多的感慨。人生其实就是一场艰苦的长途障碍比赛，跑的过程中都会有体能消耗，天生的体能储备差异只能决定前程的快慢，而能否一直跑下去，精神动力往往是决定性因素。而阅读史，无疑是精神动力的主要源泉，它会让你意志坚定，精神高远，目标明确。累时，有伯牙子期高山流水提神；苦时，有愚公移山精卫填海鼓劲；想停歇时，有望梅止渴画饼充饥励志；欲放弃时，有柳暗花明绝处逢生鞭策。书中自有黄金屋，于是一路，这些看似虚无遥远的东西，在你的生命旅程里就会变成实实在在的动力，引着你推着你，走到一个又一个你想要去到的人生景致。

半是月圆半是悲
——纪念立生兄

代题记：周立生（1977—2017），笔名楚冰，湖南常德桃源籍诗人。湖南省诗歌学会会员，湖南省硬笔书法协会艺创部委员，常德散文家协会副秘书长，《桃源诗刊》主编，桃源诗创会秘书长。曾获评2015年"最美的我"湖南·常德自媒体年度达人。主编《家乡的故事》《秘境牛车河》，出版《中国新诗选（2014年卷）》和个人诗集《你是等我的》。2017年1月10日因病去世。

我知道，这一只靴子迟早会落下来，虽然一直不愿意听到这只靴子落地的声音。2017年1月12日晚八点，立生兄的追悼会结束。绕棺一周，见兄台最后一面，泪眼婆娑走出灵堂，一抬眼，迎面居然碰到了一轮明晃晃的圆月，又大又亮，无遮无挡，仿若就悬在伸手可及的地方，甚至让你怀疑，老天爷拎它的那根绳子是不是就快要断掉摔到地上。原来，今天是农历的腊月十五，本就是一个月圆的日子。只是今年入冬以来，一直都是阴雨雾霾，都有点让人忘记了月亮长得一个什么样子了。昨夜，下了今冬的第一场雪，雪不大，伴着雨点，以至于早间起床后没有半点下雪的痕迹。但就是这场没有留下任何痕迹的夜雪，将近两个月来的沉天雾霭清理了个干干净净。于是没承想，农历一年里最后一次当空皓月，却与我们在送别立生兄最后一程的时候不期相遇。

只是这样一个本该让人感觉浪漫的天象，在这样一个场合却显得特别尴尬，我甚至有些恼怒于这轮圆月的无礼：一边是皓月如悬，一边是长歌当哭，一幅写实版的"月圆人不圆"场景。立生兄八十六的奶奶老泪纵横，眼睛都快哭瞎；他的妻子悲伤欲绝，已瘦若一片飘零的树叶；才三四岁的女儿虽尚不知事，口里念叨的"爸爸睡着了"一样让人悲恸撕心。我没有见到立生兄的父母，也惧怕问他们的情况，白发人送黑发人，那种痛苦，我连想想，都已椎心入骨。

与立生兄相识于两年多前常德市散文家协会组织的一次采风活动，之前已在QQ微信博客上有过交流。青春阳光，英俊帅气，一脸笑容，说话的声音谦逊柔和，颇具诗人优雅气质，当时就觉得特别谈得来。有些人相处一世，却依然形同陌路。有些人只需一面，便可成为挚友。与立生兄，就是后者。当时他正在筹备《桃源诗刊》的首期创刊，同时还推介他的牛车河和星德山，采风活动过程中总不忘向大家阐述他的创刊理念，并诚恳地向大家约稿。席间和他喝了一杯酒，没想到，那也是唯一一次和他同桌饮酒。才过几个月，就传出了他患结肠癌且已晚期的消息，甚至，医生对他生命期的判断为早则三个月，迟则一年。后来他能坚持两年多，全靠他积极的心态和意志的坚持。

立生兄的家境应该是很一般，从他诊断出癌症并踏上漫漫化疗路开始，便成了我们常德文友圈子里共同的一个牵挂。关注他的微信动态，关注他的旅行，关注他的诗作，成了许多文友日常生活里的一个常态，并通过不同的形式，积极地帮助他筹集治疗费用，比如直接捐助，开展义演活动，义购他的诗集，给他的微信公众号作品打赏，以写文打赏形式募捐等。我应该先后给他筹款募捐两千元上下，我的一些朋友也通过我转达了一些爱心。自立生兄诊断出病症后，我后来与他有过四次会面，一次是在常德市文化馆为他专门举办的"爱的火柴"大型义演上，一次是常德市诗歌协会换届选举上，一次是2015年常德市散文家协会年终年会上，还有一次是三人行文学社在石门广福桥的炉塘湾举办一次联谊活动上。这几次见面，感觉他的身体状况还不错，精神状态也挺不错，谈笑风生，别人问起他的病情，也坦然若安，并无我想象中的局促，这就让我之前的小心翼翼变得多余。特别是在石门炉塘湾那次活动，桃源诗坛三剑客都去了，立生兄看上去身体长了些肉，掉了的头发也长了一些，脸色红润了许多，目光有神，当时我问他，是不是医生诊断错了，他说，但愿。那次活动的主题是"人生除了苟且，还有诗与远方"，感觉特别切合当时的心境。

让我们欣慰的是，立生兄在两年多与病痛斗争的过程里，始终保持着平和的生活心态和积极的治疗态度，该干吗干吗，不悲观，不厌世，不颓废，不回避，坚持诗歌创作，坚持旅行运动，坚持与文友的交流互动，坚持《桃源诗刊》的主编工作。看他的微信，总有新创作的诗作让我们感动；

他游历祖国大好河山，总有美景美图喂饱我们的眼睛。有一次他去贵州荔波，我还找当地一个战友给他们送了几张小七孔的门票；他与妻儿亲人相处的快乐，让我从心底感到温馨。他把那些病痛的日子当成"不过是在风中打了一个趔趄"，哪怕在生命的最后时刻已经疼痛得无法忍受、在一天打几针杜冷丁的情况下，仍然坚持诗歌创作，甚至达到一天一首新作，实在让人动容钦佩。2016 年 10 月 18 日，湖南经视报道了立生兄要求身后捐献眼角膜的消息，当天他写的一篇《我要把我的器官捐出来》的文章，感动了无数人，其中一段"如果那些五脏六腑可能沾染癌细胞，至少那双眼是干净的、健康的……它会在另一双眼眶里，继续拨弄琴弦，点燃黯淡许久的时光；它会替我打量那些不具名的未来。它会将爱流传，像一首婉转的歌。"一时刷爆了朋友圈。看到这首诗作后，我便知道，其实立生兄的内心已开始以自己的方式和这个世界告别了。1 月 6 日，当我读到他的微信发出一首《披挂就是王者》的新作，我突然有种不祥之感：难道这是立生兄的最后一首诗作？1 月 7 日晚常德散文家协会年会上，桃源诗人黄飞跃带去了立生兄希望安乐死的讯息，文友圈所有认识不认识他的人都染上了悲恸的情绪。随后几天立生兄便陷入了昏迷，1 月 10 日晚 22 时 30 分，收到了立生兄最后一只靴子落地的消息。一切都结束了。那一刻，我大脑一片空白，居然没有特别的悲痛，也许，还有一丝为立生兄终于解脱了非人般病痛的欣慰。原本，我以为，那一瞬间我会哭出来的。因为，三十九岁，确实早了一些。

很多人都知道，立生兄和 2017 年的春天有个约定，和自己，和亲人，和朋友。2016 年 12 月份，他最后一次去长沙治疗，已知道自己行将不远。12 月 16 日，应该是他签了器官捐献志愿书后不久，他在个人微信公众号贴出一首《如果可能，把我葬在春天里》的诗作，诗里说："病入膏肓／上

哪儿都是死路一条 / 如果说还有什么奢望 / 仁慈的上帝啊，让我熬过这个寒冬 / 把我葬在春天里 / 连同所有的梦。"从那一天起，我们许多人，就都开始期盼这个冷酷的冬天快点过去，下一个绚烂的春天快点到来，有些文友甚至对着日历掰着指头算着春天到来的日子。他和很多文友都说好了，在下一个春天，一起相约他的星德山，看云海无边，一起相约他的牛车河，看百花灿烂。可是，光阴就是这般残忍，其实只需再等二十来天，春天的讯息就会传来，春天的花朵就会开始次第开放。然而，就是这么一个简单的要求，老天终究没有给立生兄，他没有等到他的春天，便将自己生活的火萎灭在了这个无情的冬日。而我们，对即将到来的春天也便没有了企盼的激情，因为立生兄，他带走了我们很多人心里的春天。他捐献的眼角膜，将会让另外一个陌生人看到春天，而自己，将眼睛永远紧闭在了这样一个凄冷的时节。

前来吊唁的人很多，有他认识的，也有不认识的，上至京都省市，下至各县乡镇，除却他的亲人，有领导，有商人，有文友，有爱心人士，追悼会挤满了那个并不宽阔的灵堂，连门外都站满了人。在这个人心比任何时代都冷漠许多的今天，对于一个一无官职、二无企业、三无背景的普通人来说，若没有平时的人品积攒，很难得有这样的身后繁华。毛泽东说：人固有一死，或重如泰山，或轻若鸿毛。立生兄也许算不得重如泰山，但也算是雪爪鸿泥。他用三十九年短暂的生命，留下了数集诗作，留下了许多故事，还留下了一双眼角膜光明他人。生命的精彩不在于长度，而在于宽度和厚度，这就是人们常说的生命质量。没有不逝的生命，只不过是时间、地点、方式不一样。立生兄，就是用自己生命的宽度和厚度，撑起了生命的长度，让自己的生命质量得到了另外一个层次的升华。如同一根火柴，倾其所有去撑起一片光明。就像一片红叶，竭尽所能让人感受到一个秋天。

千言万语，无以述怀。一纸一笔，已为纪念。就借这轮圆月还与你絮叨最后一次吧，虽然它看透了千年万年人情冷暖，品味过无数人间离合悲欢，但今天，它是听得见我的诉说的。下一个月圆之夜，我希望我已忘记了你，因为那时已是春天，一个把你抛弃了的季节。

立生兄，一路走好！

行者之吟

用一种行走的方式

把自己抛给巨大的未知

就像一只山鹰

经历风雷方可丰盈羽翼

虽然最终我也会衰老

那些风景茂盛过我的梦想

一入瑶都情似海
——江华瑶族自治县行记

一

有些人，只需一眼，便可生死相牵。

有些事，只经一回，便能如刻如铭。

有些风景，只剪一角，便已化髓入骨。

我必须承认，我还是无法做到一个中年男人本应的矜持。以为人已不惑，路行万里，特别是曾在有"山水甲天下"之名的桂林服役三年的经历，再难有某处景致能由心地激起滔天波澜。然而，在有"神州瑶都"之称的江华瑶族自治县仅仅三天，却似饮甘醇美酒，如驾白马长风，醉了个通透明爽，直把杭州当汴州。那些热忱的人，那些走心的事，那些极致的景，仍然能让我的心如一个初涉情海不谙世事的少女，情窦大开，无法自持。尽管我知道，我才经的一切，不过是这块神奇而热烈的土地上，三千弱水里浅浅的一瓢。

启程那天，正值谷雨，春天的最后一个农历节气。温度不高不低，天气不晴不雨。春天，仿佛有意要在这种暧昧的自我感觉里跳完最后的一支舞。

路敞车快，七小时七百公里的行程，从湖南的最北部到最南端，真正意义地穿过三湘四水。我如一尾洄游的鱼，历尽了所有的险滩急流，看遍了所有山花烂漫，当看到高速出口处"江华欢迎您"几个大字时，我知道，我的生命，即将与这片热土交集。那一刻，内心居然不是难以自持，而是如一枚暗夜里悄然绽放的花朵，宁静安然，微醺如醉。

二

到达江华县府沱江镇已近傍晚，暮色四合，华灯初上。精致的小城，四面的瑶山，还有那些神往已久的故事，都羞羞答答地隐匿在一些鲜亮的灯影和氤氲的晚雾里。这是还容我一夜的情感发酵吗？是的，明天太阳升起之后，我会匍匐下我所有的身心，把自己化成一支虔诚的飞箭，没入这瑶山瑶水千年万年的诉说之中。

久候的妙妙老师身着华丽瑶服，如一个不食人间烟火的瑶家仙子，明目皓齿，面若桃花，就那么盈盈款款地站在了我的面前。这个小我十多岁的女子，是江华县小桔灯作文培训学校的掌门人，在全国一千多家小桔灯加盟校中颇有名头。她的老公明亮老师，一个帅气而沉稳的娄底大男孩，见面便感受到了他的真诚。此行的目的，是因在办学发展中坐井观天，与其他两个县的校长相邀，来江华向同行学习取经。长江后浪推前浪，出来走走，总强过闭门造车。而我，不过是以此为由头，寻一个放逐山水，涤洗秽心的借口罢了。

用过晚餐，意犹未尽。舟车之劳，在一些未经的新鲜面前，是可以忽略不计的。妙妙老师夫妇遂成美意，趁夜色醉人，带着我们在县城逛逛。一个经营瑶族服饰的店铺引起了同行美女强烈的兴趣，拥进去试衣试帽，自拍留影，最终未买一丝一巾，女店主却乐呵呵地迎进送出，不见半点愠色，瑶民之淳朴可见一斑。江华是全国文明县城，街道虽不宽，但干净整洁，临街店面窗明几净。一般来说，晚上是城市管理的空当，我到过很多地方，这个时段，会流摊满街垃圾随见。但在这里，却很少看到占道经营等随意无序的陋习，妙妙老师有一个看似很随意的俯身捡起人行道上一张废弃小纸片的动作，让我顿觉汗颜。爱，不只是一句口号，更多的时候，只需一个细节，便可以呈现所有的内涵。女店主的笑靥如花，妙妙老师的不经意，我便知道，这里的子民，对自己生养休憩的这片热土有多热爱。

在簇拥的灯光里，经过一处空旷的广场，隔过广场一眼的距离，光影之下，高墙琉瓦，雕龙画栋，一座气势恢宏的宫殿式建筑赫然于此。三扇"n"形的殿门紧闭，中间最高最宽的殿门之顶，"盘王殿"三个大字格外醒目。妙妙老师介绍说这是盘王殿，是目前世界上最大的一座瑶族庙宇，有着"天下瑶族第一殿"之称。相传盘王是瑶人的祖先，农历十月十六日是盘王生日，每年这天，江华人都会在这座盘王殿举办声势浩大的盘王节，这也是瑶族人民最重要的节日。据说每年的盘王节，散落世界各地的瑶族后裔都会派代表回来参加仪式，祭祀先祖，追思祖恩，尊奉生命的起源。因是晚上，殿门紧锁，故无法进殿观瞻。不过倒也无妨，我是一个汉人，自然无法做到瑶民殷对盘王的无比虔诚，故而神祖有心，在我的生命际遇里，有意安排了这样一个夜遇瑶祖而不牵手的桥段，既让我对瑶民先祖的尊仰之情一目可达，又让这座受到瑶人万民敬仰的神灵不看出我心中的怯虚，再恰当不过了。

三

第二天，妙妙老师有一堂"感恩母亲"主题讲座要在江华公立一完小举行，这当然是我们学习的良机。

一直认为，我们临澧县城本就够小，江华县府沱江镇就更精致了。一说沱江镇，总有种到了湘西凤凰的感觉，是不是叫沱江的地方都是能美得让人心悸的。几分钟，车便出了主城区，一完小位于江华县城的城郊接合部，这个学校百分之八十以上都是瑶族学生。江华的公立学校奉行特色立校，有的以书法著称，有的以美术闻名，有的以写作鹤立，而这座一完小的特色，在于对瑶鼓瑶舞瑶歌等民族文化的传承。

学校的老师很欢迎我们一行的到来。准确地说，是欢迎妙妙老师，很多孩子看见妙妙老师，都亲热地围了上来。在妙妙老师和学校老师沟通之余，我在几个教室的窗外或者后门瞄了几眼，除却与我们那里的学校教室无异的教具教备之外，发现每个教室后面还整齐地摆放着瑶族传统的民族乐器——长鼓。长鼓是瑶族人民最重要的乐器，可以说是瑶族的标志，在江华火车站广场，便矗立着一座由纯铜打造的世界上最大的长鼓雕塑，也是江华县的地标建筑。一名学校老师给我介绍说，瑶族长鼓一般是用整段泡桐原木挖制，内腔挖空，两端相通，外形呈两个倒接的喇叭状，形成两个共鸣鼓腔，中间鼓腰较为细小，鼓口蒙以羊皮，鼓身会画上日月、花草或鸟兽图饰，讲究的还会在鼓两端和腰间系几个小铜铃。瑶族长鼓有三十六种打法，舞有七十二种动作，凡逢年过节、庆祝丰收、乔迁新房、婚丧庆典等场合，瑶族人民都要表演长鼓舞，特别是每年盘王节，所有瑶村瑶寨都会跳起长鼓舞，铃脆鼓响，瑶山沸腾。在瑶乡，所有的瑶民都会长鼓舞，民间一些技艺较高者还能在桌上表演。老师还说，他们学校每天上午第二节课后的课间操，学生都会集体跳长鼓舞。可惜我们来的时候刚过了课间操时间，错过了欣赏千余学生集体鼓舞的美妙时刻。

妙妙老师的讲座很精彩，娓娓之间，孩子们被感动得哭声一片。出乎意料的是，讲座结束时，我被妙妙老师以一个作家的身份介绍给孩子们，被孩子们当成了尊贵的客人，离开之时，学生自发地用瑶语唱起当地的送客歌，虽然歌词我听不懂，但孩子们真诚的眼神、深情的曲调，还是将我先前没有完全掉落的泪水诱降了下来。我敢说，这是有生以来，第一次受到这种隆重的礼遇。多年以后，耄耋之年的我，定会在一些阳光丰满的午后，想起这堂特别的课，想起这些可爱的孩子，想起这首令人眼热的送客曲。

四

马不停蹄，一完小讲座课一上完，我们又眼看妙妙老师赶往数十公里外的白芒营镇中心小学，那里又有一堂写字公开交流课等着明亮老师。江华地理位置独特，风力资源丰富，一路上两边的高山上矗立着一台台风车状硕大的风力发电机，蔚为壮观。因为交流课在下午，尚有些时间。妙妙老师说：要不先带你们去一个原生态瑶寨看看？我想你们一定会喜欢。

于是，井头湾，一个听上去就有故事的小村，就像歌里风尘未染的小芳，在误打误撞里，偶遇在村口的槐花树下，用前世的五百次回眸，换来今生的邂逅一见。

一些文学作品带给我的感知，瑶民好像都生活在高山丛林之中，有着淳朴而彪悍的民风。但是井头湾的瑶居民风，却显得闲适恬静，与世无争，与我的想象大相径庭。原来瑶族在江华又分高山瑶和平地瑶，井头湾属平地瑶的典型代表。当年，由于尖锐而激烈的阶级矛盾和民族矛盾，瑶民生活困苦，被迫起义抗争，但大部分起义都被封建官兵血腥镇压。于是，部分瑶民为了生存而被迫接受招抚，被封建王朝编籍入户，迁下高山定居平地，创基立业，继而成寨，从而谓之"平地瑶"。妙妙老师和随行的唐校长一路给我们恶补瑶乡知识。

抚今追古，原来我们现在看到的这些平静自然，却是一部瑶民的血泪史和抗争史，也是一部屈辱史。那些刀光剑影，那些鼓角争鸣，那些肝脑涂地瑶民先祖的魂魄和故事，构成了脚下这片土地的精彩和厚重。仿佛我们所走过的每一步，都踩在了这些瑶族人民在历史深处的苦难与痛点。

井头湾瑶寨的建筑与徽派建筑相似，青砖灰瓦，高墙大院，门楼天井，木雕石刻，与很多地方的古民居似乎没多大差别。然而，让这座村寨与其他古民居在我心中区分开来的却是一个字：水。大抵来说，凡江南古村都离不开一个"水"字，或是傍水而建，或是水巷纵横，或是小溪缠绕，井头湾当然也不例外。但是，这座村寨与水的关系却与其他地方相较，更显"亲热"，甚至可以说是你中有我，我中有你，大有纠缠不清之感。

进村口，是一湾清澈得让人忍不住俯身捧汲的小溪。溪水里满是绿油油的水草，在溪水温柔的抚摸下妖娆地扭着腰肢，让我油然记起徐志摩《再别康桥》的名句：软泥上的青荇，油油的在水底招摇；在康河的柔波里，我甘心做一棵水草！溪边有村民在淘米洗菜，在青石板上捶打衣服，一些尚未上学的孩子在嬉耍打闹，几只狗儿在悠闲地玩闹，一只抱鸡婆带着一群毛线团般的崽崽在随意觅食。他们，还有它们，均没有对我们这群素不相识的人进村表示出惊奇或者敌对，生活的节奏依然如这清冽的溪水，宠辱不惊，荣衰不漫。

沿小溪逆流漫溯，感受井头湾独特的水与村居合二为一的风情。这里的房屋都是依山而建，伴溪而筑，栋宇相连，幽深曲折的青石板巷道迂回曲折，重重相衔，给人一种"行至幽厢疑抵壁，推门又见一重庭"的感觉。

你看，水绕屋，屋傍水，唇齿相依，不弃不离。有两座屋子甚至就蹲在小溪之上；还有几座屋子的一半就那么懒懒地斜向水面，像吊脚楼一样用石块撑着；另一座屋子的一角，竟然是一座小巧的石拱桥，溪水就从屋基下流淌。拐过一道弯后，小溪便全然不见，完全遁入地下，上游部分的民居就全部覆盖在溪流之上了。"每座房子的青石地板上都有一个小孔，村民可以直接通过这个小孔在屋子底下的溪里取水。"我们走进一座房子印证了妙妙老师的表述，瑶民聪颖的智慧和与大自然亲密，着实让我们暗叹不已。

曲径通幽，峰回路转，在寨子的小巷几经弯绕后，清清的小溪在一个不经意的地方钻了出来，连接着十数米开外的一口小潭，大有"桃花源记"里"豁然开朗"之感，这便是井头湾的泉水之源。近前，潭如阿拉伯数字"8"形，分上下两处，面积不大，水色近碧，可推潭水之深。村民说，即便是历史上最干旱的年份，这里的潭水也从来没有干涸过。潭面虽不见泉眼喷涌，但潭底料定是泉涌如注。外潭中有一块凸岩出水，我禁不住童心泛起，不顾暮春之水尚还浸皮入骨，脱了鞋袜，涉水其上，掬水洗面净心，倒也增了三分乐趣。

而最让我惊奇的是，井头湾也有一个"蒋家大院"。在千里之外的我们临澧县，同样有着一个"蒋家大院"传说，因为与李自成相关，而被赋予了各种神秘色彩，著名作家丁玲就是从临澧"蒋家大院"里走出来的杰出代表。不过，我们临澧的"蒋家大院"已在历史的无情捉弄里灰飞烟灭，仅留半堵残墙让人浮想联翩。而井头湾的"蒋家大院"却原汁原味地保留了下来，虽然人去屋空，部分地方檩断瓦塌，杂草丛生，但风骨犹存，框架依存，前世的繁华一览无余。

这座"蒋家大院"为毗邻的三进堂房屋构成，中有青石巷隔开，为清末时期蒋氏三兄弟各建一座，墙壁上镶嵌的石碑和砖头上镌刻的"光绪七月初十未时上梁"字样还清晰如初，高墙飞檐，石雕木刻，每一个精妙的细节依然彰显着曾经的荣华富贵。走进大院，在一根石柱上，我居然发现了三国时期"蒋琬"的名字，这可是蜀国刘备在诸葛亮病卒之后最为倚器的重臣，足见井头湾蒋家曾有着怎样显赫的前世。

因这里尚未商业开发，没有那些名声在外古民居村落的喧闹和商业味，踏着迂回曲折小巷里的青石板，听脚下溪水潺潺，历史的回音便如天籁般毫无雕饰，幽远清亮。

五

告别深闺的井头湾，午餐由陪同的唐校长做东，菜品丰富美味，米酒尤其诱人，不知不觉六七碗下肚。下午观摩了明亮老师的硬笔书法交流课，赶回沱江镇时天色已晚，妙妙老师还在晚上特意为我们安排了一堂亲子阅读主题的家长课堂，这也是我们这次"取经"的重点，满满的都是沉甸甸的收获。

按行程规划，拟翌日返程。家长课堂结束后，向妙妙老师表达了谢意，小两口执意要我们再待一天，夜宵时，甚至还找来一电视台的哥们儿当说客。当"天堂瑶寨"这个唯美的地名从那哥们儿嘴上才蹦跶出来时，我便已作了留下来的决定。我想知道，人间究竟有一个怎样的地方，居然配得上"天堂"这样令人神往的名字？

就这样，天堂瑶寨，如上苍赐予我们的一份大礼，此生终于没有错过。

第二天，在兴奋中早早醒来，推开窗，沱江镇拢在一剪似有似无的薄雾，比昨日多添了几分妩媚。"我们早点出发，说不定能看上雾江美景。"明亮老师知道我心里想的什么。车出沱江镇向东北方向，几分钟就从城镇进入了山乡，完全没有城乡接合部的感觉，直接得让人猝不及防。约半个小时，见一巨大的水坝，这便是湖南重点工程之一的涔天河水库大坝了。沿大坝一侧的一个又急又陡的长坡转上去，眼前豁然一亮，青山倒影，高峡出平湖，好一幅妙境天成的山水画卷突铺眼前。再前行不久，一座长长的铁索吊桥跨江而悬。车在桥头还未停稳，几位美女便兴奋得如几只麻雀，拉开车门飞到桥面了。

　　眼前的这段江当地人称"雾江"，劳动人民很智慧，"江"字前面加一个"雾"字，在人的脑海形成的感觉其实已不是一条江，而是一个"行到水穷处，坐看云起时"的仙境，是一种群山环绕云蒸霞蔚的意象。只可惜我们来的不是时候，或是迟了时辰，没有见到期冀的雾景。站在晃晃悠悠的吊索桥上，环望四周，山清水明，两山对峙，万顷碧波，倒是掠江而过的山风让人如饮甘醇，那些尘世俗事也便倾入这满目的碧翠之中了。

　　毛泽东在七律《长征》中有一句"五岭逶迤腾细浪"，这四面高耸入云的险峰峻岭即为"五岭"之一的萌诸岭山脉。八十年前，那支衣衫褴褛却又斗志高昂的军队，便是在这片山水的荫佑之中昼伏夜行，至最后的星火燎原。而将时光再回溯两千多年，当年秦始皇统一中原六国后，又把征服的目光放在了岭南的百越之地，兵分五路南下，剑指现在的广东广西一带，其中一路大军便是从江华的萌诸岭进发。秦始皇先后三征岭南，因劳师远征，给养不足，军队损失大半。但坚毅的秦始皇没有放弃，公元前219年，秦始皇南巡来到湖南广西交界一带，做出了凿渠运粮、深入越地的重大决策，令秦将史禄动员军队在今广西兴安开凿灵渠，沟通湘江和漓江，解决粮饷运输问题，此策最终成为平定广东南越国和广西西瓯国的关键，灵渠也成为了无论是军事史上还是农业史上一座伟大的丰碑。历史总是惊人的巧合，两千多年前秦皇始祖在这片山水之间历尽磨难，不弃不舍，最终完成了神州大地第一次真正意义的统一大业。两千多年后，又一支置之死地而后生的军队从这片灵秀的山水间穿行而过，最终也开创了中华民族的又一次伟大复兴之旅。今天，当我们以观光旅游的姿态，游历这片承载了华夏民族两次伟大崛起的山水时，却甚少有人对默然不语的它们道一声感谢。其实，我们欠这片山水的，又岂止是一个歉意呢？

跨过铁索桥，却是一番满目残垣断壁的景象，桥头几处精美的木质亭阁，也拆得摇摇欲坠了。原来我们所处的这里，是涔天河水库的主库区，不久的将来，当这个庞大的工程竣工后，按照人为设计的蓄水标准，从这里往上百余里，都将被淹于水下。想想此来，目及的许多景致，竟是绝唱，心里便多了几分唏嘘。

六

车过轮渡，溯冯河而上，向巍巍瑶山深处挺进。冯河，就是湘江一级支流潇水的上游之名，而潇水也是湘江的源头之一。就像长江上游叫金沙江一样，潇水在各个流段也有着不同的名字。也许古人无法像现在一样，利用高科技手段认知一条江河的全部，只能将眼前所见之水，赋予一个当地人们比较习惯的名字。而这每一个不同的江河之名背后，一定有着当地百姓某种寄托在其中。潇水在永州六个县区转了一个大弯后，最后在零陵区萍岛注入湘江，因此永州自古便有"潇湘"雅称。我们惯以三湘大地谓之湖南，"潇湘"便是三湘之一，很多时候，我们甚至直接以"潇湘"指代湖南。今行湘之源头，感觉里突然便多了一层厚重。毕竟，寻根文化，历来在中国传统文化里，都有着浓墨重彩的痕迹。

一边是高耸入云的瑶山，一边是奔腾欢闹的潇水，公路于是就依山傍水了。车行此景，沿山水之势，倒有佳境天成之感。路并不宽，将将两车可错，好在多年驾龄，还能应付，加上一路美景，也就没觉得有何不适。

沿途每隔几里，便有一个规模不大的村落，或附路边，或隔河相望。而这些或古或今的村寨，都在进行着同一个动作：拆迁。瑶寨房子多用木材，路边稍宽的地方，就停着一些收购廉价木材的商贩，他们像一只只敏锐而贪婪的牛虻，在这场大规模的人为"破坏"活动中，找到了渔利的商机。人类的每一次变迁变革都是这样，有人失去，有人得到。再往上行，每隔数公里，便有一座小型水电站拦江而立，据说这都是民营资本修建，还有许多是台商投资，发出来的电再售给国家电力机构，由此可见，潇江的水量定是一年四季充沛丰盈的。是啊，没有饱满丰润的源头之乳，怎么又能哺育得起有着六千万子民之重的"潇湘"之身呢？

一路峰回路转，一路感慨万千，不知不觉车行百里，时过三辰，经过一座跨江石桥，车由江的西边转到江的东边，一路沿江上行。人说山路十八弯已为不易，此一行有多少弯不知道，一次次山重水复，一次次柳暗花明。明亮老师许是怕我们疲惫抑或厌倦，一路搜肠挂肚地给我们讲着当地的风土人情，因他也非江华土著原民，许多着实无法肯定的地方便找妙妙老师求证，言语之间，给着我们"快到了快到了"的希望。心里正忖着，左手边出现一座吊桥，"就是这儿了"，明亮老师像发现新大陆似的叫起来。传说里的天堂瑶寨，终于在我们有些偏执般的期许中来到了面前。

怀着朝圣般的心情立于吊桥这头，那边桥头"天堂瑶寨"四个大字如四声枪响，将我从一种半眩晕状态震得清醒过来。眼前重叠的山峦，绵延的河水，宁静的氛围，清新的空气，确实对得起"天堂"二字。对岸沿江一字铺开约莫二十余户吊脚楼，青瓦木壁，幢幢相连，上依青山，下接江水，延绵数百米。有几户人家的临江回廊上还挂着几盏红灯笼，在一片青翠之中，倒显出几分格外的妩媚来，如一群素面朝天的少女之中，总有几个涂施粉黛的新潮美女，让人的心旌不由就有几分悸动。那一根根立于江岸缓坡之上的木柱，看上去纤细柔弱，撑着那一座座沉重的房子，让人生出不堪重负之感。就像我小时候看乡间艺人踩高跷，总担心高跷之上的人会掉下来一样，骨子里，我可能总缺乏一种安全感。不过我知道，就是那一根根让我心生怜悯的木柱，已历经了无数次的洪水激流的肆虐，历经了无数次的雨雪冰霜的洗礼，每一次大自然给予的考验都使它们历经了一次凤凰涅槃，火中重生之后，依然巍然屹立，依然傲骨永存。正是这些看似纤弱的木柱，撑起了这片天堂般的美景，撑起了瑶乡人民生生不息的传承，撑起了瑶族文化延续起伏的千年风雨。

走进寨中，我如一个总是眼馋于村头货郎挑担上糖人的孩子，终于得到了一个漂亮又可口的小糖人，充盈着满满的幸福。桥头第一幢吊脚楼的临江回廊上，倚着一个可以用"风烛残年"四个字来形容的老人，脸上刻着刀耕火种般深深的皱纹，让人无法辨识出她真实的年岁来。我们朝老人家挥手打招呼，她虽面向我们，却无动于衷。就在有人揣说可能老人家暗恼我们这些陌生人打扰了他们宁静生活的时候，我突然发现老人家那两洼深陷的眼凹里，泛着一些难以名状的白。哦，老人家眼睛看不见，也许是经年的白内障眼疾导致了失明，也许是深深的瑶山隔阻了求医的路途，或者是生活的重负之下，老人及其子女根本就没有动过求医的念想。瑶山深处的先民，便是在这样一种自然的状态下繁衍生息，更迭轮转，望不断深深的崇山峻岭，看不穿幽幽的潇水百回。

天堂瑶寨属高山瑶，说是寨，其实并没有想象里那种村寨的深度，临江而立的数十幢吊脚楼，便是这个寨子全部铺陈给世人的家当。一面是高不见顶的岩壁，一面是一字排开的吊脚楼，一条依山形而就的石径便是这个寨子唯一的交通要道，双手平伸，窄处甚至可以一手触到崖壁，一手摸到房壁。这个寨子外面的人叫"天堂"，当地人却有着一个听上去很有故事意味的名字：妹哭坦。原来这里并不是一座古村寨，以前的村寨在离这两里地的深山中，山高路远，进出极为不便，女的嫁出去就很难回家，媳妇嫁过来想回娘家一趟也很难，因而得名"妹哭坦"。后来大家把原来山寨里的房子慢慢迁到山下的江边，建起了这座现在大家所见的瑶寨。因为相对于老寨子来说，这里比以前进出方便快捷得多，而且风景秀美，和以前相比，堪比天堂，于是就有人取了"天堂"一名，后来经央视一档电视节目一播出，"天堂瑶寨"就声名远播了，其实这个寨子的建制名称还是沿用了老寨子"妹哭坦"的名字，也算是对祖宗的交代吧。

寨子里青年人都出去打工了，所见的俱是老人和孩子，几个七八岁模样的男孩女孩正像猴子一样，只抓住岩壁几处突出的石棱，便在看似刀削般的石壁上上蹦下跳，身轻如燕，看得我们胆战心惊，给我们呈现了瑶乡儿女不一样的童年。一座房子的木壁上，贴着一张搬迁补偿标准的通告，很明显地告诉我们，这个曾被央视报道美若天堂的瑶寨，因涔天河水库工程，在不久的将来将成为一堆废墟，或者没入滚滚的潇水之中，成为鱼虾的乐园。相逢即为永诀，心头就有了格外的沉重。

时间仓促，行程紧张，即使是天堂，也只能走马观花。回转之时，几个玩闹的孩子一路跟着我们过了吊索桥，我们送了一些书籍和小礼物给他们，这使他们眼里泛出惊异的光来。可以肯定的是，不久的将来，这些孩子将会告别在外人眼里这一串宛若仙境的吊脚楼，去到一些比如叫什么"新村"的地方，开始他们另外一段迥然不同的生活。多年以后，他们童年的一些记忆，便会被岁月的封泥永远封存在朦胧的影像里，想掏掏不出来，想忘忘不彻底。这样的纠缠，将是他们生命的断章，亦是我们人类生存与前行必然的代价。

七

回程这天，气温已比三天前高了许多，夏天的迹象已初露端倪。

这样的春日，最易让人滋生无尽的感怀。是啊，正如此行的总结，我在春天这个情愫初开的时节扑向你的怀抱，分别之时，你却在我的心里塞进了一个热烈奔放的夏天。

相逢总是短暂，记忆可以永远。

一入瑶都情似海，江华三天，足以一生回味。

（此文发表于《环球人文地理》）

三峡行记

　　题记：2010 年 8 月，几个同学相邀请，趁暑假孩子有暇，携家带口去三峡游玩了几天。应该说我把这个三峡梦变成现实的时间还是太迟了一些，当年从部队复员在家待业那会儿，便曾极其认真地策划过上三峡的勾当，但因囊中羞涩耻于向父母伸手而作罢，于是一误便是十五年，不能不感叹岁月如刀啊。

一

车出澧州大地，便是一马平川名震天下的荆州。荆州，又称江陵城，楚文化的发祥地之一，自古兵家必争之地，著名的三国古战场。陈寿著的正史《三国志》说"北据汉沔，利尽南海，东连吴会，西通巴蜀"，诸葛亮《隆中对》里也明确说占据荆州，可联吴抗曹，兵分两路，进击中原，一统天下。而最让荆州声名远播的便是三国演义里"刘备借荆州"、"关羽大意失荆州"等这些脍炙人口的故事。公元208年，东吴与刘备联合在赤壁大败曹操，诸葛亮趁机派兵占据了原属刘表的的荆州。面对东吴的强讨恶要，只好对东吴说是暂借，待攻下西川后再归还，并与东吴使臣鲁肃立据为凭，借条上写着"今冬借明冬还……"后来刘备取了西川，但仍然一直占着荆州不还，三年后鲁肃拿着借据来讨要荆州，诸葛亮说道："我们是写了今冬借了明冬还，可并没有写哪年哪月哪日借，哪年哪月哪日还啊！"气得鲁肃大呼上当。这就是"刘备借荆州——有借无还"典故的由来。有人说，刘备一向以"仁义之君"立身于世，但在借荆州问题上失信于人，是不仁不义之举。但也有人说：借荆州乃诸侯相争之计，真正英雄以天下大业为重，不可迂腐拘于小节。不管世人如何评说，于我个人来说，三国人物里，我对刘备是不太感冒的，因为他的心机过盛，权谋过重，有些明明想做的事却嘴上不说，让手下去揣摩实施，算不上英雄之举。而一向贴以奸雄标志的曹操便要率直得多，可爱得多，真实得多。而后来关羽远征樊城，致使荆州空虚，东吴大将吕蒙算准关羽因为过于心高自负，率吴军攻破荆州，关羽被迫走麦城，被吴军设计俘虏并杀害的"关羽大意失荆州"故事更是千百年流传不休耳熟能详。关羽以忠义立世于后人，但在军事行动上却素来刚愎自用，自我迷信，将个人感情凌驾于大局之上，屡屡坏大事。如华容道以个人义气之名放走曹操，导致最终蜀国被魏所灭；而大意失荆州更是将诸葛亮处心积虑平定中原的伟大战略蓝图直接置于不利之地，至于什么"过五关斩六将""刮骨疗伤"等之类让人津津乐道的故事无非都是江湖英雄举动，放在战略上却无关大局。所以于这点上，我个人认为关羽实际上在历史上是一个"成事不足，败事有余"的个人英雄主义典型代表。

出荆州，车自襄荆高速转上汉宜高速，一路向西疾驰。此时已是太阳下山之际，鲜红的夕阳就挂在正前方不远的某个山头上，火烧云映红了半边天，煞是壮观。不久，一块绿底白字的指示牌由远而近，上书偌大的"猇亭"二字。公元208年，三国蜀汉虎将张飞任宜都郡太守，有一天他来到虎牙滩下，看见这里地势险要，悬崖峭壁，江水湍急，暗礁丛生，便令工匠在此修亭以示纪念。亭即将竣工，张飞前来视察，只见亭的楹栏上刻有形似虎类犬动物的图案，张飞看后双眼圆瞪，勃然大怒，责问工匠此为何物，工匠吓得浑身发抖，忽然急中生智答道：此乃虎猎食时的姿态，名为猇，是显示将军的神威。张飞随即转怒为笑，命人在亭中刻上"猇亭"二字。猇亭因此而得名，留传至今。然而让猇亭出名的并不是这个地名由来的传说，而是三国刘备兵败猇亭的典故。公元221年，刘备不听诸葛亮赵云等旧部劝阻，以为二弟关羽复仇为名举全国之兵进犯东吴，东吴主帅陆逊采取诱敌深入的战术，故意连折六阵，将最后一关选择在猇亭。刘备果然中计，被陆逊在猇亭采用火攻，火烧连营七百里，折兵折将七十万，败走白帝城，从此一病不起，不久便憾亡白帝城。这便是著名的"猇亭之战"，也称"夷陵之战"，是三国时期三大战役（官渡之战、赤壁之战、夷陵之战）之一。所以说到猇亭，必定离不开夷陵。果不其然，过猇亭十数里，便又见"夷陵"路标。夷陵素有"三峡门户"之称，"水至此而夷，山至此而陵"，意思是说山到了这里就变成了小的丘陵了，而水到了这里就化险为夷了，故名为"夷陵"。时光变幻千年，沧海变桑田，古夷陵几经朝代兴衰更替，现在已成为宜昌市人口最多商业最为繁华的一个区，但千余年前那场让刘备几乎全军覆没而忧郁成疾最终命归白帝的冲天大火，一直被当作军事史上一次以弱胜强的经典战例而流传千古，壮志未酬身先死的刘备也被当作一个悲剧人物让后人唏嘘不已。有人认为，刘备兵败可惜，情理上似乎都希望让刘皇叔一统天下的。可我认为，从性格上分析，刘备战败是个必然的结果。刘备固然有忠厚仁义的一面，可骨子里却是心机重重，特别是称帝之后更是疑心大增，对诸葛亮赵云等随他打天下的老臣明亲暗防，担心他们功高盖主，所以他亲自出兵东吴，将诸葛亮等排除在外，从而导致最终的兵败忧亡。我想，假如刘备夺了天下，诸葛亮赵云等旧臣必不会善终，蜀国内部定会腥风血雨。这样卸磨杀驴的把戏，千年后明王朝的朱元璋曾演绎得登峰造极，只不过，刘备的性格决定了他最终无法达到一统天下的地步，从而得以让他留下了一个仁义的传世美誉。

在宜昌，弃车登船，溯长江而上，一路过秭归，经巴东，穿巫山，至奉节，走的就是当年刘备出兵东吴的进军之路，只不过恰好方向相反而已，或者说是刘备的败退之路。当时，蜀吴两国的国界就在巫山附近，长江三峡成为两国之间的主要通道。刘备派遣将军吴班、冯习率领一万多人为先头部队，夺取峡口，攻入吴境，在今湖北巴东击破吴军李异、刘阿所部，占领秭归。而刘备兵败猇亭之后，败退奉节，一病不起，竟然无力返回成都，最后在奉节县的白帝城上演了"白帝城托孤"的悲壮一幕。一代枭雄，居然无法终归都城，这在历朝诸多帝王中并不多见，不能不说是历史上的一件憾事。

三峡之行，身心已然穿越近两千年的时光，一路的山与水，都依稀回荡着当年诸路英豪纷争天下的刀光剑影，一路的见与闻，也都深深地烙印着的那场历史盛事里群雄称霸的鼓角争鸣，无意间将三国的历史温习了一遍，不能不说是一次意料之外的收获。

二

可以这么说，在中国，大凡有点历史和文学常识的人，心中大抵都有一个关于白帝城的梦。我，也不例外。

不说西汉末年群雄纷争时期王莽大将公孙述趁乱据城自称白帝的典故，更不消说三国年代刘备兵败夷陵退守白帝城卧病托孤的传奇，单就唐代诗仙李白一首"朝辞白帝彩云间，千里江陵一日还。两岸猿声啼不住，轻舟已过万重山"的七律便已让天下人意乱神迷心驰神往。区区二十八字的免费广告却让白帝城名闻天下千古传承，引得千百年来无数名人雅士抑或凡夫俗子无不心旌摇动跃跃欲往，似都想做一回登高极目看大江东去而诗兴大发的隐士或者诗人了。

游船溯长江逆流而上，下午两时许进入"锁全川之水，扼巴蜀咽喉"的瞿塘峡。瞿塘峡又名夔峡，自古就有"险莫若剑阁，雄莫若夔"之誉，全长约八公里，在长江三峡中最短却最为雄伟险峻，地理位置也极为重要，有诗"西控巴渝收万壑，东连荆楚压群山"为证。但自三峡大坝建成蓄水后，"瞿塘嘈嘈急如弦，洄流溯逆将复船"的险峻已成为历史，所以船行相对平稳，少了些期许中的磅礴之势。船在峡中迤逦奇伟的风光中上行，约一个小时之后，左右两侧突然各现出一堵刀削斧砍的巨大石壁，如天造地设的两扇大门，随行导游说这就是名动天下的夔门了，观景台上的人群一阵惊呼便呼啸般地激动起来，更有人在导游的提示下掏出十元钞票对着背面风景画比对指画。很快船出夔门关，江面豁然开朗，右边江面上现出一座葱绿掩映的山峰样江岛，远眺有亭台楼阁飞檐隐现，更有如岛上自生的轻纱般白云飘然而过，宛若仙境天成，一眼便知气度不凡。不知有谁首先惊叫了一声"白帝城"！原本散布船顶观景台四周的游客旋即像一群有人于某点丢喂了饵食的观赏锦鲤，呼啦一下争先恐后地全簇拥到了右前方的船舷上，照相机的镁光灯一时晃花人眼，指手画脚，不亦乐乎。

喔！千年的白帝城！魂系梦绕的白帝城！我居然就如此隆重而又轻易地在有意识的期待与无意识的找寻中与你相遇了，如一对前世相约的恋人，在与你目光交织碰撞的那一瞬，竟然有种头晕目眩无以自持的感觉。莫非，我的前世便是刘先皇托孤群臣中某位？或者甚至就是诗中某只因相思起啼的孤独猿猴？

船在白帝城临江上游数里靠边停泊，江边露出不多的残垣断壁显示这里曾经的古朴与繁华。而水下百来十米，便是闻名遐迩的奉节古县城遗址。奉节，历史悠久，历代为路、府、州、郡治地，地名几经更替，唐贞观二十三年，因旌表蜀丞相诸葛亮奉昭烈皇帝刘备"托孤寄命，临大节而不可夺"的品质，改名奉节县。二十世纪末因三峡工程整体搬迁移民，新县城便在长江上游不远的地方，远眺宛若一幅精美的建筑贴画临江而挂。下船登车回走，约十来分钟即达白帝城。据传西汉末年，王莽大将公孙述割据四川，自称蜀王，因见此地一口井中常有白色烟雾升腾，形似白龙，故自称白帝，遂于此建都，名白帝城。原来的白帝城三面环水，一面连接莽莽巫山，雄踞水陆要津，进可攻，退可守，为历代兵家必争之地。但因三峡工程蓄水，现已变成四面环水的一座孤岛，仅有一座后来修筑的风雨桥与外界相连。

隔桥相望，但见白帝城依山而建，实际上就是一座建筑在山峰上的古城。城并不显庞大，远观反觉精巧到了极致，栈道石阶楼亭飞檐清晰可见，正好验证了"浓缩的便是精华"的道理。检票后过二百余米风雨桥，达城下的仿古栈道。此时说是城下，时间回溯十多年，其实只是城的半山腰而已。栈道接青石台阶，仰望极陡，应有数百阶，有当地老百姓抬着滑竿向游客吆喝生意。沿阶而上，脚下的青石历经千年风雨，有些已在无数古人今人的脚下磨得锃光如镜，不由让人生出一越千年的沧桑之感。脚蹬石梯，有山风入怀拭汗去疲，如沐仙境，每走一步都是历史，每进一阶俱是文化，忽然无端地想起当年的刘备孔明们，定也是踏着这层层宠辱不惊的石阶上下进出，运筹帷幄决胜千里；而被流放川蜀的李白也定是接到朝廷的赦免令后喜不自禁，顺着我脚下的石阶一路小跑下到如今水下某个码头登船顺江回朝，船过三峡一路豪情导致诗兴泉涌而吟下《早发白帝城》的千古名曲；而杜甫、白居易、刘禹锡、苏轼、黄庭坚、范成大、陆游等一干文人志士，定也或结伴或独自慕名而来，沿此阶登高观"夔门天下雄"，对酒当歌留下无数脍炙人口的不朽诗章。就在这天马行空的思绪里不觉到达城顶，一门楼顶木匾黑底绿字上书"白帝城"三字。有点如宗教挚信者对神灵的惧惮，我迟疑了一下，终究还是一脚跨过象征城里城外的门槛，喔！白帝城，我真的如此幸福地投入了你的怀抱，带着多少与生俱来的梦想，带着多少彻夜不眠的期盼，带着新鲜与神秘，带着慕拜与尊崇，也带着懵懂与无知。

城内峰顶古木参天，林木葱郁，那些浸淫了数千年人文气息与自然风霜的楼台亭榭青石碑刻，在每个细节处无不显现着这里的深厚庄重，似在每一块石头的纹理中都听闻得到诗文的吟诵，每一片砖瓦的青苔里都找寻得到历史的履痕。倚栏俯瞰长江，这个季节正值汛期末段，浩浩长江水质浑黄，刘禹锡笔下"白盐山下蜀江清"的意境我们无法消受，儿子一句"长江怎么变黄河了"引来伴友会意的笑。但见青山高峡夹滚滚洪流，恰如一条黄色的巨龙自西奔腾蜿蜒而来，至白帝城下，似碰疼了般，龙头一摆，便一头扎入"众水会涪万，瞿塘争一门"的夔门关而桀骜不驯地向东破山而去。因三峡库区蓄水，眼前的长江与典籍历史深处的长江那种雄浑险峻相去甚远，不见惊涛拍岸，不闻猿声四起，而对的却是长江让人有些不太习惯的内敛持重。一个三峡大坝，便让长江告别了千万年的狂傲年少，从此步入了稳重豁达的成熟期。没有了奔腾咆哮的长江，白帝城俨然成了一幅写生静景，失去了岁月深处固有的神韵，也失去"滚滚长江东逝水"的奔放意境，但"高峡出平湖"，却多了份安详沉稳内敛，更显深不可测魅力无穷。

白帝城的主要人文景观都集中在白帝庙中，庙内有明良殿、武侯祠、观星亭等明清建筑。明良殿系庙内主要建筑，内有刘备、诸葛亮、关羽、张飞塑像。武侯祠内供诸葛亮祖孙三代像。祠前的观星亭，传说是诸葛亮夜观星象的地方。庙内还陈列有瞿塘峡悬棺内的文物和隋唐以来七十三块书画碑刻，以及历代文物千余件，古今名家书画百余幅。最让人感兴趣的是庙内还有一座"托孤堂"，陈列有"刘备托孤"大型泥塑，栩栩如生地再现了三国时期蜀汉皇帝刘备白帝城托孤的历史场景。蜀汉章武元年（221年），刘备为报吴夺荆州、关羽被杀之仇，率大军攻吴，被吴将陆逊设计在夷陵火烧连营七百里，损兵七十万，无奈败退白帝城，既而忧伤成疾。章武三年（223年）四月，刘备病势加重，自知不起，星夜急召诸葛亮等大臣到白帝城永安宫受遗命，临终前把着诸葛亮的手说："君才十倍曹丕，必能安邦定国，终定大事。若嗣子可辅，则辅之；如其不才，君可自为成都之主。"诸葛亮听罢，手脚无措，流泪跪拜在地说："臣安敢不竭股肱之力，尽忠贞之节，继之以死乎！"刘备将后事一一嘱咐后驾崩。后来诸葛亮也确实遵照刘备遗嘱尽力辅佐刘备的儿子刘禅，素无二心，直至鞠躬尽瘁，体现了他的大忠大义，千百年来备受人们推崇传颂。从泥塑的服饰来看，应该是依老《三国演义》电视剧人物造型而雕，因而推断"托孤堂"并非古迹，但因最近新《三国》举国大热，三国故事更是妇孺皆知，白帝城托孤的史事更是千百年被无数的文学作品以各种形式演绎传颂至今，一个忠义的主题在不同的阶层不同的朝代被反复提炼升华，时至今日，仍然是治国之本，治企之需，治家之道，也是每个人处世待人应该拥有的基本要素。

　　来去匆匆，美好的时光总是如此短暂。行程安排的一个半小时游程很快就到点了，来不及细细品味美景风光，来不及达到心神合一古今一体，便在众人的催促中走马观花般地鸣金收兵原路返回了。奇怪的是，我没有诗兴大发，也没有豪情万丈，踏过那些散发着历史清香的石阶，听过那些包裹着神秘久远的传奇，才知道，人终究不可妄自菲薄，无论诗歌，无论故事，只有那些人间正统的忠义孝廉，才能如这山水一样被人永记，才能达到真正的永远！

过白沙井

想了好久，怎么拟这个标题才确切。游白沙井？不妥，游一般来说较正式，至少出游之前会有一个心理准备，清理一下心灵空间，安排一下时间，场面自然也会浪漫一些。而这些我都不具备，仅仅只是路过看了十多分钟。赏白沙井？也不妥，赏应该是带着一种目的或者心态品位，宜在无琐事牵绊之时，先查阅有关历史资料，了解与此相关的人文典故，追古抚今，细品慢赏，方能出味。而我却只是走马观花，无心插柳之举而已。苦思之余，突然想到一个"过"字，觉得较合适。"过"有多解，如路过，看过，错过等等，诸如此类，我都具备。还有一个词，那就是想过。来长沙大半年，以前也想找个正式的时间，到这座城市的千年城标看看，只是一直生计琐事牵绊，未能成行，甚至数次擦肩而过。好一个擦肩而过，就用"过白沙井"这个标题吧。

白沙，应该说是古城长沙最响的品牌，白沙烟、白沙液，还有白沙街、白沙大厦等，这都是得名于城南的一口古井——白沙井。白沙井为江南名泉之一，明代已有此井，传世名联"常德德山山有德，长沙沙水水无沙"便出自白沙井。毛泽东在诗词中说："才饮长沙水，又食武昌鱼。"沙水、长沙水指的都是白沙井之水。白沙井与山东济南趵突泉、贵州贵阳的漏趵泉、江苏惠山的陆子泉并称中国四大名泉。在各种文字资料里与白沙井神交已久，没想到一个偶遇，成全了我与它的千年之约。

只是路过，我就是一个过客，或者是一个行色匆匆的路人。下午给客户发完货，从高桥市场回转经劳动路，在白沙路十字路口等一个时间较长的红灯，百无聊赖里一抬头，发现红绿灯下有个小牌，上书"白沙井右拐400米"。白沙井！这可是长沙城的历史标签，甚至是代名词。我虽读书不多，却对老祖宗留下的各种风物有着浓厚的兴趣，每到一处，总会抽些时间到当地一些历史名迹观瞻景仰，感受历史风雨与人文厚重，也洗涤浮躁的心绪。我总觉得，今人不管何等不可一世，面对历史，总是渺小的。于是想都没想，车头一拐，便奔这个千年精灵而去了。

原本想，对于这处一个外人奉为珍品的宝贝，会有一个很隆重的头门，当然还会设上售票处，这在商业意识无孔不入的今天，应该是一个并不夸张的想法。正想门票该不会太贵吧，一转头，很简单一个标着"白沙古井"门状石雕便已在我眼前了，除此之外，无遮无拦。难道我就这样与这口名井见了面？停了车，有些疑惑地左右看看，原来这就是一个市民公园，面积不大，植了十来棵香樟，搭了几张石桌，配了些石椅，叫一个休闲场所可能会确切些。因为确实有很多当地市民在此看书打牌喝茶，悠然自得，似根本与这样一个声名在外的名胜古迹没有任何关联。

不用四处找寻，这口名井就这么坦然出现在我眼前。一个绝对算不上雄伟的麻石梯形台，上立一倒伏的"工"字形石雕，横石杠上红底篆刻"白沙古井"四字，不夸张，不做作，没有大张旗鼓，也不显小家子气，自然质朴而又不亢不卑，有一种亲切的感觉。公园地坪铺着一尺左右的麻石方块，中间是几棵百年老树，有香樟，有桂花树，还有一棵银杏，坪东侧贴着一堵缓形山坡，就是这个并不起眼的山坡，当地人却赋予了一个霸气的山名：回龙山。山坡上层层叠叠长满了藤状花草，几棵高大的古樟郁郁葱葱的，整个坪地都笼罩在这浓密的绿荫中。沿着回龙山脚，是一块不算很大的半月形空地，四面用麻石栏杆围着，围栏两端各有一个开口。顺着开口处的台阶走下去，就是白沙古井了。

　　原想此井该有井台，圆口，深不见底，或者还有辘轳之类的辅助玩意儿。待上前去，贴栏俯身，便知与想象大相径庭。原来这里有四个长方形的井，每个约二尺见方，形似马槽，四个皆同。这应是一种最初形式的井吧，看看"井"字的写法和结构，便知字之来源。井的上方还有一个井神庙，不大，也不精致，简简单单，四眼石井就对称地分布井神庙下两侧，一尊香炉里插着几根正燃着的香，袅袅青烟，给这里增添了几分神秘之感。据说这井原为一眼，因出水较急，在明末被人分为二眼，水的出势渐缓，后又扩为四眼，泉水终年不断。无论冬夏旱涝，井中总是水盈满满，不曾干涸，而且无论多少人轮番汲取，井水总是随舀随涨，源源不绝。在没有自来水之前，这座白沙井供应着大半个长沙城内居民的生活用水，明末《长沙府志》有记："通城官民汲之。"而且，正是因为这座白沙井，还催生了挑水工这个行业，前后几百年里，许多穷苦人就是靠挑卖白沙井水维持生活，这些人聚居在白沙井的对面，慢慢就形成了一条街，这就是现在的白沙街。今天天气晴好，来这里取水的市民很多，左边两井人气超高，大家都带着纯净水桶等各种器皿，自觉排队，轮流打水，这可是名副其实如假包换的纯天然矿泉水啊。近些年，随着城市的快速发展，现在白沙井已处于闹市区，周围高楼环伺，但白沙井的水源较深，水质几乎没有受到影响。据最近的长沙市疾病预防中心的检验表明，井水的品质依然远远优于饮用水标准。正因为水质好，哪怕现在自来水早已接进千家万户，但至今许多老百姓仍然会不顾辛苦和麻烦，每天风雨无阻地来这里取水，专作家中吃喝度用。想想这千帆过尽的古物古景，历尽沧海桑田，淡看朝代更替，多少将相帝王早已灰飞烟灭，多少成王败寇早成史册典故，而这几眼泉井，涓涓细流缕缕甘露还在泽及今世今人，可谓一井过千年，沧桑付水流啊。

看着清澈的井水，心绪似乎一下清静了下来，身居闹市，又为世事牵绊，大部分人都是浮躁而又混沌的，我亦如此。但今与此井结缘，似有顿彻之感，那些功名利禄浮华的表象，好像都已在这口千年泉井的无声涤洗之中。至井口，俯脸相望，泉水从白色的沙石中渗出，汇集成井，这就是"白沙井"名的出处吧。据说白沙井的泉脉是远在江西省宜春市的"荫龙泉"，通过地下暗河，千里迢迢来到长沙，经地下沙砾层无数次的过滤后，在回龙山下自白沙石中涌出，因此井水格外纯清。据记载，清朝时有一年，长沙城里大部分的水井都被莫名地污染，唯有白沙井水质没有受到影响。当时正值湖南科考的乡试期间，于是当地官员就指定白沙井紧急作为乡试期间几万考生的饮用水源。因为那一届考生的成才率特别高，白沙井后来就成了湖南科举考试时考生的专用水源，直到现在，当地居民有孩子参加高考，还会有人专到此井取水，或沐浴或饮用，以求孩子考试平安顺利，前程高远。

井水摄人心魄的清澈，没有一点杂质，井底沙石纤毫毕现，我那张被尘世风化的老脸亦倒映搁在井底，随那些市民刚舀水后的水波荡漾幻变，竟有童趣萦绕心头。情不自禁地蹲下身，想掬一捧水尝尝甘泽，谁想一声断喝如惊雷响起，地道的长沙话"搞么子啰，别个要恰水滴，洗么子手啰"。我一侧头，一个五十多岁开外的娭毑怒目圆睁，我忙解释说不是洗手，只想尝一下井水的味道。她还是不依不饶，用长沙话说了一大堆。在这些取水的老百姓心目里，白沙井水就是神水，自然是严禁用手接触的。在他们看来，这井水不仅喝着健康，而且可以养生，泡茶色味殊绝，酿酒芳香醇厚，煎药、熬汤皆极佳，甚至还能包治百病，因此绝对不容半点亵渎。我倒也理解，想想这几口泉井，养育了这里多少代人，他们如神灵一样供奉着，当然也是情理之中，于是也不计较。不过转过头来，发现离井口不远还有一条小石沟，也有泉水流出，应是井水通过石板下的缝隙渗过来的，趁着无人注意，赶紧蹲下来捧了一口尝尝，果然甘甜可口，沁人心脾。当年，著名音乐家谭盾先生回乡，曾在此取水击乐，那个场景通过电视曾向全世界现场直播，让多少湘湘人为之自豪不已。而我，居然没有花一点代价，就与这个精灵亲密接触了，畅然之情，不可言表。

回来的路上，心清体爽，一连几天，如铅华洗净，似浊事看清。然世事私心客观，不日浮躁重拾，于是隔了几日，又重去了一回白沙古井，然而与之第一次偶遇，心态已然迥异。看来凡人与这历了风雨沧桑的古物相比，实在不堪一击。你看，这千年的精灵，历经斗转星移，历经战火洗礼，江山易主，城旗变幻，多少刀光剑影的壮阔来来往往，多少生离死别的剧情身边上演，可它依然宠辱不惊，故我依旧，如佛偈不语，参透世事。

井还是那口井，水还是那口水，不同的是，每天的井水都是清的，也是新的。人如果也能这样，每天吐故纳新，不计旧事往嫌，清凉心态处世，淡泊名利交情，那该是一个怎样清亮纯净的世界啊！

（此文发表于《长沙晚报》）

湘黔主题行

前　言

很难得一直对旅行似乎不太感兴趣的儿子说想出去玩玩，本首选海南，但暑期机票着实一票难求，经反复权衡，决定自驾湘西及黔东南一带。头天决定，与儿子对着地图比画半天，当天做了全车保养，第二天早七点准时出发，还真算是一场说走就走的旅行。一家三口，另带上妻堂妹之子。计划五至六天，行程估摸三千公里。

一般来说，旅行和旅游应该差不多意思，不过我认为旅行会辛苦一些，厚重一些。之所以愿意叫这次远足为主题之行，是因为突然间发现计划的行程里要经过的很多地方均烙着中国近代革命的痕迹，比如芷江，比如息烽，还有些地方与一群人在八十年前那场举世闻名艰苦卓绝的伟大"旅行"有着特别的关联，比如遵义，比如乌江、安顺等，意义就似乎骤然高大上了。

我不喜欢过于沉重，本应轻松地游玩，却戴上一个庄严得有点血腥味的头衔，总有些压抑之感。所以对于此行，如果要用一个准确的词儿，我想可以叫作主题之旅，套用时髦热词，叫正能量之行也不错。

顺落溆浦

如果把此行所有计划景点比作是一桌子菜的话，第一站落脚溆浦县应该是一个加菜。之所以愿意在时间和路程上多费一点周折，原因是这里有一个二十年未见的老战友。

溆浦属湖南怀化辖，是知名革命先烈向警予故乡。战友生泉退伍后一直在这里的公安系统工作。早些年断过联系，后来有了QQ和微信等高科技联系手段后，几经周折复又联系上，就一直手机网络保持着彼此君子之交淡如水般的问候和对过往岁月的记忆。掐指一算，自1995年12月一起复员后，一晃已是整整二十年未谋面。

对于文艺抑或文学而言，恒久不衰的主题有很多，除却爱国主义外，还有诸如乡愁、爱情、友情、山水等之类的旋律。战友情应该算友情范畴吧，一种听上去很铁很阳刚的友情，有着重金属般的质感。生泉与我同在驻桂某野战部队，同一天入伍，同新兵一个排，同一天复员。那时我们连三四十号新兵蛋子，八成都是两广兵，湖南兵不过五六个，所以从一开始就有种山水故土般的亲，一直三年。

生泉早早就在路边等着了，见面就是结实地熊抱。他稍胖了点，不过变化不大。他说我也变化不大，我哈哈大笑，嗔他说了假话，现在都"光头强"了。说笑依然没有生分，岁月在这种情谊中始终打着白旗。他还是那口鼻音浓得像一口坛子发出来的口音，还是说着三分靠听七分靠猜的"普通话"，这也是当年战友打趣他的一个主要内容。到达溆浦县城时将近中午，说好的停留一顿午餐时间。生泉另邀了五六个与我们同年兵的他的同乡战友作陪，虽然只有个把有点印象，但湘西汉子的热情与实在溢于其中。满满的一大桌子菜，因开车，且先前电话里已说好只吃顿饭，不逗留不过夜，酒自然是不能喝的。席上我以两瓶红牛代酒，其间生泉三番五次邀请我们再叙留一晚，以便能痛饮几杯，但拖家带口计划使然，留作下约。

生泉说，溆浦一样有好风景，不看看？我说，来溆浦，你就是最好的风景，其他的都不重要了。正所谓：桂北军营情三年，与君此生岁月煎。纵归千山隔万水，总忆青春苦做伴。

印象镇远

赶到镇远的时候已近晚八点，华灯初上，山顶上"名城镇远"四个硕大的霓虹巨字一下子就镇住了我一天开了六百多公里远车的疲劳，果然镇远啊！

镇远处于贵州高原东部武陵山余脉的崇山峻岭之中，居湘黔两省的怀化、铜仁和黔东南三区五县接壤交会之处，舞阳河河水蜿蜒曲折以"S"形穿城而过。这类依水而建的边界小镇在过去陆路不发达的时代，比较容易成为商业重镇，湘黔云川尤甚，比如凤凰比如洪江比如丽江等。

旅游旺季，找住的地方费了些时，除了贵，就是挤，最后找了家名字有点文艺的叫"印象镇远"旅店住下来，靠河岸，江湖传说靠河的就是好住处，房间小，设施一般，三百多的房价，舒适度与想象落差有点大。

稍作洗漱，抓紧时间沿河两岸及新老大桥转了一整圈。舞阳河两边满是琳琅缤纷的光影光带，然后以各种形式映落河中，再在游船的桨声灯影流光溢彩，加上人潮如涌的夜市酒吧，似有梦幻之感，哪里都找不到一丁点古镇的味道。应该说，夜色中的镇远完全是一座现代小城。听说每年数以百万计的游人中间，总有一部分传说中寻求所谓艳遇的人，因为经过那些小酒吧时，涂鸦的文字和奇怪的音乐都散发着暧昧的味道。看来中国所有打着古镇旗号做旅游的地方，都是一个师傅教出来一个模子刻出来的。到过凤凰，此到镇远，于是对还没有去过的丽江等就不再期望。

不过好在，白天的镇远让我找到了它古朴的历史底蕴。第二天早餐后，又如头天晚上一样转了一圈，恍若隔世。镇远是中国山地贴崖建筑文化典范，城内古街古巷曲径通幽，石桥城垣错落有致，碧水晨雾姿态万千，有雄伟奇特蜚声中外的国家级重点文物保护单位青龙洞古建筑群，有明清古民居、古巷道、古码头、古城垣等一百余处，青砖黛瓦、高封火墙、飞檐翘角、雕梁画栋，每一块青石板、每一块青砖都记载着一段历史风云，泣诉着千年古镇的沧桑。虽然时光久远，随着近现代陆地和空中交通的突飞猛进，那些如星辰散落于大山大河间的小镇的商业枢纽作用彻底失去，但还是有镇远等为数不多的古镇在新的时代，借着旅游之名焕发了新的生机。只是，我不知道，这种生机对于历史，或者对于这些古镇人文本身，是幸运还是嘲弄。这就是：舞水河边寻船帮，霓虹灯影笑沧桑。歌酒万人情醉处，无人知有旧时光。

心放苗寨

放出这次旅行的口风之后，好几个走过这条路线的朋友和同学都极力建议我一定要看看千户苗寨，并且说，如果需在镇远和千户苗寨间做一个选择，一定要选后者。只不过我是二者兼收了，我当年读书就最怕做单选题。

山神还是很给我们面子的，去苗寨经过凯里一个叫三棵树镇的小广场时，恰逢当地举办原生态苗歌大赛。从组织、设备、演员等方面看，那是正宗的原生，毫无做作的表演痕迹。时值正午，天气很热，但穿着厚厚苗服的参赛人员都乐此不疲，吹树叶、苗家情歌、山歌、苗舞、芦笙等节目都原汁原味，尽管大部分演员都已六七十岁，但看得出来，他们的幸福和快乐是由心的。特别的是，当地的女性苗民，无论上台表演的还是底下做看客的，不管是八十岁老妪还是十来岁丫头，头上一律一朵花一把梳子，蛮有意思。

下高速后穿过二十多公里的崇山峻岭，到达景区。一百八一张票，不满十五岁孩子免票，儿子刚好还能享受优惠，贵州人做生意还是比较厚道的。坐车进去后，穿过一段商业区，就进入千户苗寨内部。我们开始沿着左手边的登山小巷子进入一个叫也东寨的寨子沿山缘行，越往上走，原住苗民生息痕迹越明显，八九十岁老人靠在木板屋墙边闭目养神，见惯了市面的狗狗们睡在青石板上，对身边如过江之鲤的游客连眼皮都懒得睁一下。数百米到顶后，在一小吃店休息，看对面，但见几座山峰全是贴山林立的房子，屋顶大都挂着客栈酒楼之类的字样，看上去大部分房子都是顺应旅游新修的房子，不免失望。好在小店老板告诉我们，看原生苗寨，需从对面看这边。

山高寨大，坐景区观光车方达对面观景台，终一览苗寨真面目。但见整个苗寨坐落在形如牛角的两座大的山峰中，犄角相倚，白水河在山脚下流淌而过，寨子依山傍水而建，山环水绕，怡静清幽。一幢幢吊脚楼鳞次栉比，沿山坡而建，顺次升高，从山脚直到山巅，黑压压的，密密麻麻覆盖着一层层格局相同、风格相似、色彩一致的苗家建筑，心里由衷震撼。那么多的吊脚楼密集聚居，虽然标称千户，但我看它何止千户，均匀分布于整座山体，看不出结构，分不清彼此，找不到街巷，也无所谓院落。远处的其他山头上，层层梯田，叠叠向上，风情别具一格。一座宁静而朴素的古村落，一派温馨而美好的田园风光，一幅世外桃源般的水墨画。这才知道朋友荐举的道理，有些内涵的东西，哪怕在商业化已无孔不入的时代，也是无法复制的。只是不知道，我们这些不远千里万里以猎奇为目的俗人们来到这里，给这些原本以手工农耕生息劳作的苗民带来商业元素和浮躁喧闹，对这个号称"世界最大苗寨"的保护和发展，是好事还是坏事？我想当年此地被汉人诸葛亮七擒七纵的首领孟获若再世，面对千年的宁静被打破之局，也一定束手无策。正可谓是：千年建一寨，本为子民泰。谁知大风转，山门为谁开？

瀑布情缘

　　黄果树瀑布应该是贵州最有名气的旅游景点，没有之一。它给我的最初印象却是从香烟盒开始的。童年时代喜欢收集香烟盒玩，伙伴之间经常看谁收集的烟盒品种最多，"黄果树"牌烟盒是那时很容易收集的一个品种，所以对当年图片中那个四季飞落永不干涸的滚滚飞流一直念念不忘。

　　因在千户苗寨耽搁了些时间，原计划当天赶到安顺住宿，这样第二天去黄果树就会近一些。但车过贵阳天已黑，加上下了点雨，莽莽高原实不敢行，就在离目的地约一百公里的平坝县落脚。第二天早餐后，赶到黄果树景点差不多十点。

　　进入景区，经过一段盆栽景观区，就听见了隆隆的水声，心想一定就是瀑布了，倒有红楼梦里王熙凤不见其人先闻其声之妙。加紧脚步，顺着曲曲折折的石梯步步下到山崖脚，这个号称天下第一瀑的家伙，就毫无保留地站在了我的对面。

　　看，这个叫黄果树的瀑布如一匹巨大的白帐挂在高高的山崖，咆哮奔腾的水流仿要冲破了天一般急泻而下，其势比李白笔下"疑是银河落九天"

更具冲击力,这是水的一种暴力美。水这种液体,以一种你无法想象的恐怖力量肆虐着我对水一直以来温顺婉约的印象。水柱像一粒粒巨大而闪耀的珍珠串联在一起,绑成一捆,跳跃着闪动着,在落入深潭的最后一刻凝聚成一朵朵巨大的莲花,却又瞬间化作雾气散开在了山谷。瀑布的侧边有些凸起的岩石,激烈的水柱亿万年来就这么恶狠狠地砸着它们,你能感觉到水被砸碎的力度,四处飞溅。在某个角度,要是可以站立许久的话,眼前这宏壮的一幕就会慢慢变成一幅宁静的画,那些水珠溅射的悦动,那些隆隆震耳的巨响,就会成为这幅画的一个背景。如果你再静静地站立片刻,水珠的跃动,隆隆的声响就慢慢地消失了,世界仿佛停止了转动,你所看到的画面是一个永恒变化中宁静的一刻。难怪当年徐霞客在历尽艰险跋涉见到此景后,发出"盖余所见瀑布,高峻数倍者有之,而从无此阔而大者,但从其上侧身下瞰,不免神悚"之叹。

山因水而秀,水因山而活。这个峡谷,应是亿万年前某次地球运动时的一次"骨折"而致,其落差鬼斧神工地成就了眼前奇观,让山与水的最大潜能在这里得到一种极致的发挥。人呵,却难如这山水,不会在巨大的落差面前做到一种涅槃般的洒脱和释放,更多的时候只会选择沉寂,甚至死亡。这就是:"神龙飞瀑挂莽山,腾云驾雾搅凡间。山凭水动醉万古,水借山活跃九天。"

亲水荔波

荔波,是此行大餐的又一个加菜,而且是加的一个狠菜。原计划黄果树后折返贵阳往北径直奔息烽遵义,再一路回程。但荔波另一个二十一年未见的战友覃潮波在看到我贵州行的微信后几次留言:既然来贵州了,就到荔波的小七孔来看看吧!小七孔是近些年贵州声名鹊起的一个景点,素有"小九寨沟"之称。于是就将看风景与会战友两件事合二为一了。

从黄果树出发，到荔波县城，虽说全程高速，但一路全是弯道隧洞和高架桥，超宽超高大车特多，四百来公里跑了六个多小时，中午一点出发，到达荔波时已七点多。潮波在高速出口等着，一见面就相视大笑，为啥？哈哈，二十一年不见，俩"光头强"！

入住已定好的酒店，战友说打的去吃饭，我就知道，今天喝酒是难免的了。还好，两人分了一瓶茅台，再各自喝了一听啤酒，我虽未大醉，但也小醺了。因肩负一车人安全大责，一人半斤白酒也差不多了。若没旅行任务，以他我之性，再来一瓶不醉不归那是自然的事情。

第二天大早潮波带我们吃了当地最出名的牛肉粉（贵州人就是实在，牛肉比米粉还多，使劲儿吃，粉吃完了，牛肉愣没吃完），接受了他给我们的四张小七孔景区门票，拜别。从荔波县城到小七孔景区有十多公里高速，还有十来公里山路，颇费了些功夫，真是酒香不怕巷子深，千里万里翻山越岭究竟为哪般。进大门约一公里就是景区借名的小七孔桥。一座古朴、精致的小石桥，因有七孔而得名。这是明清时代滇黔商旅古道的必经之桥，桥身由敦实的青石垒成，桥两头葱茏茂密的古树，桥身的青苔斑驳，桥下潺潺的流水声，无不诉说着这里曾有的繁华。与桥最相映成趣的，是桥下方碧水潭的水，或许是潭深所至，再加上两岸绿树和水底的水草吧，水呈一种让人怦然心动的宝绿色，或者叫翡翠色也行。潭水安静，倒映七孔桥，从任何一个角度看都像一幅经典绝美的山水油画。现实的风景能看出画的感觉，我觉得就是一种极致的美景了。

别罢小七孔，依山缘溪上行，一路小道上有古藤古蔓炫眼，野气十足。数百米后，就是另一个著名景点"六十八级跌水瀑布"了。数百米的溪段，那些瀑布或高或低或长或短，层层叠叠。水流有的急湍，冲在石头上，溅起珍珠般的水花，有的缓缓流下，又如同轻柔的丝幔。水声也时而如交响乐般雄壮，时而如小夜曲般缠绵。路边高山还有一处瀑布自高处冲天而下，与溪中小瀑布互相呼应。溪水不深，此季温度又适宜，游客们人到此段个个兴奋至极，悉数迫不及待下到水里玩耍。战友先前交代我们到这要穿拖鞋，原是如此，也就不管不顾地下水，放飞久违的童心。水清见底，水凉至骨，孩子们就更兴奋，在水里跑着跳着，儿子居然兴奋到整个人都栽进水里。后来问俩孩子这次贵州之行哪个地方最好玩，齐说小七孔。看来虽说多费一天时间，多跑七百公里路，但这个菜是加对了。

如果说黄果树瀑布是让我见识了水的力量和磅礴，从而对水有种敬畏感的话，那么小七孔的水就让我看到了水的瑰丽和内秀，对水有了更深一层的亲近感觉。水，是个神奇的东西，给了我们生命，也给了我们风景，还给了我们对人生旅程的思考。因为此处游玩时间较长，后面的水上森林等几个景点就显得有些匆忙。下午两点多，从景区出，赶赴下一站。

仰嗅遵义

对中国近代史稍有了解的人，"遵义"二字定是熟悉的。是的，遵义，这个因一场会议而闻名天下的城市，在大多数人的印象中，与其说是地名，更不如说是一个人文概念，一个红色革命的印记。耳熟能详的"三个挽救""一个确立"，将这座黔北名城铸成了一座革命的丰碑，垒成了一个历史的制高点。所以此次主题之行，遵义为必点之菜，且是主菜。

息烽到遵义的路途时，见有一"乌江渡"路标，以为是当年红军强渡乌江之处，于是决定临时加了一个小菜。在那个叫乌江镇的地方下了高速，沿陡峭的盘山公路一路转至山顶，虽然最后才知道此乌江渡非彼乌江渡，只是一个乌江上的水利枢纽工程，但站在贵州高原海拔一两千米的峰之巅，再在落差数百米处俯瞰磅礴的乌江真如一条难以驯服的蛟龙在眼皮底下纵横原谷，那种震撼也是风起云涌的。

因为这个插曲，到达遵义城时已近傍晚，找好住处，吃过晚饭后便夜色四合，遵义会议会址只待明日了。问了问当地人，晚上有什么去处，皆指红军山。于是沿河而行，二十来分钟便见一处又陡又高的台阶处，即是。

所谓的红军山，其实是座烈士陵园，是当年新中国成立后，遵义人民不忘长征途中在这里牺牲的红军将士，在当年战场遗址找到了77位红军烈士坟墓，并陆续将这些烈士遗骸集中迁至这座原名小龙山的山上，从此以后，这座山就叫"红军山"了。

虽是晚上，但红军山的游人仍然很多。有"遵义红军烈士陵园"几个大字于门楣，沿数百级陡峭的青石台阶拾级而上，至顶是一硕大平台，一座雄伟磅礴的红军烈士纪念碑高耸，上书"红军烈士永垂不朽"。碑顶有镰刀锤子标志，碑外围是一个巨大的圆环，圆环外壁嵌着28颗星，寓意中国共产党经过28年艰苦奋斗取得政权。圆环内壁是四组内容分别为"强渡乌江""遵义会议""娄山关大捷""四渡赤水"的汉白玉石浮雕，这都是当年红军在贵州境内的大事件。再往上行，是邓萍将军之墓（邓萍是长征中牺牲的红军最高将领，时任红三军团参谋长）。脚踏此处，遥想当年之残酷，悲壮之情油然而生。再看方才来处，山脚数处酒吧颓废奢靡声色犬马，两两相较，唏嘘难抑。

第二天大早到遵义会议会址参观，会址不收费，凭身份证领取参观券。一处已在无数影像资料烂熟于心的青灰建筑，便是无数人来此地追寻的地标，毛泽东题写的"遵义会议会址"黑漆金匾让历史突然凝重。是的，此处便是正式确立这位伟人最高政治权力开始的地方，我想当年他手书以上六字时，心中的豪迈之情定如千军万马奔腾。这座并不高大的二层小楼原为黔军二十五军第二师长柏辉章的私人官邸，典雅别致，特别是主楼与跨院之间那座青砖牌坊正反两面用碎蓝瓷镶嵌着"慰庐""慎笃"四字让人顿有时空倒转之意。这里就是那个著名会议的会址，复原的会场有桌椅八角帽马灯口缸等历史旧物，重要历史人物住处，警卫人员的枪支，炊事班的锅灶，那些蒙尘那些端重，虽然不语，实际是用一种无言的方式讲述当年的故事。

后　语

遵义是此行的最后一程，我的原计划是还有一个大菜的，或者是北上，往重庆武隆地缝，或者是东进，落贵州梵净山。但在遵义，我们一行四人也召开了一次"遵义会议"。议题之一：继续行程还是就此返程，此议题除我之外，三人均以舟车劳顿身体欠安为由决定返程，少数服从多数。于是一路狂开，日行八百公里，晚十点到家，安全圆满结束此行。

另一个议题，是俩孩子人生路问题。儿子开学就上高中，将开启一段新的生命章节，而妻堂妹之子就更麻烦，马上读高二，但因家庭变故，情绪反复，叛逆无常，时有罢学对抗之举。此议题开放，可任意发表意见。儿子表示高中尽量改变以前懒散的学习态度，而妻堂妹之子也比较坦率地说了一些他以前一直闷在心里的事情，算是打开了一扇心门吧。虽然这个议题没有实际结果，或者说没有达到我想要的效果，甚至沟通过程中儿子无所谓的态度还让我有些恼怒，但我想，孩子们的成长其实不是一蹴而就的，它需要时间，需要阅历，需要指引，需要苦难，需要他们自己在人生的旅行路上一点一滴地去领悟。我们是这样长大的，也将这样老去。而孩子们刚刚踏上他们自己的人生之旅，他们也将这样长大。

旅行实际上是一种学习，甚至比书本的学习更重要，阅万卷书不如行万里路，而对未知的东西和没有到过的地方保持一种探究的冲动，也是人类不断前行的动力。山与水，对污浊的心灵是一种涤洗；而行动，就是对我们懈怠的人生态度直接宣战。

又见黄鹤楼

中国三大历史名楼之首的黄鹤楼，是中华文化史册里一个有着超高人气的传统文化符号，也是一个一览众山小的文化制高点。千百年来，霸气而又理所当然地以一种居高临下的气势，俯瞰着泱泱中华千年来来去去的诗酒浪漫。可以毫不夸张地说，但凡有点文人情怀的人，早就或明或暗地将这座楼建在了自己的心里，登楼思古，一亲芳泽，也定是这个国度里大部人心中一个隐晦不宣的潜在趋向。际遇使然，近十年内两次结缘黄鹤楼，零距离身心触抚这座让我怦然心动的文化丰碑，实乃人生幸事。

八月底，正是全国高校开学时段，姨姐的儿子以优异成绩被武汉某军事院校荣录，趁开车送外甥上学机会，顺便全家去武汉旅游一下，想想是个不错的主意，一就二便，遂成再度江城之行。想想外甥入学后定是十分紧张，故打了两天提前量到达武汉，以便带着大家在市区一些景点玩一下。黄鹤楼是武汉的标志性名片，自然首当其冲。

高科技是个好东西，原准备开车去黄鹤楼，早餐时，手机百度地图，发现宾馆离黄鹤楼并不太远，且有直达公交，于是临时决定坐车前往，约半个小时就到目的地，省心方便，免却了想象中诸多路况不熟换乘转坐之苦，顺利得有点小幸福。

黄鹤楼位于长江大桥武昌桥头的蛇山顶上，与对岸的龟山遥相呼应，毛泽东曾在其著名的《菩萨蛮·黄鹤楼》一词中有"烟雨莽苍苍，龟蛇锁大江"的生动描述。其实公交车刚转上雄伟的武汉长江大桥引桥段，便远远地看到了对面蛇山之巅巍巍耸立着的黄鹤楼，车里也定有一些初来武汉者，当有人惊呼"黄鹤楼"之后，明显地喧闹了一些。上午可能因长江江面湿度相对较大，视野便不是十分的通透，空气里有些似有似无的雾气，远处的黄鹤楼便显得影绰灵动，缥缈在轻纱之间，似有点娇羞妩媚的感觉，犹如一位亭亭玉立的新妆楚女，临风而立，以一种掩饰不住的魅力牵引着我的目光，牵引着我的灵魂，不由得令人浮想联翩。心随车行，空气愈来愈薄透明净，黄鹤楼楼体也愈来愈清晰雄伟，悬于顶层光照古今的"黄鹤楼"三个镏金巨字像给车内注入了一针吗啡，各种的议论各种的激动，有人按捺不住地闪起了相机的镁光，还有人居然情不自禁地诵起了崔颢的千古名诗《黄鹤楼》。我虽已是二度黄鹤楼，但依然免不了的心潮翻涌情绪激动。是啊，面对历史文化馈赠给我们的这份丰厚大礼，有几个人能做到心如止水、坐怀不乱呢？

一下车，大家俱疾步蜂拥，急切之情可见一斑。待到山门，驻足仰望，一座镌着"江山入画"四个金色巨字的牌坊昭示着我们即将与这座千古名楼零距离接触。饥馋的目光透过牌坊，但见山门之内巍峨耸立山巅的黄鹤楼，雄浑又不失精巧，庄重而又富于变化，韵味十足，美感丰盈，好一座江南名楼，真不愧"天下绝景"之美誉。

哦，黄鹤楼，十年之后，我又来了！

购票进入核心景区，又一次细品黄鹤楼。黄鹤楼并不是一座孤楼，而是一个建筑群。进得主门，便见东西两侧是一些金瓦琉璃建筑，各种流光溢彩的轩廊、亭阁、牌坊，俱呈对称形布局，阶梯式延伸，承上启下，层次分明，众星拱月般地拱卫着主楼，为游客拜会这座名震古今的名楼做足了烘托和铺垫。眼前美景皆不见，一心只思黄鹤楼，只因心里一直有着某种惦让，粗线条象征性地领略这些附属景物之后，便直奔主题。行百十米，迎面见一座龟、蛇、鹤一体的高大修长铜雕，风姿灿然，栩栩如生。目光越过铜雕，悬于主楼一层的"气吞云梦"四个遒劲有力繁体大字告诉你，没错，眼前的便是你朝思暮想的黄鹤楼。

随楼仰视，只见一座高大的塔楼矗立在巨大的石台之上，外观五层，最顶层一块镌着"黄鹤楼"的镏金巨匾穿越时空，更像是整幢楼的眉目，激起了她的灵性与神韵，让我等凡夫俗子顿时渺小起来。楼的每层都是金色琉璃瓦面，下隆上锐，攒尖楼顶，层层飞檐，四望如一，各层大小屋顶，交错重叠，翘角飞举，各层排檐形如鹤翼，仿若随时展翅欲飞，与楼名紧密呼应。这种四面套八边形构造风格是我国古代传统的一种建筑形式，喻"四面八方"之意，颇具《易经》风水之意。中国古建筑注重数目的象征和伦理的表意，这些精巧的在设计构思中嵌入数字和喻意的建筑风格，淋漓尽致地体现了中国传统文化精髓与艺术特色，让人在不知不觉中便被感染、被折服、被熏陶、被骄傲。其实，眼前矗立的这座黄鹤楼并非古楼，原楼由于频历兵火，唐、宋、元、明、清历朝历代屡建屡废，光绪年间一场大火把建于清同治七年的最后一座"清楼"烧得仅留一座高3.4米的青铜铸就的黄鹤楼楼顶，此后近百年未曾重修。直至新中国成立后，1981年10月开工又原址重建，举全国能工巧匠，主楼以清同治楼为蓝本，运用现代建筑技术施工，在1985年6月落成了今天眼前的这座高达49米"当代黄鹤楼"，它比历朝的黄鹤楼都高大雄伟、巍峨壮观。

迫不及待地踏入楼内，跨过那道门禁即又一次被震撼。黄鹤楼外观虽只五层，可内却分九层，寓九五之尊，显示历代帝王皇族尊崇之意，真是步步有玄机，处处皆文化。楼内每层均采用圆周回廊建筑形式，层层风格不同，以便游人浏览观赏。底层为高大宽敞的大厅，正中藻井高达十余米，正面壁上为一幅约莫三层普通楼房高的彩色瓷画《白云黄鹤图》，瓷画两旁立柱上悬挂着高达七米的楹联，左联"爽气西来，云雾扫开天地撼"，右联"大江东去，波涛洗净古今愁"。画中一楼一鹤，形神俱备的仙鹤在墙上翩翩欲飞，黄鹤楼被烟雾缭绕，仿佛人间仙境，生动地描述了传说中黄鹤楼的来历。相传黄鹤楼原地为一对姓辛的老夫妻开的小酒馆，有个道人经常喝了酒却不给钱，老两口心想出家人嘛，到哪里不是化缘吃饭，也从不向他讨酒钱，每次仍然热情招待。有一天，道士喝完酒，说要出趟远门，数年才回，为感谢两老千杯之恩，临行前用橘子皮在壁上画了一只黄灿灿的仙鹤，告诉他们如有客人来，拍拍巴掌黄鹤便能下地起舞助兴，从此老两口的酒馆宾客盈门，生意兴隆。一晃十年，道士复来，一语不发，取笛吹奏，跨上黄鹤飘然而去。老两口为纪念这位帮他们致富的仙翁，便在其地起楼，取名"黄鹤楼"。这种关于黄鹤楼诸如此类的神话、故事、诗句、传说等不胜枚举，目的就是把游人引入一个更高、更远、更深的意境，不只是人们的一种美丽想象，也是人们憧憬美好愿景的一种表达方式。

二楼大厅正面墙上，有用大理石镌刻的唐代阎伯理撰写的《黄鹤楼记》，它记述了黄鹤楼兴废沿革和名人轶事。楼记两侧为"孙权筑城""周瑜设宴"两幅壁画，值得一提的是"孙权筑城"，形象地表述黄鹤楼和武昌城诞生的历史。实际上黄鹤楼当初只是一个普通的军事设施，三国时期，吴王孙权希望"以武治国而昌"，故筑城为守，建楼以瞭望，这也是"武昌"的由来。后来由于这座瞭望台地势颇佳，适宜抒心观景，慢慢就成了诸多文人雅士结伴游览把酒赏月进行文学探讨的胜地，最后变成了与湖南岳阳楼、江西滕王阁并称的"三大历史名楼"。一座原本透着杀气与坚硬的军事设施，在历史的导演和际遇的碰撞下，最后却演变成了一座写着柔和充满浪漫情怀的文化高台，个中意境，绵软回味。其实世界上很多事情都是这样，结果与初衷总是相去甚远，许多的经典，往往都是无心插柳之作，这许是一种自然和社会规律吧。除此之外，还陈列有历代黄鹤楼的复原模型图，座座风格迥异，精巧别致，每一种风格都附牵着一段历史风云，历尽世间沧桑。看着这些大部俱毁于战火的古黄鹤楼，虽只是模型，却仍能让人真切地感受这座名楼屡毁屡建的多舛命运，千年的沧桑风雨赋予黄鹤楼顽强的生命力，历经数次劫难而又数次重生，以一种无法想象的张力盛开至今天，足见此楼之奇，亦是传统文化之幸。

　　三楼大厅的壁画为唐宋名人绣像画。黄鹤楼声名鹊起于唐宋，当年为江夏名士"游必于是，宴必于是"之处，文人骚客尽显于此，抛笔洒墨，留下了诸多流芳百世的华丽诗篇，给黄鹤楼增添了浓厚的文化色彩。所以，当我移步至满墙装裱着的那些历朝历代吟咏黄鹤楼的名诗佳词时，便如磁铁般被吸引住了，久久不愿离去。我心里一直固执地认为，源远流长博大精深的中国传统文化是一座巍峨雄伟高耸入云的山峰，而历代流传下来的诗词歌赋就是一条通往山顶的蜿蜒小路。走进一段历史，往往都是从一首诗文入手，黄鹤楼正是有了大量的传世诗文的附加，而身价斐然，独领古今风骚。面对眼前传世经典，许多游人激情澎湃地大声朗诵着，在这种氛围的感染下，我也不由得激情起来。你看，这边崔颢正感叹着"昔人已乘黄鹤去，此地空余黄鹤楼"，那边的诗仙李白就来了句"黄鹤楼中吹玉笛，江城五月落梅花"的绝唱，贾岛抚琴轻吟"青山万古长如旧，黄鹤何年去不归"，陆游仗剑高歌"苍龙阙角归何晚，黄鹤楼中醉不知"，范成大看来是喝多了点，醉问"谁家笛里弄中秋，黄鹤归来识旧游"，白居易驾一叶扁舟踏浪而来，提笔写下"白花浪溅头陀寺，红叶林笼鹦鹉洲"……呵！这些千年不朽的佳句名篇，一下子就把我们穿越回了那些把酒吟诗对月当歌的浪漫时代，不由得跟着当了一回诗人，醉了一江风月。

四楼是接待厅，用屏风分割成了几个小厅，内置当代名人字画，供游客欣赏、选购。这里亦是诗文的擂台，厅内设有案台和文房四宝，可供游客即兴赋诗题词，泼墨作画，让每个人都有机会做一回诗人。在此，不得不想起千年前李白见颢诗而搁笔的典故。相传崔颢题《黄鹤楼》诗不久，李白也再一次登临黄鹤楼，放眼楚天，同样诗兴大发，提笔准备在墙上题诗，一抬头，发现墙上崔颢的《黄鹤楼》诗，李白吟诵后，大为折服，认为自己如果再写黄鹤楼的诗肯定不如崔颢的《黄鹤楼》，于是搁笔叹道："眼前有景道不得，崔颢题诗在上头。"看来名人也有名人的负累，而一些内心高洁的人其实也会心存敬畏的谦恭。普通老百姓可就管不了那么多，到了黄鹤楼，有些人也会自娱自乐，潇洒捉笔，挥毫题诗，体味一把诗人的感觉，好与不好无所谓，不求超越，不为认可，只为直抒胸臆，做一回自己内心的快乐使者。

顶层大厅陈列着《长江万里图》等长卷、壁画，其临江回廊是黄鹤楼的最佳观景之处。凭栏极目远眺，清冽的江风扑面而来，让人顿时心生豪意，神清气爽，浊气全无。楚天空阔，白云飘浮，似仙似梦。山色苍茫，江水拍岸，声动古今。此时雾气散尽，但见让天堑变通途的万里长江第一桥长虹卧波，身姿曼妙的京广铁路依山逶迤而过，对面的龟山与所处的蛇山遥相顿首，有如牛郎织女隔江相望，琴瑟合鸣，而千古不休的万里长江如一条桀骜不驯的狂龙，摇头摆尾滚滚东去，江上舟楫往来如梭。不知为什么，没有刻意，油然就吟出了孟浩然的代表作"故人西辞黄鹤楼，烟花三月下扬州。孤帆远影碧空尽，唯见长江天际流。"千年前诗人送别友人后，孤影凭栏的惆怅思绪与今日江面繁忙如平路的景象形成了鲜明对比，这种关公战秦琼的旷古意境放在时空里相较，倒也有些特别的意味。此刻，武汉这座有着悠久历史和优良革命传统的文化名城，在黄鹤楼面前一览无余地舒展着全部的风韵，那些林立的现代建筑在这个文化巨物面前，居然就有些猥琐而小家子气了，甚至似可不值一提。武汉地处广袤的江汉平原东缘，黄鹤楼刚好处在这山川灵气动荡吐纳的交汇点，天造地设的绝佳地理位置，让满目旖旎风光尽收眼底。人是种很容易膨胀的动物，站在这里，感觉就像自己一下子站在了世界的最中心，站在了历史的最高点，也站在了豪情的最顶端，似一眼便可望断古今，而我苍茫辽阔的神州山河也可一眼占尽，突然就让我体味到了"极目楚天舒"的真正内涵，腹胸蓦地一下便有诗意涌动热血沸腾，若不是心肚文墨有限，也定会如历史深处的那些文人墨客提笔一抒胸臆了。我一个细如尘埃的凡夫俗子，面对此情此景，尚且都有冲天豪气四起，更何况历史长河里，那些众多心怀天下壮志凌云的文人志士呢？

　　游黄鹤楼，由于观赏点很多，每个人侧重都不一样，比如孩子们喜欢蹿上蹿下，体会其精妙的建筑形式带给他们的快乐；妇女们则侧重于其物饰的雍容华丽，和藏品的珍贵精致给她们的视觉冲击；而如我这样稍有些文人情怀的人，则会侧重于其厚重的历史与文化内涵带给内心的舒展。可以说，走进黄鹤楼，就是走进了历史，走进了传统文化。正因为此，我们连带孩子一行六人，并不是并头参观，因有现代通信工具辅助，不惧迷失，于是大家四散游赏，各取所需，各得其乐。十年前游黄鹤楼，因当时急于事务，时间紧迫，是一次计划外的被动行程，来去匆匆，对黄鹤楼只是浮光掠影，走马观花，多年的时光稀释，并没有留下太多印象。那时我尚不到三十，心绪浮躁，真正的内心触动并不铭心刻骨。十年后，再回此地，人近不惑，多年坎坷的阅历，让心绪多了几分厚重与积淀，加上时间充足，之前又做了些功课，再登此楼，心境自然不一样，居然找到了一种时空对接、人楼合一的感觉。不知不觉半天时间已过，大家腹中空空，孩子们更是嚷嚷急着要下山吃饭。虽然还有些未涉足之处，但还是大局为重，收兵回营。

回时一步三望，黄鹤楼渐行渐远，心里思绪联翩。我想，这座今古传承的建筑，其实并不仅仅只是以一种楼的形式存在于世，也不仅仅只是荆楚大地的一种文化象征，它还是一种寄托，用千百年来凝结其上的历史、文化，以及代代踌躇满志的文人墨客的心情故事，寄托着人们始终追求美好生活的良好愿景；它更是一种信仰，千年的风雨里，一次次倒下，却一次次坚毅地站了起来，而且一次比一次挺拔，一次比一次壮丽，在浪花淘尽英雄的长江边，以其独有的风骨，宠辱不惊地笑对这片古老大地的枯荣兴衰。

风过黄山头

原本因事意欲放弃这次县作协赴安乡的采风活动，但行程计划里的"黄山头"三个字最终让我坚毅了下来。理由说来很可笑，就是小时候我知道有黄山头这么个地方后，在很长一段时间里都曾纠结地想，既然是一座山，为什么叫"黄山头"而不叫"黄头山"呢？后者明摆着叫起来顺口点，也符合逻辑一些。再后来看过安乡籍周碧华先生一篇叫《高度》的散文，文里对黄山头人文历史风貌景观哲思般的笔触，也是让我没有放弃这次机会的原因。

七点半从县里出发，九点不到到达安乡县境，交通的便捷发达，让梦想与现实间的距离也骤然缩短许多。车一进安乡县境便遇澧水，但见两岸宽阔的泄洪区里满是葱郁得耀眼的杨树林和芦苇荡，依河逶迤延绵，一眼望不到头，这与我们那里的丘陵风光是完全两种截然不同的风味。在当地文联领导的陪同下，我们参观了碧波万顷的"珊瑚湖"，这是安乡湖区景观和文化的典型代表。吃过午饭，又参观了汤家岗古文化遗址，这里是七千年前古人类聚集生活的村落，曾列为当年中外最伟大的考古发现之一。湖上风光固然旖旎妖娆，遗址文化固然积淀深厚，但因心头始终期许着与黄山头的约会，这些无上妙品俱"六宫粉黛无颜色"了。

下午一时许，终于可以向传说中的黄山头进发了。此时天气的温度也如我的热情一样向预报的顶点爬升着。刚进入农历三月下旬，只连续两天的大晴，天气便迫不及待地热得和夏天别无二致了。安乡是典型的湖区，一路无山无凸，路两边肥沃的原野里满是花谢之后正结荚待熟的油菜，间杂相辅，青幽幽的无边无际。如果可以说春天是一个醉人的长夜的话，那么此时的春天正走向黎明。那些五颜六色如霓虹般鲜艳的各种花儿，也像霓虹般在这暮春深处渐次关掉了曾经艳得让人心悸的色彩。宽容而慈爱的洞庭湖平原，在经过一番轰轰烈烈的颜色列强群雄逐鹿之后，终于慢慢臣服在了绿色的绝对权威之下，虽也间或有些不甘命运的花草倔强的与季节抗争，但零星的反抗已不足以影响绿色强势的一统天下。短暂地参观位于黄山头镇当年新中国成立后兴建的第一个大型水利工程——荆江分洪节制闸南闸之后，车队掉头直冲向黄山头，几脚油门，几个连续急弯陡坡，很多的想象甚至还没来得及铺开，三两分钟就到山顶了。一座声名在外的山，原以为会九曲十八弯地费一番周折，谁料想一口气没喘匀就扑了个满怀。喔！黄山头！几十年的约定，相见时居然如此直接、如此简捷，甚至还有些突兀。

急切地跳下车，清爽的风就肆无忌惮地猛然迎面扑来，像一个多年未见的老朋友见面时给的一个熊抱，结实而突然。贴身的臭汗，心里的燥热，还有多年来对这座山心存的神秘，都在那一瞬间云开雾散。放眼山下，极目千里，平畴无际，无遮无挡，仿若整个世界都被绘制在了一幅梦幻般的画卷上，此时就毫无保留地铺陈在我们的面前。这是一幅以绿色为主调的画卷，那些银丝带般妖娆的河流，镜子般晶亮的湖泊，还有飘带般逶迤的公路，把画卷分割成无数个或深或浅或大或小或规则或调皮的绿色色块，在长空之下天风之中呈现出极富创意的动感，如绿浪卷涌，似翠云翻飞。绿色的深处，随意地掩映着一幢幢积木般的房子，让你有一种随时都想调整拿取的冲动。这种震撼的平阔，这种摄人的绿翠，是我平生所不见的，壮观至我一时恍惚失语。此时的我，用一种从未有过的伟大心情俯瞰天下，感觉自己就站在整个宇宙的中心，而世界正在以黄山头为圆心向四面无限恣意地生长着。我突然想化为一只鹰，纵情展翅扎入眼前这片浩渺无际的阔与绿，用自由的羽翼灵动心中无尽的狂野，用快意的飞翔掠起生命不羁的追求，纵然被这片可付之生命的阔与绿吞没，也无悔无怨。心随风扬，情随翠化，那些琐碎的烦忧，那些纠结的愁结，此时都一股脑儿地抛入了眼前的碧浪长空。同行的人们大都是第一次来黄山头，惊呼着，感叹着，指点着，这些人大部分都已年过半百甚至已逾古稀，本都是些经风历霜的人，此时却个个亢奋得像些未谙世事的孩子，骨子里的文人情怀尽显无遗。是啊，在大自然如此妙手天成的造化之下，但凡有点文人情结的人，又会有几个能经受得住此等摄人魂魄美景的诱惑呢？人一辈子都在追求美好，而自然的美才是最原始、最本真的美，在最真的美之前，我们又何必保持那份沉重的矜持呢？

"山不在高，有仙则名；水不在深，有龙则灵。"我不知道刘禹锡当年写下这千古名句时参考的是哪座山，据说他也曾过到过黄山头，如果他真到过，我想他写《陋室铭》时脑子里一定闪现过这座"洞庭峭壁"的影子。黄山头确实不高，海拔不足三百米，但奇就奇在它在这千里平野一峰独立而占尽千古。明代文学家袁宏道曾这样称颂黄山头:"越三峡而来,千里尽平地;见培楼则喜,何况生姿媚。"我们可以闭上眼睛这样想象,几百年前诸多被谪贬的文人政客,孤独地行进在广袤无垠的江汉平原之上,"星垂平野阔,月涌大江流",千里之内同一种风光,数月半载,身心俱疲。直走到这两湖交界处,突遇云梦古泽中这座突兀腾起的秀峰,心中的狂喜,岂是常人能理解的呢?而如果我们把时光再前溯千年,我的脚下便是八百里古洞庭波光粼粼的湖面,无边无际的湖面之上,这座孤岛便成了往来渔船或官船的歇息之地,我能想象得到那些古代的人们在烟波浩渺的湖上突然看到这座"土石皆黄色"小岛时的欣喜。思绪至此,我突然感觉"黄山头"的称谓确实要比"黄头山"叫得贴切,不但融入了千百年来文人墨客离情别绪的难解情怀,还富有一种浪漫主义的诗情画意。数十年的疑惑,一朝得解,欣慰之余,喜不自禁。除了平地独秀之外,黄山头还以它一山跨两湖独特的地理位置世所称奇,人们戏说在这里卖肉的屠夫秤砣在湖北,秤盘在湖南。"峭壁一峰判两湖,一山独秀洞庭边",左揽江汉平原,右邀洞庭湖平原,荆楚文化与湖湘文化在这里交织碰撞相得益彰,激荡出一个个金光闪闪的历史节点,演绎出一段段荡气回肠的爱恨情仇,这需要怎样的包容,又是一种怎样的胸怀?

　　俯瞰山下心旷神怡,山上风光也别有洞天。自停车坪拾级而上,古木参天,松涛阵阵。黄山头电视转播台气势宏伟一柱擎天,那些辛劳的电视工作者正是从这里将电波转化成生动的声音头像,给千家万户送去欢乐和寄托。山上还有一座"忠济庙"以及一座"谢公墓",这是为纪念一个叫谢麟的人而建。"黄山有幸埋忠骨,白石多缘寄鹤踪。"据传,谢麟为北宋时期的荆州刺史,为官时非常清正廉洁,深受百姓爱戴,死后葬于黄山头,宋徽宗赐封他为"忠济真人",并修"忠济庙"为后人祭拜。人若千古,唯有品行和修为。除此之外，还有一些比如南梁丞相沈约、伏波将军马援、唐代诗人柳宗元等一些历史人物留下的人文古迹或传说，显示了黄山头在历史深处的独特和分量。每一处沧桑的印痕，都是黄山头历史的见证，每一个动人的传说，都是黄山头丰满的骄傲。

由于黄山头是此行最后一站，故安排的时候较长。基本领略黄山头精巧和秀丽之后，我居然靠在一块山石上小憩了片刻。沐浴着习习的楚风，平日睡眠质量一般的我，那片刻的休憩却出奇的宁静安然，仿若乘了一叶快意的扁舟，走进了黄山头悠远而雅致的历史。呵！黄山头！你是我前世的缘，只一眼，便已化骨入髓。也只一眼，心便绿意盎然宁静如婴。

（此文刊于《澧兰》及《深柳》）

心中的桃花源

　　五一节时已初夏，这个时候去桃花源在时令上显然是迟了一些。尽管是小长假，但桃花缤纷的季节已过，加上霏霏小雨，所以景区的游人并不多，这倒符合我旅行一般不喜扎堆的想法。不过此行最主要的目的，是姨姐读高二的儿子最近学习任务重，精神上有些紧张，趁他此次月休带出来散心减压。这个浮躁的社会，已将急功近利的压力残酷地转嫁给了我们的下一代，究竟要到哪里才能找一处真正"黄发垂髫，并怡然自乐"的世外桃源呢？

　　说来惭愧，虽然与桃花源同处一市，且相距不过几十公里，却有二十多年未曾涉足其中。想想还应该是读初中一年级时学校组织春游时来过。只是，当年夹在那一群吵吵闹闹稚气未脱孩童中的我，除了玩和吃，心境上是无法体味桃花源在历史和文化深处散发着浓郁清香真谛神韵的。因此,多年来,除了一篇尚还能诵得出的陶渊明《桃花源记》外,桃花源在我心目中一直只是个模模糊糊的影子。不过在外,我却常以桃花源人自诩,引得他人总对我能与世外桃源触之鼻息而仰羡。人性虚荣一览无余,算得人生一个插曲吧。

应该说桃花源是个很精致的旅游景区,从大门进,越桃林,赏方竹,踏遇仙桥,过御碑池,穿秦人古洞,观秦人村,再转秦村千米竹廊,登百步梯抵傩神庙,骑山脊幽径至举高阁,主要景点一圈下来,也就三个多小时,其中还包括歇脚聊天买小吃喝擂茶的工夫。一来山深林密,二来游客密度适宜,三者初夏正是江南植被葱茏欲滴的季节,再加点烟雨助兴,桃花源这才显现了那份真确的与世无争理想主义的一面。沿着那条"武陵人""缘溪行"的山涧一路上攀,淙淙溪流涤洗凡心俗尘,让心绪愈行愈静。拾级而行,密林里这边唱来那边和的鸟鸣婉转拨动着柔软的心弦,松弛了每个人心里都有的一份慵懒怠歇之意。平素里为名为利为生计往来奔波,突然遁入这片空渺禅寂的山林妙处,怎不让人艳羡陶公笔下那份理想的悠闲与安然呢?空气应该是被细雨、山峦、林木,还有人的心情过滤了很多次的,清爽透肺,不含一点杂质,深吸一口,似能感觉到胸腔浊气被这清爽之气逐寸逼挤最终无地自容地消失殆尽,人便蓦地精神了一截,眼睛顿然清亮了许多,脚步一下也就轻快了。

二十多年前的那次桃花源之旅虽只剩一个轮廓般的概念,但那个秦人古洞却是轮廓之中唯一比较清晰的一点记忆。原因其实有点搞笑,当年曾在那个黑乎乎的洞中乱跑乱窜不小心将头磕出了血,还受到了老师说我不遵守纪律的一顿训斥。于是此行便格外地惦记这个曾让我既皮肉受苦又心灵受气的山洞。经御碑池右侧上行数十步,便见"秦人古洞"四个简体行书刻于石壁,旁有不规则洞口,这便是我的惦记之处了。有些紧张地缩颈躬身入洞，才知洞内已装上了光源，不过故意制造了些晕暗的效果，一扫多年前眼前一抹黑的狼狈。洞内"初极狭，才通人"，有光亮导引，行进顺利，"复行数十步，豁然开朗"，眼前便就是陶渊明曾经极为神往的那个"土地平旷，屋舍俨然"秦人古村了。不过眼前的秦人村与陶公笔下臆想的那个世外桃源还是多有出入的，不见"良田美池桑竹"，亦无"阡陌交通，鸡犬相闻"，"往来种作"就更无从说起了。问及路边煎蒿子粑粑的妇女，原来他们还真的一直世居此地，不过前些年景区开发征了他们的土地，于是改为在政府许可下盖些特色的房子来卖点擂茶纪念品小吃等之类的小生意了。停下来围一桌喝点擂茶，腌酱菜糕点瓜子花生锅巴摆满一桌，聊天小歇，老板淳朴厚道，满脸堆笑跑前跑后地添菜加水，价钱五块钱一人，与很多景区相较显得十分公道，倒也有些知足常乐与世无争的秦人遗风。倚栏移步，听林涛阵阵，观细雨丝丝，悠闲自得，一时不辨古今，倒真想做回"不知有汉，无论魏晋"村中秦人了。

人生里好多的事情，不也总隔着这样一个仅区区数步的奥妙之洞吗？洞的这边你争我夺各不相让，洞的那边心平气和相安无事，就看你是从洞的这边走向那边，还是从洞的那头走向这头。人性总是复杂的，人生总是矛盾的，往往一半天使一半魔鬼，一半火焰一半冷水，甚至有时自己都不认识自己。很多时候，我们都想找到这样一个能通往祥和、平静、真实、自然的生命通洞，寻找心中那个完美的桃花源，可最终还是在欲望与杂念中失去了找寻的希望。就像陶公笔下那个幸运的捕鱼"武陵人"，他曾经找到过最理想的世外桃源，可当他放弃后再度希望按图索骥回到那个完美的桃花源时，"处处志之"的私念已让他迷失方向。

每个人心中都有一个美丽的桃花源，圆梦的机会，也许生命里只有一次。

五雷山骑行小记

　　五雷山，因《淮南子天文训》记"雷扫其殿，钟鼓自鸣，尘埃自净"而得名，地处张家界市慈利县境，海拔千米，为著名的道教圣地，素有"楚南第一胜境"之称。它与湖北武当山齐名，民间有"北武当，南五雷"之称，被尊为"中国南武当"。

　　国庆长假，骑友群内有人相邀骑行五雷山，心里跃跃欲试。群里问路况，人复往返一百八十公里，且坡多弯绕，更有目的地长达二十二公里超级长坡。有感近段自己体能欠佳，且脚趾小恙未愈，想想有点小怕，心志摇摆不定。

　　但架不住骑友力邀，加之七天长假，假期内容乏善可陈。何不挑战一把自我？于是志定意坚，群内应战。十月四日，天公作美，与勇哥、夏老师、国哥于晨八时会于丁玲广场，四人成虎，剑发五雷。

　　一路跨常德、张家界两市，经临澧、石门、桃源、慈利四县。果如人说，坡弯俱多，去时路态以上行为主，颇为艰难。我因无长途骑行经验，加之近段身体锻炼不系统，尤为吃力，一路紧追慢赶，历尽千辛万苦，于午时达景区牌坊，路近七十公里。

　　这才是真正挑战的开始，接下来是鬼见愁的二十二公里恐怖坡道。在一农庄订好下山后的饭菜后，大家调好车挡，匀好呼吸，坚定信心，头皮一硬，十二时半，四人一头扎进莽莽五雷仙山。

　　勇哥一马当先，夏老师紧跟不舍，国哥紧随其后，我无奈玩尾巴。上山俱为"之"字路，当地亦称倒拐子路，抬眼观之，路叠数层，直上重霄九，雄关漫道真如铁，实乃虎狼之地。开弓没有回头箭，既然已逼上梁山，已管不得结果如何，先冲了再说。坡长且陡，骑者能力高低之分立下。刚开始两三公里，我还尚可望国哥项背，至四五公里时已成落单孤雁。车如蜗行，汗如雨注，气如牛喘，体能消耗可想而知。更郁闷的是，我的爱车此前也像我一样，没有经历如此高强度的考验，重压之下故障频出，跳挡不止，节奏全乱，腿已木然，心脏似要从嘴里跳出来，扰得我心绪不安，数度有放弃之意。也不知道转了多少个倒拐弯，突然看见路边竖一标识牌，上书"距山顶11公里"，顿感漫漫无期，体能如一只气球突然被人扎了一针，瘪了下来。但心里还是有拼一把的想法，仍勉力前行约一公里，抬头一看，头顶的"之"字路仍然一重又一重，心力轰然坍塌，憾至此返。因一路手机开着流量，以记录骑行数据，电池什么时候耗尽也不知道，无法与前面三人联系。于是小憩了片刻，放车下山，到山下订餐农庄等候他们。

　　勇哥等三位勇士，咬紧牙关，一往直前，与天斗，与地斗，与己斗，力战雄关，不退不返。头马彪悍无比，二马神力无双，三马志坚无暇，于下午两点至两点半，前后陆续骑行至二天门终点，从临澧出点发计算，单程近九十公里，真英雄也。

等他们下山到预定吃饭点时已近下午三点半，国哥提议每人来一个小炸弹，以酒相庆登顶成功，我而露愧色。大家抚慰我，说我虽未挑战成功，但自加入骑行队伍以来，以从未骑过大山远程之历而有今天的结果，已属超常发挥，听之心已无愧。酒足饭饱，下午四时半返程。山间天气反复无常，此时却突然下起了大雨，为了不耽搁行程，及早到家，一致商定冒雨返程。张家界山区应属贵州高原边缘地带，地势自然比我们常德高一些，因而去时为上行，回时则呈下行态势，所以较之去程，回来便轻松了许多。晚八时许安全到家，全程之行一百八十公里左右，我因未至顶，手机数据因断电漏计，估计也有一百六十公里。四人皆如泥人，车无原色，腿颤手麻，此行之苦，可记丹书。微信发朋友圈，大部分人点赞之余，也有调侃讥讽者：负石上山，何苦来哉？其实，以骑行的方式亲山历水，邀风览月，追风赶雨，体现天人合一、和谐统一理念，在强筋健骨、生命张扬之中体味人生的乐趣，这哪又是非圈中之人所能理解的呢？

人生之历，亦如此行，有阳光，有风雨。人之梦想如高山，然至巅之路险难重重，非全力不为不可达，而克服内心之障尤为重要。事业如坡，既有上行之难，亦有翻过坡峰之后恣意畅放的舒爽。人生亦不尽完美，如我至半而返，总有些许遗憾。而量力而为，学会舍弃，有时亦为人生哲学之一。

尘世之悟

一朵素花就是一个禅者

一片落叶就是一种境界

人来人往方知孤独

潮起潮落才懂珍爱

不要问生活到底为了什么

你的内心是否有过片刻宁静

平淡的力量
——纪念杨绛先生

也许，一个年逾百岁老人的去世，谈不上悲伤。所以，当杨绛先生离世的消息通过快如闪电的网络传递到我的眼睛时，我并没有像这些年如汪国真、史铁生、陈忠实等我喜欢的作家去世时的难过。我很平静地接受了这个现实。几年前数以百万计的网友通过网络为先生百岁寿诞祝福时，我就知道，这一天不会太远。

是的，先生的离去，我不悲伤。但我知道，先生此去，这个世界便少了一种力量，一种叫作"平淡"的力量。这种力量是春风化雨，这种力量是润物无声，这种力量能于无声处闻惊雷，也能在不经意里化干戈为玉帛。这种力量可以如水一般随形就物，也能如空气似的无孔不入。这种力量可以穿透人的心灵，让我们在许多暗夜检讨自己的浮躁。这种力量也是一个无处不在的参照物，让我们常常在被物欲蒙蔽双眼的时候还能有一个可以参考的方向。先生以历经三朝之躯，105 岁生命长度，还有数百万字的等身之著，告诉我们一个道理，那就是淡然之心，可折万物。先生的生命、经历、人格、作品等，都像一股股从泉眼里无声冒出的涓涓水流，那么平静，那么自然，却在岁月的静水轻流里万涓归流，不知不觉便漫盈了无数人们的心间。

人活百岁需要机缘和运气，也是很多人追求的生命极限。如果说一百岁是上苍对先生的苦难人生、文学成就和人格魅力的肯定，那么后来再多出来的五年，我想，一定是老天对她超然世外生活态度的奖励。

"我和谁都不争，和谁争我都不屑，我双手烤着生命之火取暖。火萎了，我也准备走了。"这是先生百岁之际对生命的感悟。我是定达不到先生生命高度的，因为我无法做到与世无争的脾性，所以也便无法理解一个百岁老人那份灵动而平静的心境。先生闲适淡然的处世态度并不是上了岁月后才有的，在她的《我的丈夫钱锺书》一文中，有这么一段：在我住院期间，锺书只一个人过日子，每天到产院探望，常苦着脸说："我做坏事了。"他打翻了墨水瓶，把房东家的桌布染了，我说："不要紧，我会洗。"他就放心回去。然后他又做坏事了，把台灯砸了，我问明是怎样的灯后说："不要紧，我会修。"他又放心回去。下一次他又满面愁虑，说是把门轴弄坏了，门轴两头的门球脱落了一个，门不能关了，我说："不要紧，我会修。"他又放心回去。他感激之余，对我说的"不要紧"深信不疑。当初读这一段时，是对钱先生那份当了父亲之后还如此的孩子气忍俊不禁，再后来读时，觉得一个坐月子的女人，居然还能如此对待一个生活几乎不能自理还四处闯祸的男人，于是便出奇地佩服先生那种与生俱来骨子里的高雅了。一句带着微笑与温度的"不要紧"，就是这个世间绝大部分人都知道却做不到的答案。所以，当钱锺书以一句"最贤的妻，最才的女"来炫耀自己的幸福时，其实已将这种淡看世事的生活态度向世界作了推广。我想，"伉俪"一词，一定就是为钱杨两位先生量身打造的。

很多高寿老人，其实早已失去了思维能力，成了一具刻写生命年轮的躯壳。但先生在93岁出版散文随笔集《我们仨》，96岁出版哲理散文集《走到人生边上》，102岁还整理出版了250万字的《杨绛文集》，如若没有一颗敏感而超越生死的淡泊之心，料难做到。1997年，先生唯一的女儿阿瑗去世，1998年岁末，先生的丈夫钱锺书又因病去世，她说："我三人就此失散了。就这么轻易失散了。""媒体说我内心沉稳和强大，其实，锺书逃走了，我也想逃走，但是逃到哪里去呢？我压根儿不能逃，得留在人世间，打扫现场，尽我应尽的责任。"每见此文，泪水总会潸然而下。一个人精神世界的伟大，莫过于遇到困阻时还能给予他人继续前行的力量。抛却先生学者、作家身份，一个年近九旬且有着细腻情感和敏锐思维能力的老人，接连失去"一生最好的作品"——女儿和相依相扶六十三年的丈夫，内心遭受的重击可想而知。但先生知道她还有责任，那就是她要把他们之间的爱以文字形式传递给身边所有的人。于是，在她93岁高龄出版讲述一家三口温情往事的《我们仨》一书时，这个世界都被感动得一塌糊涂。

一直认为，是杨绛成就了钱锺书。如果不是杨绛，就一定没有经典名著《围城》，钱锺书这个几乎没有生活自理能力的男人，也一定会被生计困缚成一个普通的学者！传说里所谓的"女神"，大抵便是先生这样的人吧。

"懂"是爱情最好的诠释，"淡"是生命最好的注解。这两点，先生都做到了。生命既然已经圆满，便无遗憾可言，而我们，都是旁观者。只是，这个世间，从此再无先生可称。而先生所代表的一种平淡的力量，在这个欲望恣意的时代，也成为了最后的绝唱。

先生，一路走好！

（此文发表于《常德晚报》）

四季心语（四题）

　　题记：岁月无声，心迹有痕。人在不同的年纪，对不同的自然季节，会有迥然不同的心理密码。这四篇文章，便是我在不同的年岁时段，对春夏秋冬四季的原始记录和即时思感，分别作于十几岁、二十几岁、三十几岁、四十岁出头，年龄跨度三十余年，其中《夏之忆》一文，还是我发表的处女作，那时不过十五岁。现将这四篇文字集于一个大标题之下，虽有关公战秦琼之嫌，但揣摩当年写作时的心迹，倒也有几分情趣。

春之叹

人过而立，似再难浪漫起来，时间和阅历是对一个人天性最大的扼杀。十几二十多岁的时候，在这个"草色遥看近却无"的季节，感受这身温柔的阳光，加上暧昧的和风，我都会情不自禁地来一番感叹，写几首酸牙小诗刻意感怀一下。可这三四年，我居然没有为春天写上哪怕一个字。那份年少时的张狂和浪漫，早已作别于多年的谋生奔波和琐碎的生活中了。

其实，一场数十年不遇的大冰冻还未退去多久，如此唐突的春意，让还惊心于这场灾害中的人们不太适应，甚至不敢立刻接受。大街上的人们大都还裹着一身过冬的衣服，只有那些年轻的女孩，早已穿戴单薄、花枝招展了。当我向她们投去诧异的眼神时，二十多摄氏度的室外温度告诉我，其实我可以放下去岁冬天的那份厚重了。

本没想到要写这样一段关于春的文字，但今天看好几个朋友的 QQ 空间，都有关于春的文字：或诗，或散文，或就是几句没有很多逻辑关联的关于春的词句。我的嗅觉应该说是退化了，没能从大自然里感觉到春的气息，只能迟钝到从朋友的文字里来发现春天的痕迹。残酷的生活，艰辛的历程，还有一颗顽强不死的心，真的让我失去了很多的灵敏与热爱。或者，失去的，也是真正的生活。

这个季节，想起小时读书，全班同学一起齐读的"春天来了，桃花开了，小草发芽了……"那篇文章。现在儿子的课本也有如此之类的课文，只是比我们那时的更生动、更生活化了。于是想起老家漫山遍野金黄色的油菜花，这个季节，耳边全是蜜蜂嗡嗡飞动的声音；这个季节，想起那时和一帮要好的同学，骑着自行车，去爬我们县里最高的太浮山，采一把杜鹃花，屁颠屁颠而又不好意思讨好彼此心仪的女生。而现在，那曾经一起欢歌笑语的少年，早已为人父为人母，有的已多年不见，际遇境况山差海别；这个季节，想起爷爷犁田扬起牛鞭时清脆的甩响，而那个扬鞭的主人早已入土多年；这个季节，想起课堂上一大群昏昏欲睡的同学被老师罚站听课的场景，可就是站着，居然都有一个同学睡着了，一跤跌下，缝了好几针，而那个同学，早已杳无音信……

春天真的是美好的，这样的季节，每个人都在感怀，都在诗意萌动。春天是属于诗人的季节，古典名籍深处，咏春诗词不胜枚举，伤春悲秋是诗人永远的主题，每个中国人，走在路上，都会不由自主地有"春眠不觉晓，处处闻啼鸟""红豆生南国，春来发几枝""不觉细叶谁裁出，二月春风似剪刀"等咏春之辞随口拈来。春天是多情的，它会撩开人的情怀，会让人的思想活跃起来，很多美好的爱情就是在春天酝酿的。春天是给人以希望的，它向世人展示的都是艳丽、绚烂的一面。所以，这个季节，不管你承认与否，它总会带给我们一些再搏一把或再启一程，这样一些积极的影响和冲动。

颠簸漂泊了多年，终于回到长沙做了个小公司开始创业的历程。原本没有刻意选择春天，机遇既然这样安排了，就打起十二分精神，以春天蓬勃的姿态开始又一次启程吧。

春天来了，我的春天也该来了吧！

（作于 2008 年 3 月 2 日）

夏之忆

田野掠过一串光屁股的小孩，牵动了我的思弦……

我何止一次地问着夏天：你美丽吗？

树林挥着无数的小绿手，轻轻地贴在我耳际应：是，是。于是我高兴地便去寻找夏的足迹。呵，终于找到了……

清澈透底的小溪中有山伢子的嬉闹，洒着一片晶莹洁亮的水珠；

苍翠浓郁的老槐树下有古稀老人的杂谈，飞扬着阵阵高声爽朗的笑声；

幽荫宁静的板栗树林里有采菌者的倩影，刻下几行齐整清晰的脚迹；

……

也不晓得是从何时开始，我就时时翘首盼望着炎炎夏日的来临，虽然燥热，却是一个可以尽情展示一个小男孩调皮捣蛋天性的季节。

夏日，我和小伙伴成天泡在沁人肺腑的溪水中，舒服极了；

夏日，我与伢子们骑在浓荫蔽日的老树杈上，自得其乐；

夏日，我还可以乘在牛背上一起游过水塘，实在惬意；

……

我真的很喜欢夏天，尽管热烈如火。因为：

只有这样热时，父母才让我们去冲凉水澡；

只有这样热时，我才有出去玩耍的机会；

也只有这样热时，才偶尔有买冰棍的小贩串乡走过；

……

记得那时的孩提时代，我们一大群无拘无束的山伢子都被晒得黝黑黝黑的，也是光着屁股，毫无羞愧感地四处乱窜。在溪沟乱石中翻螃蟹，去杂草灌木丛中捅蜂窝，扎个猛子到水塘中追鱼虾。还有，在稀泥中打滚，弄得没鼻子没眼睛泥猴似的，惹得母亲总要费好大的气力才将我打扫干净，耳朵中还会挖出泥巴；上别人的瓜地偷还未熟的青瓜，又苦又涩的，将瓜子用水淘去照样吃得津津有味，但若是被父亲知晓了，光屁股上不挨上几巴掌那才怪呢。

儿时的童趣已是过眼云烟。如今又是夏天，我望着窗外那翠色欲流的天地发呆，也不由得笑着。于是拿起笔，以夏天旺盛充沛的热情记下了我喜爱的夏天，记下了天地之间的一切，也包括那一串已经跑得很远了的光腚小孩子的背影……

（此文发表在 1989 年 7 月 29 日《常德日报》）

秋之思

忽然想到淡泊二字，在这样一个深秋的季节里。

秋天的树叶是淡泊的，它们总是春来而发，秋至而落，年年岁岁，不迷离于春的艳丽，不诧异于夏的激情，不哀叹于秋的肃杀，更不欲望冬的梦境，亿万年来周而复始，把一个原本纷繁复杂的世界刻画得四季分明个性十足。

秋天里的候鸟也是淡泊的，它们也是伴春而至，随秋而徙，风雨无阻，不仰羡于蓝天的高远，不痴醉于山脉的险峻，不惊艳于大海的深邃，更不委屈于风暴的淫威，淡写轻描，把它们原本短暂辛劳的生命演绎得丰富多彩、淋漓尽致。

中国浩如烟海的历史深处，我们总能感觉讲"仁义"修"无为"的孟轲那睿智的目光，仰嗅"踏江而歌""上下求索"的三闾大夫那厚重的鼻息，体味"不以物喜""不以己悲"的范文正面对八百里洞庭时的洒脱，理解着"苟利国家生死以，岂因福祸避趋之"的林则徐的博大胸襟。在历史的崇山峻岭中，我们还能听到阮籍在竹林深处的低唱浅吟，看到难得糊涂的"八大山人"挥毫泼墨的憨态可掬样，亦能感受到"留取丹心照汗青"的文天祥过伶仃洋时的壮烈，还有"我自横刀向天笑"的谭嗣同那份视死如归的超脱。他们均不是因位高权重富可敌国而名垂青史千古流芳，相反都是在受到谪贬或在生命凶险时那份超越常人之心的豁达、包容与淡泊而让我们高山仰止望其项背。

于是就回到现实中来，开始咀嚼自己。生活在这样一个各种社会制度都在剧烈转轨的时代，改革的大刀总是那么不偏不倚恰到好处地落在我的头上。多数的时候，我总是以对抗的心理面对倾泻而至的暴风骤雨，即使面对其实并不菲薄的一份社会报酬，也在一旁怨天尤人，感叹时运不济，抱怨生不逢时。于是就消沉颓废，于是就自暴自弃，于是就将原来的我迷失在春夏秋冬无边的景致里。

感谢秋天，让我幡然回归。这原本就是一个淡泊的季节，也是一个回归的季节。当我沐浴在透衣而过的秋风里，感受万亩稻菽逐风起舞的骄傲与成熟时，就像一个落海的孤独泅渡者看到了远处的山岚，那是生命的乐趣啊。当我浸润在拍帘湿窗的秋雨中，品味百花肃杀之后独立寒秋的黄菊那份执着与孤傲时，就如一个初入佛门不久的小僧在某次诵经阅文时有了顿悟，这是思想的升华。如里你是真的热爱生活，就会发现，其实在这个季节每一个脉络的细节里，我们所感受到的莫不是一种洒脱、超然的美，每一朵花，每一株草，每一片叶，每一只鸟，只要是一个有生命的物体，它们都会不惧时节，不论环境，不管冬天还远不远，总是随身随性，恣意我为，即使生命行将结束，也要按部就班地跳好最后一支舞，唱好最后一支歌。

秋天，除了收获，还有回归。

（此文发表在 2002 年 10 月《企业之声》）

冬之残

很突然，便下了入冬以来的第一场雪。记忆里，似乎早了一些。以往的雪，总是温度低寒了很长一段时间后才在人们的期望中顺理成章地翩翩而来，人们也早做好了各种防寒的准备，羽绒服保暖鞋电烤炉一应俱全。这次的雪，头一天降温第二天就登门拜访了，多少让人有些手足无措。

由于全球温室效应，在江南能看到一场纷纷扬扬酣畅淋漓的瑞雪已越来越成为一种奢望，所以哪怕这场主要由雪粒积成的雪也能让人们的心悸动一回。半夜便听到风裹着雪粒砸在窗玻璃上密密的嗒嗒声，没有停歇的迹象，心里便期待着第二天放亮后天地该是一个怎样纯洁自然的壮观。也许正是在这种期许的督促下，习惯了晚睡晚起的我居然早七点便自然醒了，迫不及待猛地扯开窗帘，心想着定会有一道炫目的白光如箭一样穿透身心所有感觉器官，涤荡我的肉体与灵魂。

说真的，我非常渴望大自然给我一些猛烈的震撼，比如第一次看海，我就是坐在车上闭着眼睛，与车上其他人从远远地看到一点大海的痕迹便兴奋得叫起来不同，我直到车停在海边后才猛然睁开眼睛，当时那种浩瀚无际巨浪排空给我的猛烈冲击居然让我眩晕到无法自持，那种感觉让我仍然记忆犹新。然而，窗帘拉开的那一瞬间，心绪立马如一瓢沸水被掺进了一些冷水，兑得不冷不热了，原来由于室内外温差过大，窗玻璃上积上了一层模糊的水雾，根本看不到外面的世界，不禁自嘲地摇摇头。拭掉水雾，终于揭开入冬第一场雪的庐山真面目，却又一次与期待大相径庭，心绪的温水似乎又被加入了一些冷水，越发凉了一些。雪并不如我想象中的那么大那么厚，因此天地之间便没有了夜里梦中那醉人的银装素裹。

家处城乡接合带，窗外是一大片菜地。远远的是田野，散落着一些房子，这本是一种最适合观赏雪景的理想布景，我多么希望那是一片纯得让人心醉白得让人心慌的雪景啊。雪只是勉强地盖住了原野里的田埂、草丛，以及屋顶、路边，菜地也只是菜叶上积了些雪，那些树木啊，水塘啊，路的中间部分啊都安然无恙，所以感觉天地就成了黑白两色，在雪的白色衬映下，草的枯黄色、树的绿色、墙体的灰色等似成了对立的黑色，极其分明。一夜之间，天地似乎是换上了一件花马甲，还是时髦的，露胳膊露肚脐眼的，按下葫芦起了瓢的感觉。因为主要是雪粒形成的积雪，因而映射的雪光就显得坚硬一些、呆板一些、刻意一些，没有那种以往记忆里如絮雪花形成的积雪来得柔和，来得妥帖，来得自然。似一篇文章只为应试而作，而少了作者的率性与本真，如一幅画作只为应景而绘，而少了画家本应的灵性与内涵。这场不成形的雪，也许便是月里嫦娥认为冬天到了，该给人间下场雪了，于是就轻舒广袖聊作差遣，因而便少了本应的铺垫与酝酿，匆匆地应了人间之愿，而不管效果如何了。看着窗外这场发育不良的雪景，心里原本堆雪人打雪仗的冲动也偃旗息鼓了，于是拉上窗帘，复又上床，趁着天冷，独个儿享受热乎的回笼觉去了。

也许，这世界就是这样，很多人做事情便如我看这场不成形的雪景一般，开始总是张扬着满满的希望，将一切设计得非常美好，但后来慢慢地就会在冷酷的现实面前低下高昂的头颅，最后归于正视现实，选择合适的生活目标。生活是真实的，现实总会与理想有一段差距，正确的心态，会让这段差距变小，正如可以将一场不成形的雪想象成嫦娥姐姐的差遣之作一样，这也是风景；而失衡的心态，便会让这段差距越拉越大，最后被残酷的现实击碎。

（作于 2014 年 12 月 16 日）

一个人的狂欢夜

西方文化的入侵，迅猛而夫奈。一个圣诞节，已成了当下年轻人恣意放肆的一个重要节日，甚至比春节有过之而无不及。随着夜幕的降临，圣诞节换成了另外一个名字——狂欢夜，更是直接就掀开了很多人最后一条束缚身心的底裤，简直就放浪形骸了。看，就连今冬的第一场雪也耐不住憋了一年的落寞，在夜色的掩护下无声无息地悄然而至。雪花虽不大，雪粒也不密，但飘飘扬扬、窸窸窣窣，终归还是标上了冬天的符号。

接回下晚自习的儿子，给他做了点吃的，催着哄着让他睡去了，想必这时已进入梦乡。偌大的房子，便是我一个人自由的空间了。年纪相仿的朋友圈子，早没有多年前有事没事找着由头唱歌呐喊的洋溢激情了，诸如此类的舶来品节日，在我们这个年龄层本身就不太具吸引力。只是桌上手机的信息声时不时地响一下，打开多是熟人朋友关于圣诞节快乐的二手短信。习惯性打开电脑，发现朋友们的微信或QQ签名大都改成了与圣诞相关的内容，看来在这点上，我是愚钝了一些。

就这样，我把一个原本应该是推杯换盏声嘶力竭的夜晚，变成了一个人孤灯冷火清寂闲适的独处时刻。有些人以为我是一个爱闹腾的饶舌鬼，其实动静之间我是喜欢静多一些。尤其是这几年随着年岁的增长，心境慢慢趋向平和，静谧的子夜，居然已成了我每天生活里最享受的一段。

一个叫作"狂欢"的夜晚，一个人独处，在形式上似有着极大的反差，放在写作上，就是主题不符。不过我以为，形式上的背道而驰，并不代表内容上的南辕北辙，一个人的狂欢，或许比很多人在一起的狂欢来得更加狂野奔放。没错，一个人也是可以狂欢的，只是这种狂欢的表现形式，不是肢体上的夸张或语言上的不羁，而是思想上的无拘无束，信马由缰。人的奇妙在于思想，它可以不受时间与空间局限，在无声无息中可让一个人喜怒哀乐。它能够让你富有，也能够让你贫困，可以带给你高贵，也可以送给你卑劣，有时可以让你上天堂，有时也可以让你下地狱。它能像神话里的捆仙绳一样绝对控制你，甚至你的生与死也只是在它的一念之下。有的人习惯点一支烟，有的人习惯泡一壶茶，我习惯于惬意地半躺半靠在沙发里，打开了一个人狂欢的总开关。半合双眼，似也没有刻意地要想些什么，只是想放松一下既有情绪，但是思想的触角就会不受控制地四处蔓延。

我来到了童年时代，和一大仗差不多大的玩伴们风一样掠过山湾里那片带给我们无尽快乐的田野，在田头水沟里摸鱼挖蟹，在水塘里翻滚嬉闹扎猛子，在公家保管室前的晒坪里打抱抱架。我看见了三十年前那些小伙伴们的笑脸，我听见了他们银铃般悦耳的笑声，我看到了自己在那群满身是泥巴的孩子里尽情奔跑放肆玩闹。我找到了多年前最本真的快乐。我又来到了读书岁月，正和几个要好的同学在道水河边的梧桐树下追赶，一会儿又饿鬼出牢一样地奔向饭堂，一会儿又瞥见了某个心仪女生的扭头一笑。我看见了自己，就倚在那栋旧教学楼三楼临窗的座位上，在落日的余晖里聆听那个早已去世老师悠扬的笛声，或者在下午第一堂课前的读报时分，扬扬得意地站在讲台上，给全班同学朗诵刚刚完成的某篇现在看来并不成熟的小说。我找到了年少轻狂无知无畏的自己。

镜头一跳，我又站在了桂北峰峦深处军营的大操场上，听见了未散的夜幕里那嘹亮的军号声，看见了同样十八九岁生龙活虎已天各一方的战友们，甚至我还看到了那个因触电身亡浙江籍的新兵同班战友，我在气喘吁吁绕着飞机场越野五公里，在使尽最后一丝气力爬上那个可恶的壕沟。我又找到了热血青春豪气冲天的我。突然，我看到狂风大作，接着一场暴雨铺天盖地席卷了东莞某个繁华的城中村，一个已成落汤鸡般送外卖的瘦长青年吃力地踩着破旧的自行车，我能看见他无助憋屈的泪水在雨中肆意喷洒，我能听见他淹没在风雨之中撕心号啕般的哭声。走近了看清了，才发现那个人就是自己。我又找到了艰难谋生路上狼狈不堪的我。忽地一下我到了广州，看到自己打工时手持对讲机站在那个热闹非凡的布匹批发市场工作岗位上的情景。哔的一声我又到了西安，看到自己在创业路上疲惫不堪奔波的身影。我看到了三十年前爷爷那张沟壑丛生而又倍感慈祥的笑容，看到了二十年前那个少不更事的我乐此不疲参与群殴的场景，看到了十年前出差路上车祸现场那个逝者血淋淋的双手。我看到了自己曾经的雪中送炭，也看到了自己曾经的落井下石。是的，我还看到了自己的荣耀和卑微，也看到了自己光亮和不齿。

一个人的狂欢，心便是一个混沌的战场，没有对错，没有束缚，没有功利，没有指挥，没有纪律，没有方向，思绪里一切的事和人，像一群不计其数受惊后的野马，有听不见的咆哮看不见的奔腾止不住的悲欢抹不掉的擦痕。甚至有时似有人捏着一把锋利的手术刀，帮我一层层划开经年缠裹的世故和老成，喷溅的血花映红了整个思绪的背景板。我能感觉到自己的灵魂在黑暗中无羁无绊的飞奔，也能触摸到自己的生命在一个未知的空间里没有规则的胀缩。时有微笑，是因为生命一路有无数的快乐细节。时有泪溢，是因为人生经历里太多的人与事让我感动。这个夜晚，没有人惊扰，我狂欢在自己的世界里，思绪如海潮般翻涌不休，仿若随时都有心事溢出肉体的胸腔。甚至有时，我感觉自己在这样的时刻又重新成长了一次，或者是，重生了一回。

很多时候，人得学会孤独，孤独可以让人清醒，孤独可以让人升华。人太多的时候，我们很容易失去判断，也便容易失去自我。人是孤独地来，也是孤独地去，享受孤独，也便是享受最本真的生命。孤独而不寂寞，也许是生命的另一个层面。

不惑来敲门

四十岁！曾经是一个特别遥远的人与数字的结合符号，谁知说到就到了。不管喜欢与否，也无论接受与否，四十岁！这份生命予以无可抗拒的礼物，就这么在岁月蹉跎星月流转里送到了我的面前。伸手去接，诚惶诚恐，好像这根本就不应该是自己的一份礼物似的。想当年的孩提时代，看着四十多岁的父亲胡子拉碴模样，觉得人该要经历怎样的沧桑才能老成那个样子，根本无法想象或者压根就没想过自己也到四十岁的样子。而此刻，再过五十一分钟，我便告别了三字打头的年代，却没感觉到怎样的沧桑与沉重。时间，更多的时候像一间温室，不知不觉浑浑噩噩里，便已物是人非沧海桑田。

以现今物质医疗条件计，人的生命应该在八十年左右，因此，人生四十便成了生命的一个重要节点，从生命长度的范畴来说，如果可以将人的一生视为一次爬山之旅的话，那么之前的我一直处于向上攀爬的姿态，而明天起，我就要走在下山的路上了。孔子说"四十而不惑"，意思是说人到四十岁就活明白了，不过那是建立在他那个生活和医疗条件与今天都不可同日而语的时代。那个时候，人活五十已是高寿了，四十岁就是活不明白也该揣着糊涂装明白了。其实，人一生都在与困惑同行，也应该与困惑相随。生命是一道有着无数答案的几何题，意义与乐趣就在于不停地探究下一个答案，不到人生最后一刻，你就永远不知道生命还会给你怎样的回答。如果真的觉得自己活到了什么都明白的程度，那人生还有什么意义呢？比如此时的我，就感觉稀里糊涂一头雾水，好多事情都还没有弄懂，怎么就人到中年了呢？好像人生历程里还有很多应该展开的东西没有铺开，怎么就天狗吞月似的被吞掉了一半的生命？究竟，时间都去哪儿了？

男人四十，象征更多的是一种责任，甚至还有一份沉重。我不知道怎样来评价自己的前四十年，或者应该怎样给自己的前半生做一个总结。实际上，自己评价自己，自己总结自己，总会带着主观因素，最终难免不会成为一种自我标榜，甚至会沦为笑柄。只有时间，才是真正的唯物主义者，最终会给所有的人一个最为客观的"墓志铭"。四十岁的我，谈不上成功，但也说不上失败，不能说是精彩纷呈，但也算是丰富多彩。四十年里，苦，我吃过，而且是那种大悲大痛的苦；甜，我品过，而且是那种甘怡透心的甜。四十年里，我曾受人恩惠，在迷霾深雾里找到人生方向；也曾授人玫瑰，在社会熔炉里升华了个人价值。四十年里，委屈过，荣耀过，迷茫过，清醒过，疯狂过，冷静过，疲惫过，旺盛过，顺利过，坎坷过，诸多生命的元素，我似都过电般地触碰过，或遍体鳞伤，或身心愉悦。

生命有四季，季节有轮回，四十岁就是生命的立秋日，春花灿烂已作廊桥遗梦，夏日葱郁亦不可复，好在，秋天应该是一个绚烂与饱满的季节，也许，还将会有这样那样的收获。这样想想，似便释然了许多。生日更多的时候是一种标志，也是一种痕迹，只不过四十岁的标志招摇了一些，痕迹深了一点。四十岁应该是一个人生命的分水岭，特别对于男人，其实是到了一个很尴尬的年龄节点，有时感觉就像在沼泽地段撑一条木筏，前行吧，阻力重重前路难料；后退吧，前功尽弃绝无可能；停下吧，孤立无援死路一条。想说年轻？儿女都开始进入青春期，在他们眼里，我们已是经风历霜的古董，思想守旧难以沟通。说老了吧，却还对人生有着顽童般天真的幻想，生活里还有着恣情洒脱的处事风格。四十年的人生跋涉，我们都有了各自的事业、家庭，也许还有名誉、地位、金钱等等，然而不论你位高权重声名显赫，还是默默无闻平平凡凡，不论你是富甲一方牛气冲天，还是仍在为生计四处奔走，这四十年生活给予我们最大的感受都是一样的，那就是我们都切身经历的一万四千多个日日夜夜的每一分每一秒。

我相信你们都如我一样，曾经哭过，也曾经笑过，有欣喜若狂的时候，也有烦恼不堪的时候，有过一次次跌倒时的狼狈，也有过一次次爬起来时的骄傲。这一切都消融在已逝的分分秒秒，凝化成甘泉雨露，汇入了我们生命的长河之中。我们要感谢父母，因为是父母予以了我们肉体凡胎生命的馈赠，给了我们无论快乐还是苦难的基本前置条件，让我们有机会以一个人的身份来品味生命滋味。感谢岁月，因为只有岁月才是最公平无私的，让我们的记忆丰润，让我们的人生厚重，让我们走了这么长的路，遇到了那么多的人，经历了那么多的事。我们还要感激自己，因为四十年来我们都对自己不离不弃，勤勉对待上苍给予我们的各种恩惠，亲手绘制了自己的人生彩卷，精彩也好，失意也罢，毕竟都是自己亲力亲为选择的道路，庆幸也好，悔怨也罢，毕竟自己当的是主演。

不惑之年，我来敲你的门了！

生命的天空

又一个同学走了！永远地走了！再也不会回到这个喜怒无常的人间。

走在了清晨朝阳正要将温暖的焰芒铺洒大地的激情时刻，也走在了生命花朵本应正要迎风怒放的青春年华。

然而，熄灭了。那一瞬间，将最后那抹隐约的光焰收进了迷离的气息，微微合上了已然疲倦不堪的双眼，用决绝的冰冷与无限的依恋舍弃了这个世界。

然而，凋零了。像一只高高飞飘半空的艳丽纸鸢，只一阵无端袭来的狂风，便无助而缥缈地消失在了面无表情的天空，再不会有半分丝毫滞留过的信息。

低眉垂眼，心中暗忖，已不清楚这是我那届高中同学里英年早逝的第几位同学了。恶魔一样的疾病，突如其来的灾难，将一个个熟悉的身影停留成戛然而止的音符，将一个个温热的名字冰冻成寒意四起的追忆。

他们都曾那么鲜艳饱满，他们都曾那么青春张扬，他们都曾那么激情如飞，他们都曾那么洒脱骄傲，他们都曾那么亲密无间地和我们拉过手说过话，他们都曾那么快意如歌地与我们一起徜徉在道水河畔的梧桐树下。

同学！同学！亲爱的同学！不知不觉，走过以同学相称的日子已逾二十年，文塘路口，道水河边，一起挖掘的荷花池，一起翻过的铁栏杆，一起的铝盆饭，一起的开水房，一起的喧嚣狂躁，一起的冷眼迷茫，一起听的蝉躁，一起闻的蛙鸣。共同的记忆深处，共同的年少轻狂，那么鲜活，那么明晰，那么远，却又那么近。

我们都曾拥有一样的生命天空，都在这片天空里挥写过快乐与忧愁。可是生命，在病魔与灾难面前却那么脆弱，脆弱如飓风旋涡里一根微不足道的纤草，脆弱如大气层中一粒可有可无的尘埃。我们没有力量！没有力量！！没有力量把你们拽回来！

一张张纤毫毕现的面庞，一帧帧犹可怀想的往事，一声声如索耳际的笑语。封存了，就这样永久地封存了。我们无法用语言，因为语言对于远去的你们来说太过苍白，我们也无法用行动，因为所有的行动对于了然青烟的你们来说只是种矫情，于是我们只能在心里，用一捧捧相识之初纯净得没有任何杂念的友情彩泥，把你们封存在记忆深秋的陶器里。而那些黄叶飘零的无奈，那些南归鸟儿的呢喃，便是我们的守护，便是我们的纯爱。

庆幸，我们比你们幸福。庆幸，我们比你们幸运。我们还能在生命的天空下享受那一段段珍贵的阳光，我们还能跑，哪怕有时跑得很累很别扭；我们还能笑，哪怕有时笑得那么勉强那么无奈；我们也还能呼吸，哪怕有时吸进呼出的空气带着污浊的味道。生命的天空里，我们还能找到那抹生命的蓝。

走了，真的走了。如夕阳，收拢了最后那抹淡若游丝的余彩。于是，那些共同的青涩年华，我们用当年的懵懂将你们永久收藏。也许，在今后每次同学相聚的日子，我们会用沉默将你们忘却。抑或，也会用醋醉将你们的笑颜打捞。

春节七天记（微散文）

第一天：关于过年

人过不惑，对过年居然有了些许抗拒。但"年"这个被老祖宗赋予了太多含义的东西，不管你喜不喜欢愿不愿意，还是不卑不亢地如期而至，让每个人都不由自主地"碾"入其中。

年是什么？有人是期盼与欣喜，有人是逃避与无奈。有人是一份乡愁，有人是一种守候。有人是一张返程的车票，有人是一个遥远的祝福。年，其实就是一种感觉。

很怀恋物质生活并不丰富的年代，几筷子喝喝糖、一个烤得乌漆麻黑的花儿粑粑、五毛钱的压岁钱就能让人幸福一整年的那种纯粹的"年"。时代的发展，各类聚会、酒局牌局、迎来送往、手机电脑等新元素充斥了年的过程。有人说，这是文化的溃败，有人说，这是人类的进步。我不知道，二者之间的那个"度"在哪里？

传统与突破，坚守与颠覆，一直都是这个世界的主题。包括"年"这个传说中的神兽，也无法幸免。

第二天：关于聚会

就像中国大妈的广场舞一样，地球人也无法阻挡聚会在过年期间的恣意蔓延，特别是随着微信这种高科技交际方式的出现，连幼儿园同学都有了聚会。各种聚会都会在过年前后几天疯狂扎堆，充斥每个角落。如我，从同学会到战友会，从文友聚会到球友骑友聚会，同学又有高中初中同班数个品种，文友会又分诗歌散文县内市级等，掐指一算，已参加和还要参加的聚会居然不下二十个。天南海北就这几天，哪哪都得应付，或主动或被动，忙死宝宝了。

聚会就是圈子，圈子就是感情。物以类聚人以群分，每个人都有自己的生活圈子。圈子里，有人导演有人演戏，有人积极有人盲从，有人纯粹联谊有人怀揣目的，有人如鱼得水，有人坐立不安，有人只是刷刷存在感。很多时候，这些聚会的圈子决定你生活的质感和层次，往往也是一个人社会阶层的直接反映。猫猫狗狗都有几个玩伴，我们就这样自觉非自觉地被各类聚会圈住，在随之而来的酒局牌局中或快乐轻松，或身心疲惫。

古往今来，我们就在这种形式里人聚人散，更新换代，见证着人情冷暖，也见证着兴衰往复。

第三天：关于春晚

老实说，今年的央视春晚乏善可陈，几无亮点，但不影响这三十多年成为一种习惯。主持人换了一拨又一拨，超生游击队、千手观音、小虎队重聚、刘谦近景魔术等一些经典作品伴随在我们成长的路上。每年春晚，总有一些人因此走红，总有一些歌，因此耳熟能详，总有一些句子，因此成为流行语。老百姓生活越来越好，对春晚的要求也就越来越高。每每满怀期待，却总是差强人意。春晚的受众面很广，众口难调。但这并没有影响到春晚的收视率，因为春晚，早已是一种习惯！

春晚的一些习惯曾经根深蒂固。习惯朱军字正腔圆的拜年；习惯冯巩满脸喜气地告诉大家：我想死你们了！习惯每年在一曲《难忘今宵》的旋律里又告别一年！

时间飞逝指间，人已不再少年颜。好在，还有春晚的陪伴，还有每年零点时刻春晚的祝福。如果说春节是中国人的传统节日，那么春晚便是中国人传统节日里的传统节目，是年夜饭里不可或缺是一道主餐，是除夕之夜不变的习惯！

成也习惯，败也习惯，我们就是在这些习惯里慢慢长大，也在这些习惯里慢慢老去。

第四天：关于拜年

交通、通信工具和方式的突飞猛进，对传统习俗是毁灭性的打击。老话"初一不出门，初二走丈人"，现在还有几个人恪守这些祖训呢？车快路宽，小轿车屁股哈着白烟，大年初一才一天下来，轻舟已过万重山，大半亲戚家已拜完年了。比如我，除了周边亲戚，初一一天还跑了慈利、新安几家，行程一百多公里，真是一日看尽长安花啊。

于是人们就很怀恋过往的那些日子。那时父母的兄弟姊妹都多，七大姑八大姨，加上表亲姊妹，一个正月下来亲戚还没走完，所以就有了"有心拜年，端午不迟"之说。那时拜年每家基本上是要过夜的，平素难见的，不管堂的还是表的姊妹兄弟们到了一起，彻夜围着火塘拉家常玩乐，两饭鼓瓜子花生加煨得香喷喷的一沙罐茶叶蛋就能打闹大半夜，临睡觉时床铺不够，就地上滚几床棉絮一垫打连连铺，再回到家里基本上就要开学了。

说实话，那时候的亲情的确要比现在浓郁得多。现在的拜年成了一种浅尝辄止的礼节性行为，甚至是迫于无奈，手机与非亲情关系的聚会成了过年的主题。社会的进步是把"双刃剑"，丰富了物质的同时，也摧毁了很多传统亲情。人也是这样，一方面心安理得地享受着今天便捷而丰富的物质生活，一方面又念念不忘过去那贫瘠的时代。好了伤疤忘了痛，端碗吃肉放碗骂娘，历来为人之劣根，古今如此。不过也好，还有人记着过往，也有人还能骂骂咧咧，不然我们的根在何处？痛点何在？

第五天：关于岁月

昨天去慈利县给年已八十六高寿的大姨娘拜年，相较去年春节，大姨娘无论身体状态还是精神状态，明显衰弱了许多，心里一阵恓惶，才一年时间啊。今天又在二姨娘家碰到一个比我大不了几岁的老表，旁边坐一高帅小子，问之，"我儿子辉辉啊，你不认识了？"就以前那个小不点的鼻涕虫？心里一阵惊叹，这才几年没见呐！

一年又一年，这里的"年"一定指的是"过年"。只有过年的时候，我们才看得见岁月的痕迹。平素天南地北各忙东西，春节期间才有机会碰到一起，很多亲戚甚至多年难见一面。特别那些孩子，在外读书工作，几年一过，见面连认识都难了。经常听父母讲老家的谁谁结婚了，心里却只能想得出他们几岁时的模样。又说谁谁过世了，脑海里浮现的却是这个人年轻时威武雄壮的形象。有时真没承想，自己也年过四十了，华发已生，面生老相。当年父亲这个年龄时，我们那时觉得是一个遥不可及的年纪。也许，只有看到他人的衰老或者长大，岁月的无情的才会被最大限度地放大，我们也才找得到自己在时间里的定位。

　　一年又一年，光阴就这样无声而残酷地吞噬了我们，无论你荣华富贵，还是穷困潦倒，最终都抵不过时间的轻轻一击。公平莫过光阴，正义唯有岁月。

第六天：关于颓废

　　人都有惰性，过年就是给自己懒惰的最好理由。决心、计划、高雅、气质，遇到过年都是浮云。喝酒打牌，熬更守夜，嗨歌吹牛，美女们的减肥计划宣告失败，我的每天纸质阅读两小时的决心也像段誉的六脉神剑，时有时无。反正，一切看上去都散漫无边，毫无节制，整个社会进入一个慵懒、随意的状态。传统文化的力量是无穷的，足以摧毁所有国人的心智。

　　自放假之后，儿子的生活就进入放任自流的节奏，过年这几天就应了"无天管无地收"的老话。上学期间，每天早五点半起床，晚十点多回家，十几个小时待在学校，学习生活规律精确到分钟，定然辛苦。所以，面对孩子成天手机电脑、邀朋聚友、三更归晌午起的紊乱现状，也只好采取睁一只眼闭一只眼的态度。即使仅有的一点提醒，也在自己无法做到以身作则的前提下，变得毫无作用。过年其实就是中国的全民狂欢节，在这种每个人都被裹挟其中的情况下，很难有人独善其身。

　　于是，颓废就顺理成章，而且也心安理得。找客观我们常常理所当然，而内心的坚守，在诱惑面前，往往不堪一击。

第七天：关于人生

　　急吼吼、闹哄哄的春节假期行将结束，全国各地的人群像一群群迁徙的动物一样散向北上广地区，疯狂的交通拥堵成为新闻与朋友圈主题。

　　来也匆匆，去也匆匆，是数以亿计国人过年的主旋律。回家的期盼与欣喜还在眼前，转眼又将背井离乡天各一方。过年的各种应酬虽然累，但累并快乐，那也是人生的另一种享受。很多时候，我们需要用这些近乎于自残的方式来表达，或者宣泄自己的情感。而我们的很多东西，比如传统礼仪、老规矩、抚思先祖等，也正是在这种状态之中得以传承，薪火相传，生生不息。

　　其实过年的过程也如人生之旅。每个人都是在众人的期盼与欣喜中来到人世间，生命的长河里充满了很多的努力和负累，同时也享受了些许的快乐，而最终我们又会在各种不舍与遗憾中归尘归土阴阳两处，匆匆完成人生使命。

　　过一个年，就是一次人生的微缩演出。

闲言碎语（微散文）

题记：社会进入微信时代，自媒体成为一种趋势，我也一样被裹挟其中。四面的走动里，常有一些触动人心的听闻，随手的感悟之记，是一个人当时最真实的心境之语。选一些即时记录发朋友圈的小文字，叫百字文也罢，叫微散文也好，不过是一种形式。重要的，我还有能被一些东西感动的能力，也还有能站在一些事情的背后独立思考的能力。

晨雪小记

清早，去文家乡接今天给孩子做讲座的宋老师，不经意地，与今冬的第一场晨雪不期而遇。车行乡间小路，调皮的雪花箭镞一般迎着车窗跑过来，贴在玻璃上才眨了一下眼，不懂风情的雨刮器就把它们轰得不见踪影了。

去时，雨润衰草，期期艾艾，回路，已是白发满头，冬意寒立。人亦如是，前行但见一片蓬勃湿润，满怀的期冀，归途却已愁白华发，心里冷意四罩。不过，冬衣已添，春便不远。温暖，总也会在不远的地方，就像孩子们可爱的笑脸，就像智慧和知识，给人以生生延续的梦想！

悟水张家界

张家界的山已名动天下，于是人们就忽略了张家界的水。其实，如果没有这些飞瀑碧潭，清溪浅流，这里的山就不会如此灵秀妩媚，神韵魅惑。

没有水的风景是死的，正如没有水的生命只有一堆物质一样。很多时候，我都想自己是一挂飞天流瀑，或是一股无名暗流，要不是一眼安静无语的石间小潭也行，转角之处，或击石化珠，或浮光掠影，或浮叶如思。无人知我来处，亦不问我意欲何方，自由挥洒，独辟蹊径，亦柔亦刚，或急或缓。而一些来自黑暗里的忧烦，还有一些不愿示人的沉重，都能在这种时流时新、水过无痕的自我救赎里，涤洗由心，化为无形。

致敬科比

科比以一场史诗般单场六十分的胜利，完美地结束了自己二十年的职业生涯。

看了近三十年NBA，有科比的日子就有二十年。看着他从一个天赋、青涩、争强斗狠的高中生新秀，通过一场场比赛，成长为五届总冠军得主、几届常规赛得分王、常规赛和总决赛最有价值球员等荣誉等身的篮球巨星。虽然，科比在我心中最喜欢的球星甚至排不上前五，在媒体炒作的"乔丹接班人"话题中我也一直不觉得有可比性，但他的坚韧、执着、对胜利那种拼尽全力的渴望，特别是跟腱断裂后还坚持完成罚球的那一幕，确实一次次感动过我。

今天，英雄转身，传奇落幕，回首那些翘班看球的岁月，回首他曾给我带来的那些热血沸腾、青春无敌的日子，还是难免唏嘘，不管他曾有怎样的话题，还是配得上"伟大"一词。

感谢你，让我的年轻与你一起飞扬！感谢你，在我也渐渐老去的人生里有你作陪！告别你的峥嵘岁月，也祭奠我的青春年代！

饮茶小感

茶分两盅，缘而并立。一路相伴，亦情亦亲。人生安然，岁月静好。苦乐留痕，不语亦知。茶色入眼，通透匀醇，淡淡自调。茶味入口，清冽回味，香雅于心。茶莲留底，素心静安，苦甘不言。茶映氤光，浅弯似笑，含而不答。生命之河，走向无定，缓急不测。缘之峰岭，侧横难一，低高由天。心存感谢，笑哭有你。珍重各心，无关风雨。云幻揣测，以记而怀。

老屋的废墟

出门几天，再回来时，生我养我的戴家湾老屋已是一片废墟。这座老屋，我朝夕相处了十八年，可以说是我的根，我的魂。父亲退休后又回到老屋居住，我便也最多不超过三天回老家一次，我的儿子，也由他爷爷在这间老屋一手带大，八岁时才由我带到县城读书。所以四十一年来，我实际上没有离开过这里。自从几年前列入工业园征拆范围，我知道迟早会有这一天，但真的面对此情此景，仍然免不了唏嘘。

从破碎的砖瓦堆里翻出多年前送给侄女的一个布偶，再在儿子八岁前留在这里的奖状墙和刚学会写字时在墙上的涂鸦留个影，权当留恋。但是，我知道，很多东西，再也留不住；很多地方，再也回不去。

三人行文学社津市采风小记

初冬时节，似阴还阳。三人行邀，幸而小慌。四县文友，幼长一堂。方家接地，我辈榜样。新人谦恭，势如朝阳。老友新朋，互拉家常。弹丸新安，因文而狂。

此行不虚，凡心涤荡。内容丰富，颇具周张。诗歌交流，堪比晋唐。歌舞助兴，和乐融祥。京胡书法，高大且上。小观园里，怡情舒膛。远赴津市，亲历芦荡。泛舟澧水，众心旌扬。嘉山姜女，千古传唱。一行当醉，如饮琼浆。

一衣带水，澧水流长。三人行里，文聚四方。社长宏波，才溢倜傥。组织精细，大家担当。文因有汝，幸而荣光。片记小文，以答衷肠。

病房小叹

父亲重病，医院陪护。第一次在病房看 NBA，感觉很纠结。一边是一群地球上最强壮的人在激情四溢地表演，一边是几个被迫接受医生随意摆弄的老者。而许多年以后，荧屏上这群今天看起来无比强壮的人，也定然会渐次加入这些弱不禁风的老人行列，而这些此时在病痛面前毫无尊严的老人们，也一定在回想他们当年葱茏活力天地任行的峥嵘岁月。

而造就这一奇妙乾坤大挪移的魔术师有且仅有一位，它的名字就叫——时间！

英　雄

正月初八，和父母一起给戴家老前辈松爷爷拜年。八十多岁的老人，是一个抗美援朝老兵，历经了无数生死。老人家患有哮喘、肺气肿等病疾，但在我的怂恿下，还是兴致盎然地说了一些往事。听老人家亲述雄赳赳、气昂昂跨过鸭绿江的烽火岁月，感受老一辈激情燃烧的青春年华，现身体味今天生活的来之不易，心里的敬意油然而生。

英雄，不是高大全，不是严慈宽，不是说教，不是样板，而是不经意里的那些感动和震撼，哪怕他坐在角落里也能让你仰视，哪怕他上气不接下气也能让你心起狂澜。那么平凡瘦小，甚至有油尽灯枯的感觉，但每一句话，却似雷霆万钧，足以让一切渺小，也足以让一切生动。

窗外的鸟

　　清晨未醒，梦里有成片的森林，还有悦耳的婉转之音，如天籁，从这段树梢跳到那段树梢，真实到无以复加。迷瞪中睁开眼，瞥见有光亮自窗帘缝隙侧露。喔！天亮了。定神，而婉转依然，还真不是梦。侧耳，听细了，知是鸟鸣。声音那么近，那么真，近是那种我从未感觉到的近，真是那种我从未体味过的真。我想，定有一只鸟，此刻就在我的窗台上。一层玻璃，一层帘幔，让它以为那里是自由的天堂。

　　我突然想认识这只鸟，为它的快乐，也为清晨的这份缘。

　　轻翻下床，蹑手蹑脚地踱到窗边。不敢掀开紧闭的窗帘，那必然会惊扰了这只鸟沉浸其中的幸福和快乐。幸福与快乐本就不是人类的专利，每一个吸天地灵气的生物，都拥有享受美好生活的权利。极轻极缓地用指尖牵住帘幔，几乎在不造成任何动静不发出丝毫声响的小心里，将帘与窗间的缝隙挑得稍大一些，只要放行一只眼睛的目光即可。喔！我看见了，这只可爱的鸟儿，这只快乐的精灵。

它就那么自信地站在我窗台的正中央，像一个风姿优雅的演员，把方尺窗台当作了它独拥的舞台。黑白相间的羽毛流溢着自然精华的光泽，细长灵动的尾翼跳跃着欢快轻盈的节奏，小小的脑袋微微侧着，胸腹部的细羽因为气息的流动轻颤闪动，那些气息在它的胸腔腹腔喉腔口腔经过复杂的精细加工之后，便变成了这声声悠扬悦耳的婉转天籁。晨曦，珠露，草木，是它忠实的观众。它清亮地唱着，一声接着一声，高低急缓纯熟天成，仿若一名知名的歌者，正用最深情的演出回馈所有的朋友。我甚至能听到，在它每一曲鸣唱的间距段，有它无数的粉丝报以的欢呼。

呵，这是一个怎样神奇的场景？一个人，一只鸟，彼此的直线距离不足十厘米，我从来没有如此近距离地看到一只未经驯化的小鸟，一只完全自由的鸟，莫非这是上天赐予我今天的一份特殊礼物。而这一切，仅仅是一层薄薄的玻璃，还有一层轻幔，就成全了这份可遇不可求的神奇。而这只鸟，许是太忘情了，许是太投入了，它哪里会想到，在如此近的距离里，有一对偷窥的眼，可能会随时惊扰它的演出，还有一双恐怖的手，可能会随时危及它的安全。我努力地屏住呼吸，生怕它发现我的不端之行。我不愿意给它带来丝毫不安，哪怕它只是一只鸟。今天，它是我的欢喜，是我的精灵，也是我的际遇。它是大自然精妙的一次安排，也是生命里应有的一次机缘。看着它曼妙的身姿，听着它激情的演奏，心里突然就有了某种感动，许多的纠结，一下就释然了。我不忍于对它这种无形的惊扰，于是就轻轻地合了窗幔。我知道，那一刻，冥冥间，我和这只鸟就有了交织，有了牵绊，有了共鸣。或许，以后的每个清晨，我都会想起这只鸟，想起这份神奇的际遇，想起这声声的婉转是怎样打开了我病疴的心扉。

机遇就是这样，是努力付出与生存环境的天然协调，很多时候无法强求。生活是现实的，并不是每份付出都有想要的回报，环境有时起着决定性的作用。所以，哪怕是一只鸟，也要落在合适的窗台。因为你不知道，藏在生活薄窗轻幔后面的，会是一双双怎样的眼睛？而这些眼睛的主人，又会拥有怎样的胸怀？

读书，给你亮丽的人生
——临澧县第三期少儿读书活动及"黄细亚奖学金"发放仪式发言

4月23日是"世界读书日"，虽然过去了两天，但我们今天仍然能感受到浓浓的书香气息。其实对喜欢读书的人来说，每天都是读书日。而全民阅读也写进了李克强总理所作的政府工作报告。今天，作为一个也喜欢读书的我来说，非常愿意借这个机会和大家分享一些关于读书的感受。

第一点要分享的感受是：读书使人强大。一个人的真正强大，莫过于精神世界的强大，精神不垮便可战无不胜，这就是我们祖先所说的"腹有诗书气自华"，我们现在的人叫"气场"。我们图书馆这句高尔基的名言"书籍是人类进步的阶梯"。也正是告诫我们这一点的。从个人来讲，一个人从无知到有知，从知之甚少到知之较多，无不是通过阅读获取知识。我刚才说到的高尔基，幼年家境贫寒，父亲早逝，由外祖母养大成人。他11岁就出外谋生，做过学徒，做过帮厨，做过脚夫，做过木工，做过园丁，做过面包师等等，但他从未放弃过学习、读书、写作，并且最终成了苏联社会主义现实主义文学奠基人，无产阶级革命文学的导师，还培养出了整整一代的俄国——当时称作苏联的作家，我们中国很多著名作家，包括我们临澧县的著名作家丁玲，都曾受到高尔基作品的影响。从整个人类来讲，如果没有书籍，那么人们就不会了解历史，就不会懂得科学，说不定我们还过着茹毛饮血的日子，每个人只了解巴掌大的一块天，不可能像现在这样上网、聊天，打手机、发短信，出门依旧是两条腿走路，不会享受四个轮子的汽车，两个翅膀的飞机了。像今天代表获奖同学发言的小桔灯学员刘筱涵同学，昨天晚上我看到她的父亲在得知女儿获得这次活动的一等奖后，发了一个微信，里面是这样一句话：一个人的精神发育史，就是一个人的阅读史。其实，除了个人，一个民族，一个国家的精神发展史，同样也是这个民族，这个国家的阅读史。中国的唐宋元时期，诗词曲盛行，文风浩荡，国力也自然立于世界之林。清代大兴文字狱，国力衰败也在情理之中。欧洲自十六世纪开始的文艺复兴运动，也造就了欧洲几百年持续高速发展的基石。一个家长对读书能有这样的认识，他的孩子获奖也自然在情理之中。

第二点要分享的是：读书贵在坚持。今天所说的读书，于我理解应该是一个长期的系统工程，而不是闲暇里偶尔看书翻书这类解闷行为。俗话说：无志者常立志，有志者立长志。读书不可三天打鱼，两天晒网，要持之以恒。农民三五天不种田，似乎不要紧，但如果一个月不打理田间地头，恐怕就会杂草丛生。工人三五天不开机器，似乎也不要紧，但如果一个月不保养开工，肯定就会锈迹斑斑。那么对读书人来说，则要天天读，如果长时间不读书，恐怕脑袋要像没人耕种的农田一样荒芜，要像没人开动的机器一样锈蚀了。"饭可以一日不吃，觉可以一日不睡，书不可以一日不读。"毛泽东是这么说的，他自己也是这么做的。在学生时期，他就酷爱读书，甚至在战争年代，也不忘记自己的两种大餐：辣椒，是他的饮食大餐；书籍，是他的精神大餐。他经常是一手拿着辣椒在吃，一手拿着书本在看。打仗经常要转移地方，毛泽东总忘不了要警卫员把他的书籍带上。有一张书籍堆了大半张床的晚年毛主席照片，许多人看过后无不动容。毛主席能成为一代伟人，与他一生几乎每天都读书有着密不可分的关系。刚才主持人介绍我时说我是作家，这我感到很惭愧。作家我可能算不上，但可以肯定的是，我是一个热爱文字的写作者。其实我告诉大家一个秘诀，保证每个人都可以成为作家。这个秘诀就是每天都坚持读一些书报。其实我出版的两本散文集《风雨起心澜》和《踏歌而行》，很多都是平时读书看报后的一些有感而发，时间久了累积起来结集成书，就成了人们眼中的作家。书看多了，自然就有想写的欲望，写作就成了一个简单的事情。比如一本《小说月报》，我看了二十年了，一张《体坛周报》，从高中一年级起至今，一期没落下。

　　第三点要分享的是：读书要有判断。虽然古人说"开卷有益"，但我认为这句话还是要辩证地来看。人有好有坏，书当然也有好有坏。读好书学好人，读坏书自然就学不了好人了。好书如补品，补品滋养身体，使人延年益寿；好书滋养思想，使人修身养性，终身获益。坏书如毒品，毒品损害身体，使人易衰早亡；坏书败坏思想，使人为非作歹，贻害无穷。那么选择什么样的书籍最好呢？我认为可以是一些终身教益的经典名著名篇，它们能使人乐观地面对生活，积极地面对人生，这是阳春白雪；也可以是一些喜闻乐见的杂志报纸，它们能让人修身养性，开阔视野，权当下里巴人。歌德说："读一本好书，就是和许多高尚的人谈话。"就是说，我们在不断地阅读的过程中，可以汲取别人的精华，增加自己的学识，提高自己的思想，美化自己的心灵。冰心说："读书好，多读书，读好书。"她一辈子都是这么做，这么激励着读书人的。冰心4岁开始读书，7岁便读了《三国演义》《水浒》等名著，她一生读了大量的书，也写了大量的作品，为了劝小朋友读好书，她还专门写作了《寄小读者》《再寄小读者》《三寄小读者》。很多人一生能成就斐然，往往在很小的时候就接受了正能量书籍的影响。而一些黄赌毒甚至歪理邪说方面的书，往往让人走入误区，现实生活中很多因为一本书的影响而走上犯罪道路的例子也比比皆是。

第四点要分享的就是：读书要有方法。做任何事情都要讲究方法，以期达到事半功倍的效果，读书当然一样。书海浩荡，看不胜看，读不胜读，而人的一生非常短暂，要想把所有的书籍读完是不可能的，这就需要有选择、有目的、有方法地去读书。著名教育家叶圣陶说的"读书忌死读，死读钻牛角"，就是这个道理。鲁迅曾写了一篇小说叫《孔乙己》，他刻画的那个孔乙己就是死读书的经典代表，像他这一类人都是被死读书给害了。会读书的人先将书读薄，再将书读厚，不会读书的人只是一味地认字，却不去思考；善于读书的人把书读活，不善于读书的人把书读死。那么用什么方法去读最好呢？我认为这要因书而异，对于自己喜欢的经典名著名篇，要精读、细读、反复读，甚至摘抄、背诵；对一般的书，则只需要一扫而过，知其大意即可。就像看报纸，每天新闻消息那么多，不可能每一则都认真细看，自己认为有用的、有价值的，好好地看看，甚至摘录、剪贴，其他的只需要看看标题就可以了。今天我们小桔灯来了很多家长，有些家长曾问过我这样一个问题：我的孩子不爱读书，给他买书也不看，怎么办？这里其实也涉及一个怎么样让孩子读书的方法问题。孩子小学阶段，读书需要家长或者老师引导，而这方面家长是占主导作用的，现在提倡的亲子阅读，就是一个很好的让孩子爱上读书的方法。在家里，家长们少看电视少玩手机少打麻将，可以每年为孩子订一些杂志，或者每年有计划性地为孩子购置500元至1000元的书籍，打造家庭图书角，营造家庭阅读氛围，耳濡目染，不怕你的孩子不爱上读书。

孩子们，来读书吧！读一页书，它也许就改变了你的心情；读一本书，它也许就改变了你的观点；读一摞书，它也许就改变了思想；读一堆书，它也许就改变了你的人生。

孩子们，来读书吧！它绝对、肯定、必定、一定会给你一个亮丽的人生！

临澧四中，我们共同的名字！
——在临澧四中开学典礼上致学弟学妹发言

我们是 1994 年从临澧四中毕业的学哥学姐们，至今已有整整二十年。很感谢母校能给我们这样一个时空相隔二十年的交流机会，这既是一次人生的际遇，也是一种缘分的馈赠。因为，从你们踏进这所学校校门的那一天起，我们彼此的生命便有了交集，它的交集点就叫"临澧第四中学"。

今天的日子很特别，特别在于这是我国的第三十个教师节。母校选择在这个日子进行开学典礼，且期冀我们这些学哥学姐以书信方式与你们沟通，寓意无疑是深刻的。教育是一场没有终点的接力赛，需要一代一代地传承。而老师，便是这场薪火相传接力赛里最辛劳而又最容易被忽略的劳动者。因为，是老师，铺就了你我脚下的跑道，也是老师，帮我们练就了奔跑的本领，还是老师，指给了我们一起奔跑的方向。

感动的是，当年很多我们的老师，现在仍然战斗在教书育人的第一线，几十年风雨，几十届学生，并没有磨去他们饱满的教育热情，反而在时光的打磨里，以"我们烦他千百遍，他们待我如初恋"的可贵态度，散发出一种更加绵远醇厚的味道。桃李不言，下自成蹊，"待到山花烂漫时，他在丛中笑"。

伤感的是，还有一些当年我们敬重的老师，或者永远地离开了我们，或者患上了痛苦的无法治愈的重病。为了一代代学子，他们真的呕心沥血，他们真的至死不渝，他们真的蜡炬成灰泪始干，只留下二十多年前他们伏案伏枥、谆谆教导的身影，放大镌刻成我们生命里关于奉献和责任的座右铭。

而欣慰的是，我们这届很多优秀的同学，现在又成了带领你们学习和生活的老师。他们以一种接力者的姿态，无怨无悔地进行着教育的传承，以一种反哺之情，将学到的知识倾囊相授。多年后，当你们也如我们一样思念母校，当你们也如我们一样思念老师，那么，这次穿越时空二十年的交流，便有了实质的意义。

在工业进程一日千里的时代，二十年，足以沧海桑田，二十年，也足以换地改天。虽然道水悠悠，依然轻缓柔和地流过你我心田，但风雨二十年，母校无论从硬件还是软件，变化之快之大，还是超出了我们的想象空间。当年的母校，只有几百学生，而现在已有近三千学子。校园大了，房子高了，设备好了，教学和生活环境，与当年也不可同日而语了。更让我们无比激动的是，听到今年母校高考取得了空前成就，口口相传里，我们一个个高兴得像是自己考上了清华、北大一样。就在这个金秋十月，我们将重回母校，分享母校的荣光，分享母校的快乐。

记得有人说过这样的话："母校是什么？母校就是你每天都可以骂八

次，但是却不允许别人骂一次的地方！"是啊，这就是母校情结，这就是母校情怀。也许，在你们中间，有人会认为四中比不上一中，有人会觉得在四中读书好像低人一等，当年我们这届的学哥学姐中也有人曾经有过这种想法。但二十年过去了，事实证明，只要你足够努力，只要你足够用心，跳板的高低，并不影响你人生竞赛的精彩。比如我们这届，当年只有四个毕业班，总共二百多人，考上大学的三十多人，这在那个时候已是非常不错的成绩。二十年的奋斗，你们的这帮学哥学姐当中，出现了五六个博士生，十多个研究生，有教授，有作家，有的已为官一任，有的已学贯一方，有的已成为部队高级指挥官，有的已成为知名企业的高层管理者，还有一批经过艰苦创业，已具有非常成就的企业人士。

诚然，在资讯空前发达的今天，你们的思想更加活跃，你们的才情更加绚烂，你们的志向更加高远，而要达到你们想要的生命高度，就要通过学习——这条唯一的必经之道。人生就是这样，有的时候，你以为你有很多路可以选择，但是在你四周却有很多看不见的墙，其实你只有一条路可以走。一个人需要目标，一个人需要升华，唯有不停地学习，无论是此时，还是彼时的学习，无论是知识，还是生活的学习，你才能摘取到那朵最绚丽的云彩，也才能让生命意义上升到另外一个层次。

学弟学妹们，今天，你们将正式进入一个新的学期，也进入一个新的学年。而你们一定会感觉，上期的开学典礼还在眼前。是啊，这便是时间的妙处，既能让你警醒，也能让你怅然。朱自清在《匆匆》一文里说：洗手的时候，日子从水盆里过去；吃饭的时候，日子从饭碗里过去；默默时，便从凝然的双眼前过去。因此，珍惜当下，便是成就未来。当年我们有一句高考口号："人生能有几回搏，此时不搏何时搏"，也许你们认为这句话老掉了牙，但经过二十年的人生风雨后，我们才终于理解了这句话的真正内涵。所以，我们想和你们一起共勉的是：你无法决定生命的长度，但可以控制生命的宽度；你无法操控他人，但可以掌控自己；你无法预知明天，但可以利用今天；你不能样样顺利，但你可以事事尽力！

后 记

春华秋实，寒去暑往，一份耕耘一份收获。《凉月微弄》散文集，从谋划到付梓，差不多十个月时间，原本计划是半年，好事多磨。这是继《风雨起心澜》《踏歌而行》之后，我的第三本个人专集。我一直把一个写作者将自己的作品结集出版比作生孩子，这拉长的几个月刚好配合了我这个说法，说是十月怀胎一朝分娩，也再恰当不过。

相比于前两个集子出来时的心情，这次便寡淡了许多，可以说是没有心绪起伏的激动状。想起第一本书出版时，居然有一两夜到了兴奋得睡不着觉的程度，特别是签售后的当晚，简直有一种传说中幻觉的快感。回过头想想，那时三十多岁，现在四十多岁，不到十年的时间，光阴便将一个人的心绪变得前后判若两人。人最怕的是失去激情，但我们常常把这种失去用"成熟"两个字来掩饰。实际上，这是彻头彻尾的精神颓废。

系统高等教育的缺失，和琐事牵扯过多的硬伤，本集收录的一些作品难免有这样那样的瑕疵。我一直认为自己只是一个写作爱好者，而非所谓的作家，哪怕加入一些什么级别的协会，担任了一些什么协会的职务，我都非常谦逊地面对老祖宗留下的这些方块字，不敢妄自菲薄，不敢指手画脚，不敢信口开河。本书中有几篇作品，在以前的集子中曾以单篇形式收录过，这次则是以系列方式入集，有一些结构和文字上的修改。就像很多企业将客户分为优质客户、普通客户、人气客户一样，本集收录的作品自然也会被不同的读者按照共鸣的程度分为不同的三六九等。我自知无力写出让每一个读者都满意的作品，因为即便是最伟大的作家也无法做到这一点，我只能把自己放在一个自我理想主义者的层面，遵从内心的感受去喜欢、去厌恶、去评判、去记录，将这些方块字组合成自己能接受的程度。

真的要说感谢，哪怕很多人认为此举做作。没有无本之木，没有无源之水。这个集子能够出版并走市场发行渠道，要感谢天恒仁文化公司及出版社的认可，因为哪怕是这样一本在当今图书市场上微不足道的小集出版，也照样离不开很多幕后人员的工作和付出。更要感谢在此集签约、校稿过程中，一些同学、朋友的特别关心和大力支持，甚至还有一位无私帮助我的教授，到现在我连名字都不知道。有人说爱要大声说出来，但有些感谢是可以像一颗种子埋在心底的。我不说他们的名字，是因为我知道，他们给我的帮助和支持本身就是纯粹的。

作 者

2017 年 10 月